내 생에 꼭 하루뿐일
특별한 날

문 학 동 네
한국문학전집
0 1 6

전경린
장편소설

내 생에 꼭 하루뿐일
특별한 날

문학동네

차례

해설 | 황예인(문학평론가)
『내 생에 꼭 하루뿐일 특별한 날』에 새겨진 지문指紋들을 찾아서 _331

프롤로그

……집을 버리고 떠난 후 해가 바뀌었다. 단지 한 해가 지난 것이 아니라, 전생처럼 너무나 오래전의 일 같다. 내가 말 못하는 새나, 물고기나 돌멩이나 물가의 풀이 되지 않고 아직도 사람인 것이 이상할 정도로 그토록 오래전……

오래전에 한 수상쩍은 남자가 내게 말했다. 인간은 행복이나 불행을 자유롭게 선택할 수 없다고, 오히려 행복이나 불행이 인간을 자유롭게 선택한다고…… 여름이었다. 권태가 그만 슬픔으로 변해버리던 길게 늘여진 6월의 오후. 그때를 생각하면 언제라도 구름처럼 일어나던 먼지와 함께 아란후에스 협주곡의 희미한 캐스터네츠 소리가 들려온다.

집을 떠나온 후 지나간 일은 생각하지 않으려고 했다. 돌아보면 앞으로 나아갈 수 없을 것 같으니까. 하지만 여름의 부풀어오르는 구름을 보면, 마음이 가만히 멎고 살 속에서 불꽃이 튀어오르던, 그 아득한 순간들이 쓴 약냄새처럼 온몸에 퍼진다.

나는 신문도 보지 않았고 라디오도 듣지 않았고 맥주도 마시지 않았다. 머릿속은 맑은 천공처럼 고요했고 어디를 가나 차를 너무 빨리 몰았고 늘 전화를 기다렸고 항상 거짓말을 했고 여러 개의 여름 원피스를 한꺼번에 사들였고 감정은 널을 뛰듯 극단적이었다. 내가 좋아했던 것은 모든 푸른 것들의 냄새였다. 나뭇잎과 풀잎, 낯선 마을로 가는 작은 다리들, 고인 물의 냄새와 불행한 젊은 여자들, 젖은 오리 새끼들과 비를 맞고 돌아오는 시골 아이들, 오후의 정적과 한 남자와 불쑥 마주치는 순간들, 그리고 밤이 시작되는 무렵, 가시덤불을 벌리고 나오는 듯 아프게 돋는 별들과 포근한 저녁 안개에 흐릿하게 지워지는 마을의 윤곽……

지나간 한 시절이 이토록 단절되어 있다는 것이 믿을 수 없다. 간혹 그런 생각을 한다. 그 마을이 여전히 그곳에 있을까? 그러나 나는 좀처럼 지도책 따위를 펼치지는 않는다. 지도상에 표기되어 있는 이름은 아무 의미도 없다. 그 마을이 물에 떠내려가지 않고, 회오리바람에도 날려가지 않고 수증기가 되어 증발해버리지 않고 아직 그곳에 있다 해도, 지도에 버젓이 이름이 나와 있다 해도, 이미 그 마을은 나에게 없다. 분명한 것은 지금 그곳엔 아무도 없다는 것. 한 시절 우리가 어떤 인과관계로 모여들어 부싯돌처럼 부딪쳤으나, 그것은 지극히 짧은 한순간 하늘을 가른 번갯불이거나 사막을 떠도는 신기루, 여름 한낮의 무지개 같은 근거 없는 낭설일 뿐……

훼손

그즈음은 효경이 가장 일을 많이 하던 때였다. 최소한 나는 그렇게 알고 있었다. 전망이 보이지 않던 대학 강사직을 그만두고 인쇄편집 사무실을 낼 때, 대부분의 기기들을 리스로 샀기에 다달이 돈을 갚느라 허덕인 때이기도 했다. 인쇄물들을 제날짜에 맞추기 위해서 한 달에 대여섯 번은 사무실에서 밤을 새워야 했고 어쩌다 집에서 쉬는 일요일이면 열한시에 일어나 아침을 먹고 텔레비전의 정오 뉴스를 보다가 소파 위에서 다시 잠들어버리곤 하던 때.

크리스마스 날이었다. 그 전날 효경이 크리스마스 선물로 주문해준 오븐이 배달되어 왔다. 날씨가 너무나 청명했다. 아침에 베란다 문을 열자 따뜻한 햇살이 폭포처럼 쏟아져들어왔다.

─크리스마스가 아니라 개천절 같아.

효경은 농담을 했었다.

—엄마, 눈도 오지 않았는데 산타할아버지가 어떻게 사슴이 끄는 썰매를 타고 와 나에게 선물을 주고 갔을까?

다섯 살 된 수는 로봇 선물을 끌어안은 채 산타할아버지의 존재를 의심스러워하는 것 같았다. 효경과 수는 잠깐 목욕을 다녀왔고 나는 오후 내내 요리책을 펴놓고 계란과 밀가루와 초콜릿과 베이킹파우더와 설탕과 버터와 크고 작은 채와 계량스푼 따위를 부엌 바닥에 늘어놓고 가장 간단한 쿠키와 카스텔라를 굽는 실습을 하면서 보냈다.

전화가 온 건 아홉시의 텔레비전 뉴스가 시작될 때였다. 실패한 카스텔라를 잔뜩 먹은 수는 지쳤는지 침대에 눕자마자 이내 잠들었고 효경은 텔레비전을 보고 있었다. 나는 이제 막 세수를 하고 나오다가 수화기를 들었다.

—김효경 사장님 댁이죠?

앳된 여자의 음성이었다.

—그런데요?

—저는 정영우라고 해요. 제가 근처에 와 있는데, 좀 들러도 될까요? 드릴 말씀이 있어서요.

나는 뭐라 대답하지 못하고 어리둥절한 채 효경을 쳐다보았다. 효경은 눈으로 왜 그러느냐고 물었다. 나는 수화기를 손바닥으로 가리고 말했다.

—어떤 아가씨가, 영우라고 하는 아가씨가 지금 우리집에 오겠대.

나의 입에서 영우라는 이름이 나온 순간 효경의 표정이 눈에 띄게 굳어졌다. 그는 너무 놀란 나머지 대응조차 할 수 없는 것 같았다. 소파에서 천천히 일어서서 다가왔다. 영문을 모르는 나도 긴장되었다. 기분이 이상했다. 나는 전화기에 대고 말했다.

—그래요. 들르세요.

내 말이 떨어지자 효경이 갑자기 수화기를 붙들려고 팔을 번쩍 뻗었다. 나는 몸을 돌려 그의 손을 피하며 재빨리 수화기를 놓아버렸다.

—왜 오라고 하는 거야. 이미 늦은 시간이잖아.

효경의 언성이 높아졌다. 시계를 보니 아홉시 사분이었다. 그다지 늦은 시간도 아니었다.

—할 이야기가 있대.

—당신에게?

그는 담배를 거꾸로 물었다가 고쳐 물었다. 영우라는 여자의 전화가 온 뒤로 안절부절못했다.

—몰라. 누구에게든 마찬가지겠지. 집으로 온다는 걸 보면…… 그런데, 당신 지금 이상하다는 거 알아? 영우라는 아가씬 대체 누구야?

—여직원이야. 우리 사무실 근처 지업사에서 일했던.

효경은 대답 같지도 않은 대답을 하고는 완강하게 입을 다물었다. 나는 더이상 묻기를 단념했다. 방으로 들어가 헤어드라이어로 머리를 말리고 립스틱을 발랐다. 얼굴이 창백하고 손끝이 떨렸다. 나는 옷도 갈아입었다.

전화가 오고 정확하게 십 분 뒤에 현관 벨이 울렸다. 근처에서 전화를 걸었던 모양이었다. 효경이 후닥닥 나가서 현관문을 열었다. 나는 그의 뒤를 천천히 따라나갔다. 문이 열렸을 때, 영우라는 여직원은 자기들끼리만 통하는 비밀스러운 농담이라도 거는 듯이 입을 동그랗게 오므리고 눈을 커다랗게 뜬 채 효경을 말끄러미 보더니 눈동자를 내 쪽으로 굴렸다. 그리고 성큼 들어섰다.

까만 앞머리를 일본 여자애처럼 눈 위까지 가지런히 내리고 뒷머리는 붉은색 핀으로 올려 묶었는데 피부가 생크림처럼 희고 부드럽고 통통했다. 키가 작은 편이었다. 스물두세 살쯤 되었을까······ 엉덩이까지 덮이는 두꺼운 붉은색 스웨터를 입었고 아래엔 짙은 색의 진바지 차림이었다. 그녀는 나에게 공손히 인사를 했다.

—전 사장님 거래처에서 일했던 정영우라고 해요. 신세진 일이 많아서요. 인사드리러 왔어요.

여직원은 맥주가 든 쇼핑 봉지를 내밀었다. 맥주는 차가웠고 병엔 물방울이 맺혀 있었다. 나는 손님을 주방으로 안내해 식탁에 앉혔다. 효경은 담배를 하나 피워물고 재떨이를 챙겨들고는 그 곁에 엉거주춤 앉았다.

—오랜만에 뵙네요. 잘 지내셨어요?

나는 냉장고에서 이것저것을 꺼냈다. 그리고 그들로부터 등을 돌린 채 햄샐러드를 만들기 시작했다. 잠시 아무 말도 없는 순간이 이어졌다. 옥수수 캔을 따며 뒤돌아보자 여직원은 효경을 향해 입을 동그랗게 오므리고 심술궂고 교묘한 미소를 짓고 있었다. 그에 비해 효경은 조금 전보다 더 경직된 얼굴이었다. 그들의 엇갈리는 표정을 보자 무슨 비밀스러운 장면이라도 엿본 것처럼 얼굴이 화끈 달아올랐다.

겨자를 넣은 햄샐러드와 오징어채와 땅콩 따위를 내놓고 나도 식탁에 앉았다. 여직원과 나는 맥주를 좀 빠르게 마셨고 효경은 거의 마시지 않았다. 여직원은 추파춥스 사탕 때문에 약혼한 연인들이 헤어진 이야기를 했다.

—그날은 바로 크리스마스이브였어요. 사 년 전이었어요. 우리는 도심 한가운데의 이층 맥줏집에 앉아 있었어요. 굉장히 추운 날이었지요. 내 친구의 약혼자가 즉석에서 크리스마스 선물을 바치겠다면서 무엇을 원하느냐고 물었어요. 무엇이든 할 수 있다고. 친구는 잠시 고민하더니 말했어요. 자기는 지금 바로 추파춥스 사탕을 선물받고 싶다고. 오늘밤 안에 꼭 추파춥스 사탕을 먹고 싶다고. 시간은 새벽 두시였어요. 키스나 포옹 혹은 무슨 언약 같은 것을 기대했던 친구의 약혼자는 당황해하며 잠시 망설이다가 나갔어요. 그런데 세 시간 뒤에 빈손으로 돌아온 거예요. 두 사람은 그 뒤로 만나지 않았어요. 물론 결혼도 하지 못했죠. 그러다가 올해

봄에 다시 만났는데 둘 다 아직 미혼이었어요. 그날 남자는 내 친구를 집에 데리고 갔어요. 그 남자애의 방에 추파춥스 사탕이 가득 담긴 유리 항아리가 네 개나 있더래요. 그 남자애 말이 헤어져 지내는 동안 매일 한 알씩 사 모았다고 하더래요. 둘은 곧 결혼을 했죠.

—영우씬 몇 살이에요?

이야기를 듣다보니 짐작보다 나이가 더 많겠다는 생각이 들었다. 여직원은 눈을 동그랗게 뜨고 고개를 갸웃하며 나를 빤히 보았다. 그리고 불쑥 말했다.

—스물여덟 살요.

너무 앳된 모습이라 나이가 믿어지지가 않았다. 여직원은 나이보다 자신이 퍽 어려 보인다는 사실을 이미 잘 알고 있는 듯 내가 어리둥절해하는 모습을 즐겼다. 그녀는 어디선가 이미 술을 마시고 온 것 같았다. 거침없이 술잔을 비웠고 잔이 빌 때마다 급작스럽게 취해갔다.

—나 곧 떠날 거예요. 9월부터는 인천에 가서 애육원 보모가 될 거예요. 장애자 어린이 수용소죠.

—왜 그런 일을? 몹시 힘들 텐데요.

내가 묻자 여직원은 입술을 안으로 말듯이 오므리며 웃었다.

—해보고 싶었던 일이에요. 아주 힘든 일을 태연하게 해보고 싶어요. 난 죄가 많으니까, 할 수 있을 거야.

여직원은 다정한 눈빛으로 나를 마주보며 말했다. 이것이 그녀가 일부러 이곳까지 와서 하고 싶었던 이야기인가?

─결혼은 안 해요?

─……

여직원은 효경의 담배를 유연하게 뽑아 입에 물었다. 효경이 망설이더니 불을 붙여주었다.

─사랑하는 오빠가 있어요. 아주 매력적인 남자, 나를 죽이는 남자…… 그런데 그에겐 이미 예쁜 아내가 있죠.

─그 오빠는 아직 소식이 없니?

효경이 갑자기 끼어들었다.

─카이로에 간 오빠 말이야.

여직원이 눈을 동그랗게 뜨고 효경을 마주보더니 갑자기 깔깔 웃었다. 그러고는 효경이 아닌 나를 쳐다보고 말했다.

─이종사촌 오빠가 카이로로 갔어요. 이 년 전이었죠.

─그만 나가자 내가 데려다줄게.

─……

여직원은 대답 대신 나를 잠시 보더니 눈을 돌려 부엌 너머 거실을 한 바퀴 휘둘러보았다. 한바탕 웃음을 터뜨린 얼굴이 이상스럽도록 서늘했다. 거실 창 아래엔 도자기로 만든 커다란 앵무새가 이쪽을 향해 서 있었다. 크림색 천 소파 세트 곁에 설치한 크리스마스트리의 장식 전구가 반짝였다. 집은 단순하고 큼직큼직한 오

크 가구들로 꾸며졌고, 잘 청소되어 반짝거렸고 오후에 구운 쿠키
냄새가 은은하게 배어 따스하고 안정되어 보였다.

　―행복하세요?

　여직원이 묻자 나는 짧게 웃었다. 그러나 나의 웃음이 채 가시
기도 전에 여직원은 냉정하게 말했다.

　―행복이란, 무지한 상태의 다른 말이죠. 행복하다는 말은 모른
다는 말과 같아.

　여직원은 찬장 위 화병에 꽂혀 있던 종이 태극기를 손으로 가리
켰다. 손가락이 커다랗게 흔들렸다. 수가 유치원에서 색종이를 오
려붙여 만들어온 첫 작품이어서 간직하고 있던 것이었다.

　―이상했어. 처음 볼 때부터 이상하다고 생각했어. 방향이 바뀌
었어요. 나무젓가락 깃대를 반대편에 붙여야 맞아요.

　나와 효경은 동그래진 눈으로 종이 태극기를 쳐다보았다. 맞는
지적이었다. 여직원은 깔깔 웃기 시작했다. 좀처럼 그칠 것 같지
않은 공격적인 웃음이었다. 그러자 나는 마음이 참담해지면서 수
치심과 맹렬한 적의감이 치솟았다.

　그녀는 어떤 전체, 이 집이 중요하게 여기고 있는 전체를 비웃
고 나의 인생 전부를 비웃는 것 같았다. 그러나 웃고 있는 여직원
의 눈은 그런 예리한 지적을 했다는 것이 의아할 정도로 풀려 있었
다. 나의 표정이 천천히 굳어졌다.

　―아주머닌, 아무것도 몰라……

그 말은 귀가 아니라 피부로 스며든 것처럼 온몸에 소름이 돋는
것 같았다. 여직원은 갑자기 희고 통통한 손을 들어올리더니 효경
의 손등을 천천히 쓰다듬었다. 새하얀 손의 움직임이 너무 부드러
워서 따뜻한 연기로 만들어진 것 같았다. 당황한 효경은 뒤늦게 통
증이라도 느끼는 듯 얼굴을 찡그리며 황망하게 뿌리쳤다.

　—오빠……

나는 효경을 뚫어지게 쳐다보았다. 여직원이 분명 오빠라고 불
렀던 것이다. 내 눈에 얼음이 박히는 듯했다. 여직원은 효경의 눈
과 코와 입술과 턱을 그 긴 속눈썹으로 빗는 듯이 은은하게 바라보
며 혼미하게 속삭였다.

　—오빠…… 나 좀 재워줘…… 잠을 못 잔 채 몇 날이 흘러갔는
지 몰라……

여직원이 효경의 몸 쪽으로 기울어졌다. 효경은 고개를 뒤로 빼
며 재빠르게 의자에서 몸을 뺐다. 그 바람에 여직원은 의자에서 떨
어져 바닥에 넘어졌다. 나는 그 조잡하고 어처구니없는 동작들을
멍하니 관찰하고 있었다.

　—오빠. 나, 떠날 거야. 먼 곳으로. 이번엔 정말이야. 그러니 오
늘밤은 나와 함께 있어줘……

더이상 보고 있을 수가 없었다. 안간힘을 다해 일어섰다. 내가
자리에서 일어서자 효경이 나를 붙잡았다.

　—먼저 자야겠어. 두 사람이 이야기해요.

음성이 바르르 떨렸다. 도망가고 싶은 마음뿐이었다.

―아냐. 이앤 곧 갈 거야.

효경은 바닥에 앉아 식탁 다리에 등을 기대고 앉아 있는 여직원을 돌아보며 빠르게 말했다.

―영우야, 그만 나가자.

여직원의 눈이 불빛에 부딪쳐 번쩍 빛났다.

―싫어, 나 오늘 안 가. 오빠와 함께 있을래. 여기서 재워줘. 안 가.

여직원의 눈에서 갑작스럽게 눈물이 넘쳐 뺨에 흘렀다. 효경은 도저히 납득이 가지 않는 얼굴로 흐르는 눈물을 멍하게 쳐다보다가 여직원을 일으켜세우려고 애쓰며 버럭 소리를 질렀다.

―영우야 그만 가……

그러나 여직원은 사납게 뻗대며 겨드랑이 아래로 들어간 효경의 손을 뿌리쳤다. 그 바람에 여직원의 긴 손톱이 효경의 얼굴을 스쳤다. 효경의 눈 밑에 경련이 일었다. 상처에서 이내 피가 배어 올라왔다.

나는 여직원을 차갑게 내려다보았다. 욕설이라도 한바탕 내뱉고 싶었다.

―이제 보니, 너 웃기는 애구나. 여기선 안 돼. 여기선 안 된다는 걸 정말 모르니? 잠을 자든 섹스를 하든, 네 정신 나간 오빠와 여관방에 가서 해.

나는 신문이라도 읽는 것처럼 높낮이 없이 말했지만 내 음성은 어찌나 떨리던지 흐느껴 우는 것 같았다. 나는 효경을 향해서도 말했다.

—오빠라니, 구역질나. 그러면 더 재미있니?

효경은 손으로 상처를 누른 채 머뭇거리다가 냉장고에서 물병을 꺼내 물을 따라 마시고 허둥거리며 화장실로 갔다. 여직원은 비틀거리며 일어서더니 나에게 바짝 다가섰다. 그리고 들릴 듯 말 듯 속삭였다.

—내가 오빠를 통째로 빨아당긴대. 내가 조이는 그 순간을 오빠는 영원히 못 잊을 거라고 했어.

—정신병자들.

—내가 얼마나 이 집에 와보고 싶었는지 알아? 당신을 꼭 한 번 보고 싶어한 내 마음을 상상이나 할 수 있어? 내가 얼마나 당신을 때려주고 싶었는지 알아?

그녀의 몸이 부르르 떨렸다. 나는 서슬에 눌려 한 걸음 뒤로 물러섰다.

—인생은 그렇게 단순하게 재단된 게 아니야. 당신만은 행복하게 살 거라고 믿지? 그런 일은 없어. 그러기엔 나같이 불행하게 떠도는 여자들이 너무 많거든.

—정말 무례하구나. 넌, 나한테 이러는 거, 미안하지도 않니?

—내가 아기를 긁어내고 마취에서 깨어날 동안 오빤 꼼짝 않고 병원 대기실에서 기다렸어. 우린 장난을 한 게 아니야. 오빤 나를

분명히 사랑했어. 당신 같은 안전주의자가 평생을 나누어도 못 나눌 양의 사랑을 우린 나누었어. 넌 나에게 가라고 하면 안 돼. 미안하지 않냐고? 천만에, 전혀. 나에게도 너만큼의 권리는 있어.

아기라니…… 아기라는 말 때문에 나는 쇼크를 받은 것 같았다. 여직원이 나의 코앞까지 바짝 다가서서 말하고 있는데도 벙긋벙긋 열렸다가 닫히는 입만 보일 뿐 아무 말도 들리지가 않았다. 입이 열리고 닫힐 때마다 여직원의 눈이 번쩍번쩍 빛났다. 어느 순간 나는 여직원을 힘껏 밀쳤다. 여직원의 등이 찬장 모서리에 세게 부딪친 것 같았다. 그리고 그 순간이었다. 여직원은 찬장 위에 놓인 붉은 봉투를 집어들고 나의 머리를 후려쳤다. 그리고 같은 자리에 다시 한번 더 가격이 이어졌다. 나는 그대로 바닥에 쓰러졌다. 머릿속에 암회색 구름 먼지가 자욱하게 일어났다. 마치 화살이 머리를 뚫고 들어와 표적에 박혀 진동하는 것 같았다.

화장실에서 효경이 달려나와 여직원의 손에 들린 붉은 봉투를 뺏고 나에게 괜찮은지 묻는 것 같았다. 나는 입을 벌린 채 효경의 얼굴을 멍하니 보았다. 소리가 들리지 않았다. 몰랐다고 변명하는 공포에 질린 여직원의 얼굴이 언뜻 보인 것 같았다. 그 봉투 속엔 유럽 여행을 하고 돌아온 효경의 친구가 준 선물이 들어 있었다. 스위스제 접는 칼 세트. 말이 칼이지 쇠뭉치나 다름없었다. 물론 여직원도 몰랐을 것이다. 그 봉투 속에 칼이 들어 있었다는 것은. 그저 흥분한 나머지 아무것이나, 찬장 위에 올려져 있던 붉은 종이

봉투를 휘둘렀을 것이다.

─몰랐어요. 정말이에요, 오빠. 때려주고 싶었지만, 이렇게 세게 때리려고 한 건 아니었어. 칼인 줄 정말 몰랐어.

여직원은 와들와들 떨며 웃는지 우는지 알 수 없는 얼굴로 자꾸만 중얼거렸다. 여직원이 자꾸만 오빠, 오빠, 하는 소리가 달궈진 양철처럼 뜨거운 두피를 두드렸다.

효경은 여직원을 현관 쪽으로 밀치고 갔다.

─오빠…… 오빠……

여직원은 여전히 부들부들 떨며 오빠라고만 중얼거렸다.

─다시는 내 앞에 나타나지 마! 다시는!

효경은 여직원을 난폭하게 바깥으로 밀어냈다. 여직원의 마지막 눈빛 속엔 공포가 깃들어 있었다.

나는 머리를 두 손으로 싸안고 침착하게 침실로 가서 누웠다. 나의 얼굴 한쪽은 순식간에 부풀어올랐다. 정확히 왼쪽 귀 윗부분에 두 번의 타격이 있었다. 효경이 손을 뻗자 나는 거세게 뿌리쳤다.

─나가.

입을 벌린 순간에 눈물이 터져나왔다. 효경은 나의 두 팔을 한 손으로 쥐고 부풀어오르는 머리카락 속에 손을 넣어 더듬었다. 그 순간에도 왼쪽 머리와 얼굴 한쪽이 무서운 속도로 부풀어오르는 것이 느껴졌다.

―일어나. 병원에 가자.

효경은 나를 일으켜앉혔다. 나는 침대에서 내려서서 화장대 앞
으로 다가갔다. 얼굴 반쪽이 커다랗게 부풀어올라 완전히 뒤틀려
버린 모습이었다. 사람 얼굴이 그렇게 순간순간 변하는 물질이라
는 것을 믿을 수가 없었다. 차라리 정신을 잃어버렸으면 좋을 것
같았다. 나는 비명을 내지르기 시작했다. 집안의 유리문들이 다 깨
어지는 듯한 끔찍하고 긴 비명소리가 나의 목구멍에서 뽑혀나왔
고 눈물이 마구 넘쳤다. 눈물이라기보다는 외상으로 인해 몸속에
서 끈적한 액체가 흘러나오는 것 같았다.

―변명을 해봐. 이렇게 묻는 건 지금뿐이야. 어떻게 된 일인지
해명을 해.

나는 얼굴을 두 손으로 가리며 물었다. 입을 움직일 때마다 얼
굴이 깨어지는 듯 아팠다.

―……

효경은 고개를 저었다. 목이 몹시 뻣뻣해 보였다.

―가능한 한 자세히 말해

―……구 개월쯤 전부터야. 최근에 분명하게 끝을 냈었어. 영
우가 다니던 지업사가 문을 닫는 바람에 우리 인쇄소에 들어오고
싶어했지만 내가 거절했었어. 그 때문에 최근에 자주 전화를 걸어
애원도 하고 협박도 했지만 만나주지 않았어. 나도 그런 관계를 오
래 지속하긴 힘드니까. 처음부터 좀 이상한 애였어. 나에게 접근

하려고 면밀한 계획을 세우고 우리 사무실에 드나들었던 것 같아. 우리 사무실 김양과 윤양과도 친하게 지내서 늘 점심을 함께 먹었어. 애가 도시락을 먹음직스럽게 싸오곤 했어.

효경이 말을 멈추자 나는 계속하라는 손짓을 했다.

—자세히 말할 거 없어. 정신이 불안정한 애야. 몇 번 자살기도도 했었다고 들었어. 나를 제 이종사촌 오빠와 혼동하는 도착증세에 빠져 있어. 큰이모가 죽은 후 영우 어머니가 조카를 데려다 키운 모양인데 어릴 때부터 둘이 신체 접촉을 가졌던 것 같아. 이종사촌 오빠와 약혼했던 여자는 군대갔던 기간까지 합쳐서 육 년 동안이나 사귄 사이였는데 결혼식 전날 자살했다더군. 신혼살림을 차려놓은 아파트의 욕조에 두 사람이 맨몸으로 얽혀 있는 걸 본 거야. 그후 이종사촌 오빠는 카이로로 가버렸대.

그는 숨이 차오르는지 잠시 호흡을 골랐다.

—그앤 지업사에서 나를 본 첫날부터 접근했어. 제 이종사촌 오빠에 대한 감정을 나에게 이입시킨 거야. 내가 방심한 사이에, 일 때문에 너무 정신이 없이 지내던 때라, 아차 하는 순간에 저질러진 일이었어. 그앤 처음부터 용의주도하게 접근해왔고 난 너무 방심했고…… 미안해. 관계를 끊으려고 영우를 달래기도 하고 화를 내기도 하고 냉담하게도 대했지만 잘 안 되었어.

효경이 재빠르게 대답했다. 나는 얼굴을 가린 두 손을 내렸다. 모든 것을 알 것 같았다.

나는 다시 화장대의 거울을 힐긋 쳐다보았다. 왼쪽 눈은 부풀어 오른 피부에 덮여버렸고 오른쪽 눈만 보였다.

—병원에 가자.

효경은 나를 바로 쳐다보지 못한 채 웅얼거리더니 나의 어깨를 붙들었다.

—아이는? 진짜 있었던 일이야?

효경의 얼굴이 붉어졌다. 어떻게 알았느냐는 의문과 걷잡을 수 없이 떠밀려오는 기억의 범람에 짓눌리는 표정이었다. 아니라고 해. 아니라고 잡아떼란 말이야. 내가 얼마나 너를 소중히 여기는데 네가 이럴 수가 있니…… 그러나 나는 그렇게 말하지 않았다. 나는 효경의 팔을 있는 힘을 다해 후려쳤다. 그리고 계속해서 두 팔을 휘저으며 효경의 가슴과 어깨, 얼굴을 때렸다. 효경은 뒤로 물러섰다. 나는 분명한 발음으로 내뱉었다.

—넌 이제 내 남편이 아니야. 넌 이제 내 남편이 아니야. 내게 손대지 마.

그날 밤부터 두통이 시작되었다. 두통은 마치 뇌와 뇌수와 두피를 엄밀하게 분리시켜 두피의 내부를 잔인하게 다림질하는 것 같은 뜨거운 이물감으로부터 시작되었다.

두피의 이완과 수축이 일정하게 지속되는 동안 뇌를 구성한 내용물들의 틈은 점점 더 벌어진다. 접착력 강한 아교풀들이 늘어졌다가 줄어들면서 툭툭 끊어지는 것만 같고 뇌수는 점점 굳고 뇌의 내용물들은 돌처럼 따로따로 굴러다니며 충돌한다. 기억들이 뽑혀나와 아프다고 비명을 지르며 뒹구는 것만 같았다.

어느 날 새벽 나는 침대에서 벌떡 일어나 장롱을 뒤지다가 효경의 넥타이들을 모조리 걷어 머리통을 챙챙 붙들어 묶기 시작했다. 머리가 어디로 날아가기라도 하듯 한 겹 두 겹 세 겹. 넥타이들은 미끄러지지도 않고 잘 묶어졌다. 그만, 그만…… 나는 중얼거렸다. 제발 오 분만이라도……

나는 넥타이를 있는 대로 머리에 묶었다. 거울 속에 내가 보였다. 생이 두렵다 못해 구역질이 나도록 불결하게 느껴졌다.

*

그날 이후 나는 오랫동안 낯선 장소에 있었다. 아주 어둡고 좁다랗고 아무도 들어서지 않는 적막한 곳. 세상의 신문 종이를 다 날려보낼 듯 거센 바람이 부는 곳. 구둣발로 들이닥치는 채권자들처럼 불쑥불쑥 머리를 열고 들어오는 두통. 어느 땐 하루 중의 반나절 이상을 두통으로 보냈다. 시간이 가자 두통은 조금씩 완화되어 뜨거운 철모를 꽉 조여 쓰고 있는 것 같은 불쾌감으로 변해갔다. 그러나 어떤 자극을 받거나 감정이 빠르게 변할 때면, 이를테면, 운전을 하다가 놀란다거나, 무엇인가가 떨어져 당황한다거나, 추운 바깥으로 나갔을 때라거나, 욕조의 뜨거운 물속에 몸을 담갔을 때라거나, 눈물을 흘린다거나, 길에서 누군가와 마주쳤을 때, 심지어 성적으로 흥분할 때에도, 뜨겁고 예리한 철판이 뒤통수를 가르며 반쯤 밀고 들어왔다가 슬며시 나갔다. 그 잔혹한 철판은 또 왈칵 들어오기를 두세 번 반복하다가는 다시 두피와 뇌수 사이의 수축과 이완으로 진행되어 두어 시간 동안 지속되었다. 나는 두통이 너무나 두려웠기 때문에 무감각하고 무반응한 생활을 하기 위해 일상적으로 노력해야 했다.

두통 때문에 병원에 가면 어김없이 컴퓨터 촬영실로 안내되었다. 그곳에서는 웃옷을 다 벗고 얇은 가운만을 입고 좁다란 특수 침상에 누우라는 지시를 받는다.

검은 인조가죽이 씌워진 좁다란 침대에 누우면, 머리를 좁다란 틈에 넣어야 하는데 지그시 조이는 느낌이 든다. 촬영 의사는 나의 눈에 흰색 가리개를 씌우며 꼼짝하지 말기를 지시한다. 눈이 가려진 나는 마치 심장이 없는 모형 인간처럼 기계적인 작동에 의해 작은 터널 같은 곳으로 천천히 밀려들어간다. 그런 때면 늘 같은 생각이 들었다.

'이 촬영 기계가 분쇄기처럼 나를 가루로 만들어버렸으면…… 정말이지 더는 살고 싶지가 않아. 그냥 한순간 따스하고 고운 분말이 되어버렸으면……'

의사들은 한결같이 말했다.

—별달리 문제될 만한 상처는 보이지 않습니다. 왼쪽에 생긴 크

고 단단한 부위는 단지 결절일 뿐입니다. 시일이 걸리겠지만 저절로 사라질 것입니다. 약을 타가시고 머리가 아프면 다시 오십시오.

─전 정말 아파요. 바로 지금도 아프다구요.

─통증의 원인이 될 만한 외상은 보이지 않습니다. 오히려 정신적인 문제인 것 같습니다. 상처에 집착하지 마시고 마음을 편히 가지십시오.

나의 두통은 의사들의 눈에 보이지도 않고 이해되지도 않았다. 항상 두피가 부어올라 있고 무른 두피 아래 나쁜 피가 고여 있는 게 틀림없는데도 의사들은 너무 바빠 흐려지고 있는 나의 기억 따위를 위해 시간을 할애하지는 않았다. 모든 것이 점점 아련해지고 모호해지고 아무래도 바보가 되어가는데도. 오래 생각할 수도 없고 집중할 수도 없는데.

나는 잠을 자기 시작했다. 두통을 자극하지 않기 위해, 외부의 자극으로부터 나 자신을 잠 속에 유폐시킨 셈이었다. 자는 동안 내 몸은 변해갔다. 가녀리고 투명하고 납작하던 몸이 생크림을 채운 듯 부풀어올랐다. 어깨도 가슴도 팔도 엉덩이와 복부와 허벅지도 모르는 여인의 몸처럼 변해가고 있었다. 슬프고 거북하고 참을 수 없도록 부드럽고 낯선 욕망으로 가득찬 몸. 가끔 낮잠에서 깨어나는 순간이면 거울 속의 여인에게 물었다.

너는 누구냐고, 나는 어디 가고 네가 있느냐고…… 그러면 잠과 잠 사이 아무도 모르는 시간에 자주 눈물이 흘렀다. 눈물은 걸

잡을 수 없이 흐르고 내 얼굴은 비 내리는 거리의 활짝 펴진 우산같이 젖었다. 우산살이 더러 부러진 우산같이, 균형을 잃고 구부러진 쪽으로 눈물이 주르르 흘러내리는 것이다.

*

여리다. 사람들은 전에 나를 그렇게 표현했다. 나는 유순하고 조용했고 어릴 때부터 청결했고 사람들이 여리다고밖에는 표현할 수 없는 어떤 야릇한 연약함이 있었다. 나는 머리를 눈에 띄게 기른 적도 없었고 손톱에 에나멜을 칠한 적도 없었고 너무 짧은 스커트를 입은 적도 없었다. 친구도 늘 한 명뿐이었다. 소녀 때는 그림 그리기를 좋아했지만 대학은 불문과를 갔다. 학과에서 불어 연극을 했을 때 무대에 서보기도 했고 학교 문학상에 수필이 당선되기도 했다. 그리고 대학에서 두 해 선배인 효경을 만났다.

효경은 나의 웃는 모습과 걸음걸이에 반했다고 했다. 상대의 마음을 휘감는 웃음이라고 했던가…… 나의 얼굴은 전체적으로 둥근 느낌이다. 특별한 점이 있다면 눈 아래를 약간 그늘져 보이게 하는 긴 속눈썹 정도이다. 그리고 걸음걸이…… 효경의 표현에 따르면 걸을 때 나의 걸음걸이는 너무 부드러워서 아주 가느다랗고 가볍고 오만해 보이며 이곳에서 저곳으로 잠깐 걸을 때조차 아주 먼 곳으로 가는 사람같이 걷는다고 했다.

학교를 졸업하고 사립학교에서 교사생활을 할 뻔도 했지만 재단에서 요구한 금액이 너무 많아 다른 친구가 들어갔다. 나는 학교를 졸업한 다음해 1월에 결혼을 했고 그 다음해 1월에 아이를 낳았다. 머리를 다치는 그 일이 있기 전까지 나는 반에서 열세번째 등수의 아이가 그렇듯, 2남 3녀 중 두번째 딸이 그렇듯, 보호색을 가진 여린 곤충들이 그렇듯 나는 눈에 띄지 않는, 눈을 뜨지 않은 삶을 살고 있었다.

결혼한 뒤 몇 년 동안 내 인생에서 처음으로 행복했었다. 어쩌면 효경과 함께 사니까 행복해야 한다고, 행복하지 않을 이유가 없다고 믿었던 것 같다. 무엇보다도 나는 그의 냄새를 사랑했다. 그의 냄새가 나는 공간에서는 세상을 향해 긴장을 풀 수 있었고 세상이 어디로 흘러가든 내 인생에 몰두할 수 있었다. 나의 꿈은 그런 것이었다. 스물한 살에 만난 남자가 그의 전 생애 동안 오직 나만을 사랑하고 나 또한 단 하나의 남자만을 사랑하며 평생 동안 하나의 생을 온통 함께 사는 것. 우리의 냄새를 다른 냄새와 뒤섞지 않는 것. 나의 꿈은 그것뿐이었고 그것은 흡사 하나의 이념과 같이 지킬 가치가 있는 것이었다.

가끔 사별한 아내를 쫓아 자살한 남편이나 남편을 뒤쫓아 죽음을 택한 아내의 이야기를 잡지책에서 읽을 때가 있었다. 그런 이야기들은 내게 전혀 낯설지가 않다. 만약 남편의 여직원이 우리를 방문했던 그해의 크리스마스 전에 효경이 죽었더라면, 나도 그렇게 죽었을 것이다. 예상외의 공허를 이겨내지 못했을 것이고, 효경을 잃은 뒤에는 그렇게 죽는 것으로 내 생은 충분하다고 믿었을 것이다.

그러나, 남편의 여직원이 온 그날, 그 일이 일어나자 모든 것이 달라져버렸다. 나를 포함한 그 모든 것이 다시는 예전처럼 되어지지 않았다. 만들다가 만 효경과 수의 트렁크 팬티는 언제까지나 상자 속에 구겨져 있었고 단 한 번 사용한 오븐은 다시는 열리지 않았으며 식탁의 서랍 속에 있던 시의 도서관에서 빌려온 책은 반납되지 않았다. 풀 먹인 부엌 커튼도 창문에 달리지 못한 채 굴러다녔고 오디오 속엔 듣다 만 CD가 언제까지나 박혀 있었다.

생의 어느 저녁

효경이 시골생활을 해보자고 했을 때 나는 반대하지 않았다. 나는 이미 이 년째 별다른 의사표시 없이 살고 있었다. 그즈음 효경은 편집 사무실과 인쇄소를 정리하고 있던 차였다. 그는 두어 곳의 지방대학으로 출강하던 강사 일을 그만두고, 인쇄소를 낸 뒤, 오 년여 동안 일에만 파묻혀 지냈다. 그리고 일이 궤도에 오를 쯤 편집, 인쇄업은 금세 사양산업이 되었다. 사무자동화 시스템과 컴퓨터 때문이었다.

개인용 프린터와 복사기의 저가 보급. 그의 거래처들은 더이상 외부에 편집, 인쇄를 맡길 일이 없어지고 있었다. 무엇보다 큰 충격은 주 거래처였던 제법 큰 의류 회사의 일이 끊어진 데 있었다. 처음에는 매뉴얼과 카탈로그 제작을 조금씩 줄이더니 급기야는 홍보부장이 퇴직을 당하고 담당자마저 바뀌면서 거래가 완전히 끊어진 것이었다.

육 개월여 동안 버틴 효경은 먼저 인쇄기를 처분해버렸다. 옆방에서 돌아가던 인쇄기가 사라지자 어찌나 조용한지 사무실이 무덤 속 같다는 말을 몇 번 중얼거렸다. 두 달 뒤에는 편집부장과 오퍼레이터 아가씨 둘도 한꺼번에 내보내야 했다. 사무실에는 효경혼자만 남았다.

게다가 사무기기들을 처리하고 전세를 빼는 과정에서 건물이 은행으로 넘어간다는 소문을 듣게 되었다. 효경은 속수무책으로 혼자 출근해 두 대의 매킨토시와 두 대의 퍼스널 컴퓨터, 네 개의 책상과 사무용 의자, 복사기와 프린터기, 회의용 테이블, 냉장고, 에어컨, 인쇄기가 있던 텅 빈 옆방에 둘러싸여 연락 두절인 건물 주인에게 전화를 걸곤 했다. 사무기기들을 어떻게 처리할 것인지는 오히려 다음 문제였다.

그러던 중에 효경의 사정을 알게 된 한 대학 동창이 한적한 바다를 낀 지방 도시의 서점 이야기를 꺼냈다. 대학 바로 앞에 자리한 서점으로 자신의 친구 형이 칠 년 동안이나 운영해왔다고 했다. 그 친구의 형은 캐나다 이민을 가게 되어 서점을 내놓았는데 점원을 세 명쯤 쓰는 규모이고 대학교수들과 관계가 좋아 교재를 많이 취급하며 출판사와 도매점과도 오랫동안 거래를 터와 신경쓸 일이 없다는 것이었다. 방학이 끼어 있어 몇 개월은 매상이 비겠지만 그 외의 달은 수익도 아주 안정적이라고 했다.

효경이 처음부터 서점에 호감이나 무슨 기대를 가졌던 건 아니었다. 달리 방법은 없었다 해도 아직 젊은 나이에 그렇게 쉽게 포기하고 유배지 같은 지방 도시에서 가게나 지키는 삶을 받아들일 사람은 아니었다.

생각해보면 효경이 시골집을 염두에 두게 된 건 의사의 진찰 결과 때문이었다. 효경이 시골 이야기를 꺼낸 것도 함께 병원에 다녀온 그날 밤이었다.

의사는 나의 두통과 불면증과 낮잠을 만성적이고 극단적인 조울증의 결과로 생긴 무력증으로 진단하고 폐쇄적인 아파트의 가정생활이 병을 악화시킬 수도 있으니 환경을 바꾸어보는 것이 좋겠다고 말했다. 효경은 나의 병을 납득하지는 못했지만 내가 두통약과 수면제를 과용하고 있으며 증세가 심각하다는 점은 진작부터 인지하고 있었다.

사무실 전세금을 뺄 동안 번잡하고 초조한 시간들이 지나갔다. 그사이에 효경의 마음은 소도시에서 서점을 하고 시골에서 살겠다는 방향으로 점점 더 굳어졌던 것 같다. 이른 포기이기는 하지만, 더이상 희망이란 없다고 느꼈는지도 모른다.

*

　부동산 업자와 처음 그 마을로 가던 날은 3월이었다. 초봄인데도 시골 풍경은 아직 겨울 같았다. 그날 마을로 가는 긴 계곡길에서 노인 두 사람을 보았다. 두꺼운 털실모자를 쓰고 물이 다 빠진 누비점퍼를 입고 군인 바지를 입은 노인과, 머리를 죄수처럼 자르고 짙은 청색 외투를 입고 솜바지를 입은 노인이었는데, 둘 다 여든 살은 족히 되어 보였다. 검푸르고 야윈 얼굴과 앞으로 쏟아진 어깨, 구부러진 정강이…… 평생을 등에 지고 온 가난과 노역의 흔적이 칼금처럼 새겨진 고단한 행색이었다.

　그들은 휘어진 다리를 O자로 벌리고는 걷는지 서서 실랑이를 하는지 모를 지경으로 느리게 움직이고 있었다. 곁을 지나다 보니 군인 바지를 입은 남자의 바지가 젖어 있었다. 오줌을 지린 것 같기도 했다. 솜바지를 입은 남자가 군인 바지를 입은 남자에게 뭐라고 나무라는 것 같았다. 그들을 보고 있으니, 삶이 오래된 수용소 같다는 생각이 들었나.

　"오늘 근처 읍에 장날이라 한잔씩 했구만요. 저 두 노인은 자식들이 모두 도시로 나가고 혼자 살았는데 얼마 전부터 한집에 합쳐서 농사일도 함께하고 밥도 한솥에 끓여먹고 서로 등을 대고 잠도 자고 그런답니다. 여기 노인들은 대부분 혼자된 독신자들이지요."

　원래 이 동네 사람인데 이웃 도시에 나가 부동산 사무실을 냈다는 남자가 설명을 했다.

댐 공사를 하고 있는 비포장길 중간쯤에 수몰될 텅 빈 마을이 있고 그 마을들을 지나자 도예 단지가 나왔다. 그 뒤로 주홍색 기와지붕의 사택들 몇 채와 포도밭이 이어졌고 모퉁이길을 돌자 계곡 안의 마을이 드러났다.

"완전히 새집인 탓에 마당도 정리가 안 되었고, 대문도 안 달려 있지만 오백 평 대지에 건평 사십 평 집이 이 정도 가격이면 아주 싼 거죠. 땅값만 쳐도 만만치 않아요. 마당은 내년 봄에 잔디를 깔아도 좋고, 아니면 바로 석분을 두어 트럭 갖다 부어도 좋고, 대문만 하나 달고, 그렇게만 해도 집 가치가 완전히 달라지죠. 뒤는 작은 동산이고 앞은 낮은 언덕이니 담장은 칠 필요도 없어요. 전망이 대단히 좋죠. 집을 바로 사겠다는 결정은 정말 잘한 겁니다. 규제가 많이 풀렸다고는 하지만 땅 사서 건축 허가 받아서 짓는 거, 그거 아직은 말도 못하게 성가신 일입니다."

산골 마을들이 보통 그렇듯이 버스가 서는 길가에 양철 지붕을 잇댄 방앗간이 있고 맞은편 길가엔 담뱃가게와 공중전화가 설치된 좁다란 기와지붕 집이 있었다. 버스가 지나가는 길이 이십 호쯤 되어 보이는 아랫마을과 못 하나를 지나 십오 호쯤 되어 보이는 윗마을의 경계였다. 부동산 업자는 하루에 세 번 버스가 들어온다는 포장길에서 우회전을 해 윗마을로 오르면서 언덕을 향해 서둘러 손짓했다.

"저 집이에요. 언덕 위에 있는 집 중 두번째 검은색 벽돌집."

높은 산 언덕바지에 저녁의 사양을 받고 있는 새하얀 두 집 사이에 주황색 지붕이 덮인 검은색 벽돌집이 장난감처럼 조그맣게 보였다.

해가 지는 무렵이어서 이제 막 가로등 불이 켜졌고, 마을의 집들도 차례로 불을 켰다. 하늘에 돋는 저녁별들처럼 아직은 빛을 발하지 않는, 그저 그 집엔 사람이 산다는 신호를 보내는 듯한 가냘프고 창백한 빛들. 마을 아래 계단식으로 펼쳐진 보리밭은 어스름 속에서도 환영처럼 밝은 초록빛이었다.

"저 언덕에 지금은 집이 세 채뿐이지만 옛날엔 열다섯 호도 넘는 마을이었지요. 나비가 워낙 많아 마을 이름이 나비 마을이었어요."

마을을 지나자 다시 포장되지 않은 길이 나타났다. 그 언덕길을 따라 키 작은 노파가 검은 염소 두 마리를 끌고 구르듯이 위태롭게 내려오고 있었다. 노파가 차를 피해 길가에 멈추자 염소들도 가장 자리로 붙어섰다. 베나른 풀덤불 같은 재색 머리카락과 판화칼로 그은 듯한 굵은 주름살들, 부적의 글자처럼 불길하고 추상적인 얼굴 표정, 반으로 접힌 굽은 허리, 저녁빛에 무슨 색깔인지 알 수 없는 낡고 두터운 스웨터와 몸뻬 위에 짙은 색의 몽당치마를 입고 버선과 털신을 신은 모습이었다.

그때 분명 이상한 느낌이 들었다. 노파의 흐릿하게 뭉개진 얼굴과 나의 얼굴이 겹쳐지는 한순간 노파의 얼굴에 실린 부적이 스르르 풀려 나에게로 씌워지는 느낌…… 그것은, 알아챘다 해도 소용이 없는, 알아챈 순간 이미 피할 수 없게 된 우리들 운명에 어리는 암회색 너울 같은 것이었다. 저녁처럼 어두운 긴 너울이 커다랗게 뜬 내 눈 속으로 펄럭이며 지나갔다. 차가 노파와 염소를 천천히 비켜가는 동안 나는 목을 빼고 노파를 쳐다보았다. 불길한 예감의 독특한 맛처럼 입안의 침이 쓰디쓴 맛으로 변해버렸다.

사무기기가 정리되고 전세금이 해결되자 효경은 서점을 계약했고 미리 보아둔 집을 구입했다. 집은 도시의 끝 쪽 대학 앞의 서점에서 약 사십 분 거리였다. 늘 그랬듯이 효경의 결정에 대해 나는 무반응했다. 처음 마을에 들어갔던 날, 염소를 몰고 내려가던 노파를 보았을 때의 그 불가해한 고통과 두려움의 얼룩이 내 가슴을 짓누르던 기억이 생생한데도.

나비의 근황 1

이사를 한 뒤론 아침에 잠이 깬 뒤 수와 효경을 보내고 다시 누워도 잠이 들지 않았다. 눈을 감아도 덮인 망막에 내 몸속이 비칠 정도로 정신이 맑았다. 나는 깨어 있는 채로 집안을 서성댔다. 자동차 지나다니는 소리가 전혀 나지 않았다. 그리고 아이들 재재거리는 소리도. 전화벨 소리도, 계단을 오르내리는 사람들의 기척도 없었다. 이따금 새소리가 들리지만 새소리가 들리면 새소리의 간격 사이사이로 나만 남겨두고 세상이 아득히 사라져버린 듯 더욱 적요했다.

세상이 이렇게 고요할 수가 있을까? 혼자 중얼거려보았다. 그 적요는 아주 독특했다. 마치 노래를 지워버린 빈 테이프가 돌아가는 것처럼, 흡사 이제 네가 노래할 차례야, 라며 고요히 기다리는 것처럼.

이따금 덧창문을 조금 열어보면 바깥은 눈부시게 환한 초록의 세계였다. 흰 눈이 반사되듯, 눈을 뜰 수 없도록 맑은 햇빛 아래 집 앞의 숲과 무덤들과 마을과 하늘과 멀리 계곡 바깥으로 뻗어 있는 길은 그저 무심하게 놓여 있을 뿐인데 나는 그것이 두려워 재빨리 문을 닫았다.

눈에 익지 않은 한낮의 마을 정경은 무섭도록 공활했다. 그늘이 짙은 숲의 깊이는 무궁하게 느껴졌으며 내 존재는 풀잎 그늘에 엎드린 곤충같이 작게 느껴졌다. 밖으로 나가기만 하면 하늘과 땅과 숲이 나를 빨아들여 사라지게 할 것만 같았고 나에게 어떤 주문을 외워 마법을 걸 것만 같았다. 처음 한동안은 수를 학교에서 데려올 때에만 간신히 나갔다 들어왔을 뿐 그 외에는 무슨 병이라도 있는 사람처럼 집안에 숨어서 지냈다.

그러나 하루하루가 지나는 동안 바깥에 정말로 아무도 없다는 것을 확인한 후에는 잠시 마당에도 나갔다. 마당에서 내려다보이는 마을의 풍경과, 버스가 기우뚱거리며 들어오는 먼 계곡길, 어른 키만큼 자라 푸른 갈기를 바람에 날리는 집 앞의 옥수수밭과 숲길가의 무덤들, 물결이 흘러가듯 끊임없이 흔들리는 푸른 보리밭과 작은 솜털 구름이 떠가는 하늘…… 거기엔 아무 적의도 없었다. 텅 빈 풍경을 오래 바라보고 있으면 그 청량하고 평화로운 파동이 몸속으로 흘러들어와 기름때처럼 덮인 마음의 각질을 산산이 떼어내가는 듯했다.

어느 날은 누군가를 만나게 될까봐 마음을 졸이며 언덕길을 조금 올라가보기도 했는데 숲에서 산나물을 훑어내려오는 노파들을 만났다. 5월인데도 두꺼운 겨울 스웨터와 툭툭한 몸뻬를 입고 나물을 담는 보자기를 허리에 차거나 자루를 등에 메고 있었다. 노파들은 이곳 사람들 같지 않고 먼 곳에서 계절에 맞추어 일부러 산나물을 뜯으러 온 것 같았다. 노파들은 집이 근처냐고 묻더니 나에게 물 한 잔을 부탁했다. 노파들 얼굴엔 연둣빛 풀물이 어른어른 어려 있었다. 나는 집으로 달려들어가 냉장고 속의 찬물을 내어주었다. 물을 달게 마신 노파들은 말려서 먹으라며 풀과 잎사귀와 뿌리를 조금씩 놓고 갔다. 취나물과 고사리와 산초잎, 둥굴레 뿌리 등등이라고 했다. 얼마나 푸른지 만지면 손끝에 물이 들 것만 같았다. 그들은 이사온 후 거의 처음 만난 사람들이었다.

*

수도 이사한 후 한동안은 혼자 현관 밖으로 나가지 못했다. 무서움을 많이 타서 밤이면 늘 내 곁에 달라붙어 잠이 들었다. 내가 앉은 소파에서 잠들거나 아니면 나의 침대로 기어들었다. 수는 남자아이답지 않게 마음이 여리고 피부가 유난히 희고 생김새가 섬세하고 야윈 편이었다. 자칫 심한 응석받이가 될 가능성도 많은 아이였다. 나는 수가 잠들 때까지는 냉정했다가 잠들고 나면 배에다 얼굴을 대고 냄새를 맡아보고 볼에 입맞추고 길고 야윈 팔과 다리의 길이를 손으로 재어보고 두께를 손아귀로 가늠해보고 머리와 얼굴과 손과 발과 배 위에 입을 맞추곤 했다.

수는 계곡 바깥 초등학교의 병설 유치원에 보내게 되었다. 유치원생부터 육학년까지 학생이 총 오십칠 명인 학교였다. 수를 전학시킨 날은 마침 분교로 남을 것인가, 통폐합을 하고 폐교시킬 것인가로 학부모 회의가 열리고 있었다. 학부모들은 이도 저도 다 반대하고 나섰다. 분교가 되면 선생님의 숫자도 더 줄어들고 지원도 적어지고 모든 학급이 합반 수업을 받게 되니 분교도 되지 말고 버텨야 한다는 것이었다.

참다못한 교감 선생님이 분교가 아니면 통폐합이 된다고 말하자, 나이든 마을 사람들이 펄쩍 뛰었다. 일제 시대에 만들어져 자신들이 졸업을 한 유서 깊은 학교이고, 학교가 없어지면 지역사회의 기반 자체가 무너지는데 무슨 경우에 없는 말이냐고 노발대발했다. 학교도 없는 마을에 어떤 젊은 사람이 이사를 들어오겠으며, 그나마 거주하던 사람들도 교육 문제로 떠날 것이 불을 보듯 뻔하다. 그러니 아이들 웃고 우는 소리가 들리지 않는 마을이 어떻게 성한 마을이냐는 것이었다. 교감 선생님은 이렇게도 저렇게도 정리하지 못한 채 난처한 얼굴로 회의를 마무리지었다.

교무실에서 간단한 전학 수속을 하는 동안 교장 선생님은 젊은 부부가 시골로 이사온 일은 몇 년 동안 없었던 고무적인 사건이라고 평가하며 둘째아이는 언제 낳을 거냐고, 세 살만 되면 학교에서 받아 키워주겠다고 농담을 했다. 자기 욕심은 온 마을의 여자들이 아이를 하나씩만 더 낳아주었으면 하는 바람이라는 말도 덧붙였는데, 폐경기를 지난 여자들이 대부분이고 보면 터무니없는 말인데도 농담 같지 않은 절실함이 있었다.

관할 교육청에서 이웃 학교로 통폐합시킬 계획을 가지고 있어서 학생 늘리기가 당장 발등에 떨어진 불이었던 것이다.

아침에는 효경이 출근길에 수를 태워주었고 마치는 시간인 오후 세시에는 내가 태우러 가야 했다. 나로서는 중요하고 일정한 일과가 한 가지 생긴 셈이었다.

학교 곁에는 교회와 파출소 분소와 면사무소의 출장소와 보건지소와 구멍가게와 주점이 갖추어져 있었다. 그리고 길가에는 마을에 꼭 한 명쯤은 있을 법한 바보가 서 있었다. 열여섯 살쯤은 되어 보이는 튼튼하고 밝은 표정의 남자아이였는데 영화나 텔레비전에서 본 그런 저능아들의 얼굴과 깜짝 놀랄 정도로 같았다. 들판 가운데서나 교회 앞에서나 학교 앞에서 갑자기 나타난 바보는 차들이 지나갈 때마다 운전석을 빤히 들여다보고 활짝 웃으며 다정하게 손을 흔들었다. 그리고 차가 아주 멀어져갈 때까지 우두커니 서 있다가 내가 뭘 하고 있었지, 하는 어리둥절한 얼굴로 교회 안으로 너정너정 들어가곤 했다. 바보의 손에는 늘 민들레

나 시계꽃, 오이풀꽃이 들려 있었다.

*

이사를 한 뒤로 생필품은 효경이 사왔다. 나는 오 일마다 선다는 시장이 어디에 있는지 생필품을 살 수 있는 농협이나 마트가 어디에 있는지 전혀 궁금하지도 않았다. 아침에 먹을 시리얼, 돼지고기, 생선, 시금치, 콩나물, 무, 오이, 파, 양파, 마늘, 스낵, 치즈, 샌드위치 소스, 우유, 빵…… 효경은 골고루 사 날랐고 아쉬울 것이 없었다. 아무 생각도 하지 않고 있다가 저녁이면 냉장고를 활짝 열고 그 속에 있는 재료들로만 반찬을 했다.

찬거리가 없을 때조차 냉장고 속에 있는 오래된 냉동 생선과 육류, 시든 야채와 냄새가 다 빠진 멸치 따위를 꺼내, 볶거나 데치고 조리거나 이것저것 뒤섞어 찌개를 만들었다. 이상하게도 식욕은 왕성했다. 밥 한 공기를 다 먹고도 접시에 남은 반찬들을 살살이 먹어 치우고 배를 앞으로 내민 채로 커피에 설탕을 듬뿍 넣어 휘휘 저은 뒤, 다리를 직직 끌며 소파로 가 앉아 밤늦도록 텔레비전을 보았다.

어린 가수들이 나와 노래를 부를 때도 있었고, 여자 탤런트가 흐느낄 때도 있었고, 개그맨이 인상을 찌푸릴 때도 있었다. 나는 아무 재료로나 반찬을 만들어 먹듯, 아무 프로그램이나 끝날 때까지 보며 수에게 이것저것 묻거나 지시했다. 쓰기 숙제는 했느냐, 유치원에서 무엇을 공부했느냐, 친구는 사귀었느냐, 마음 상한 일은 없었느냐고 건성으로 묻기도 하고 방을 그만 어지르고 이 닦고 세수하고 잠자라는 소리들.

수가 잠든 뒤엔 텔레비전을 끄고 양치질을 하고 몸을 끌다시피 해 침대로 가서 누웠다. 어느 땐 저녁 설거지조차 못할 때도 있었다. 세상은 노래를 지워버린 빈 테이프처럼 고요하고 마음속에는 늘 아아아, 하는 비명소리가 들렸다. 그런 때면 수면제를 먹고 무겁고 검은 커튼을 닫듯 눈을 꼭 감아버렸다.

약기운에 취해 잠들어갈 땐 출렁거리는 물위를 흘러가듯 몸이 조금씩 흔들렸다. 나는 희미한 미소를 지으며 어두운 다리 밑으로 흘러들듯 몸의 어지러운 기억 속으로 빠져들었다. 모든 것이 지나가버린 것 같았다. 나는 매일 밤 수면제를 먹고서야 잠들었다. 언젠가, 어느 날 밤에는 결국 수면제를 치사량만큼 믹서에 갈아 맥주와 섞어 마시고 만유인력이 지배하는 이 궤도 바깥으로 튀어나가버릴 수 있을 것이었다.

효경이 서점 문을 닫고 사십 분 거리를 달려 도착하기 전에 나는 어김없이 잠든 모습으로 누워 있었다. 효경은 이따금 침대 앞에 의자를 끌어당기고 앉아 흙으로 만든 인형처럼 굳어버린 나의 얼굴을 오랫동안 내려다보았다. 그런 때면, 그의 체취가 부드러운 비단처럼 얼굴을 덮었다. 그리고 다름아닌, 부드러운 비단 아래서 나의 얼굴이 금간 도자기처럼 깨어져버릴 것만 같았다.

괜찮아요?

천천히 달리던 차가 서버린 곳은 계곡길 한가운데의 외딴집 앞이었다. 차는 어느 순간 공기가 쓰윽 빠져나가는 듯 공허해지더니 거짓말처럼 서버렸다. 여기까지야, 하고 마지막 숨을 쉰 것도 같았다. 키를 뽑아 다시 넣어 돌려보았다. 헛것을 만지는 듯한 기묘한 느낌. 갑자기 기억이 삭제되듯 현실감이 사라져버렸다.

잠시 멍하니 앉아 있으니 모퉁이길에서 트럭이 구름 같은 먼지를 몰고 나타났다. 강팍하고 왜소한 운전기사가 굳이 고개를 빼고 차 안에 갇힌 나를 위협하듯 내려다보았다. 나는 흙먼지 속에 내려서 차를 밀어 길 한쪽으로 붙였다. 트럭은 다시 먼지를 일으키며 지나갔다.

영문을 모르니 막막하기만 했다. 무턱대고 계속 걸어나가면 학교에 도착할 것이지만 수를 만나 정류소에서 두 시간이나 기다려

마을로 들어가는 버스를 타야 한다는 생각을 하면 엄두가 나지 않았다. 더구나 길 가운데 세워진 차에 관한 한 아무런 대책도 없었다. 다행히 시간은 아직 넉넉했다.

나는 도움을 청해볼 생각으로 산을 휘도는 모퉁이길 쪽과 길가의 외딴집을 막연히 쳐다보았다. 외딴집의 허물어진 담장가에 무성한 넝쿨을 뻗은 라일락꽃이 만개해 있었다. 집엔 기척이 없었고 길도 오랫동안 텅 빈 채였다. 흡사 번화한 거리에서 아이를 잃었을 때 같은 괴괴함이 엄습했다. 아무래도 그 집도 길 아래 수몰 마을의 다른 집들과 마찬가지로 빈집 같았다.

나는 빈집에 호기심을 느끼며 감나무들을 지나 대문 안으로 들어갔다. 세 개의 방문과 부엌문은 꼭 닫혔고 마루에는 가족사진이 든 액자가 거울 위에 그대로 걸려 있었다. 마루의 선반에는 대로 짠 바구니 몇 개도 포개져 있고 마루 아래에는 농사지을 때 신었을 긴 장화가 햇볕에 바래어 넘어져 있고 여자 슬리퍼와 흙이 들어찬 구두 한 짝도 뒹굴었다.

그리고 부엌문 곁 벽엔 노트만한 거울이, 그 곁엔 탈색된 보라색 빗과 칫솔 네 개. 장독간에는 옹기들도 그대로 놓여 있어서 켜켜이 덮인 해묵은 먼지와 케케묵은 침묵을 보지 못한다면 가족이 모두 친척 결혼식에라도 간 것으로 생각할 수도 있을 것 같았다.

나는 바싹 다가가 방문 위에 걸린 사진 액자를 들여다보았다. 액자의 테와 유리엔 먼지와 파리똥이 가득 쌓여 있었다. 아기 돌

사진, 회갑상 앞에서 찍은 사진, 관광을 가서 여러 사람들이 비스 듬히 서서 찍은 사진, 남자의 증명사진, 누군가의 결혼식 사진, 그런 사진들 속에서 액자 가운데에 꽃다발을 든 남자아이와 목과 소매에 새하얀 털이 장식된 붉은 코트를 입고 은은하게 웃는 여자의 세워진 사진이 돋보였다.

여자는 마름모꼴의 얼굴에 눈썹이 초사흘 달처럼 휘어졌고 눈 망울이 커다랗고 입이 조그마한 귀염성 있고 명랑한 인상의 얼굴 이었다. 집의 여주인이었을 것이다. 얼마나 급박한 일이 있었기에 살림을 고스란히 두고 단숨에 집을 나가버렸을까……

석분을 휩쓸고 달려오는 차소리를 듣고 나는 황급히 빈집을 빠져나와 달려오는 흰색 왜건을 향해 손을 내저었다. 차 안의 남자와 나의 눈이 속도와 유리창을 사이에 두고 날카롭게 부딪쳤다. 차는 나를 조금 지나 석분 쏠리는 소리를 내며 멈추었다. 먼지가 좀 가라앉자 문이 열리고 남자가 내려서더니 다가왔다. 남자는 놀란 표정으로 내 얼굴을 빤히 쳐다보았다. 얼굴이 긴 데 비해 코는 짧은 편이고 눈이 유난히 번쩍이는 남자였다.

"미안합니다만, 바쁘지 않다면 제 차 좀 봐줄 수 있을까요?"

내가 말하자 남자는 내가 튀어나온 빈집을 뒤돌아보았다.

"차가 갑자기 멈춰 섰어요."

남자는 차 안을 들여다보더니, 차문을 활짝 열어놓고 보닛을 열었다. 잠시 살펴본 남자는 애매한 표정으로 말했다.

"이상이 없어 보여요. 배터리가 나갔을 수도 있지만, 여기까지 달려온 것을 보면…… 기름은 들어 있겠죠?"

나는 고개를 저었다.

"모르겠어요. 확인을 못했어요."

내 음성은 낮고 까칠했다. 나는 그날 처음으로 입을 열어 소리를 냈던 것이다. 어쩌면 그 전날도 전전날도…… 낯선 사람에게 말을 한 것이 일 년쯤은 된 것 같은 기분이었다. 그는 어처구니없다는 듯 내 얼굴을 잠시 훑어보았다. 얼굴이 긴장되었다. 무례한 태도였지만 어쩔 수 없었다.

"기름이 떨어진 것 같습니다."

남자는 의사가 거의 확신을 갖고 진단하듯 크고 길쭉한 손을 탁탁 털며 말했다. 보닛을 닫았다. 기름 게이지를 본 지가 한참 된 것 같았다. 가끔 기름을 가득 채우고 나면 한동안 신경쓰지 않고 지내곤 했다. 기름이 떨어져 차가 길 한가운데서 퍼지다니, 한심했다.

"먼저 기름을 채워야 확인할 수 있겠습니다."

남자가 내 얼굴을 빤히 보며 뭔가 발견하려는 빛으로 눈을 몇 번 깜박거렸다. 때마침 햇빛이 눈에 부딪쳐 동공 속에 혼란스러운 무늬가 소용돌이쳤다. 그와 함께 눈의 날카로운 선이 부드럽게 풀렸다. 남자는 자신의 차문을 열고 타라는 눈짓을 했다. 그것은 몹시도 다정하게 느껴지는 동작이었다. 나는 당혹감을 느끼며 멍하니 서 있었다. 그리고 내가 당혹감을 느낀다는 사실 때문에 얼굴이 붉어졌다.

"타세요. 나는 농협에 잠시 들렀다가 돌아올 거니까 그사이에 기름을 사면 되겠네요."

나는 차 안에서 모자를 들고 나와 남자의 차에 탔다. 남자의 차는 체로키라는 왜건이었다. 그는 의자에 놓여 있던 베이지색 윗도리와 마젤란이라는 책을 뒤로 치웠다. 언뜻 야생 꽃잎을 짓이겼을 때 나는 쓰고 향긋한 냄새가 났다. 시트는 검은색이고 카 오디오에서는 평이하고 경쾌한 피아노곡이 흘러나왔다. 낯익은 피아노 소리…… 그러고 보니 잘 아는 곡이었다.

주 트 뵈(너를 갖고 싶어). 삼 분이 약간 넘는 짧은 곡이 거의 끝날 무렵에야 나는 알아챘다. 대학 동기인 혜윤이 효경과 나의 결혼 축하곡으로 식장에서 연주했던 곡이었다. 혜윤은 주 트 뵈가 들어 있는 피아노 모음집 CD를 결혼 선물로 함께 주어서 신혼 내내 아침과 저녁에 들었던 곡이었다.

드뷔시의 아마 머릿빛 처녀와 라벨의 죽은 공주를 위한 파반, 사티의 주 트 뵈……

나는 고개를 뒤로 젖혔다. 오래전 그 음악이 흘렀던 신혼의 아침과 저녁을 기억해보려 해도 누가 날카롭게 절제해버린 듯 그저 캄캄하기만 했다. 분명 내 짧은 일생 중 가장 행복한 때였는데도 간직할 수 없는 것이 되어버린 것이었다. 서글프고 단념 어린 긴 한숨이 나왔다.

"무슨 관계라도 있나요?"

그가 불쑥 물었다.

"네?"

"빈집 말입니다."

"아뇨, 전혀."

"그 집에서 튀어나오기에 놀랐어요."

"왜요?"

"사람들이 들어서기를 꺼려하는 집이죠. 수몰지역 보상 문제 때문에 집을 무너뜨리지는 않았지만……"

"사연이 있는 집이군요."

"……이 마을 사람이 되면 자연스럽게 알게 되겠죠. 하긴 마을 사람으로 인정받기가 쉬운 일은 아니지만…… 시골생활은 어떠세요?"

남자가 의외로 나를 알고 있었다.

"한 달쯤 전부터 그 집 마당에 서 삭은 차가 늘 세워져 있는 것을 봤거든요."

내가 물끄러미 그를 쳐다보자 그의 얼굴에 괜히 아는 척했다는 후회의 빛이 스쳤다. 옆얼굴이 짧고 단정했다.

"우리집도 그 산 위에 있어요. 실은, 당신이 사는 바로 윗집이죠. 세번째 집."

나는 약간 놀랐다. 전날 주춤주춤 언덕길을 따라 오르다가 빈집인 것 같아 마당 구경을 했었다.

"빈집인 줄로 알았어요."

"거의 빈집이죠. 나 혼자 사용하고 있어요. 가족들은 주말이나 방학에 어쩌다 몰려오죠."

"조각을 하시는 것 같던데요."

마당엔 일정한 크기의 흰색 돌들이 뒹굴고 있었고 지붕만 얹은 창고 선반 위에 망치와 정, 끌, 크기가 다른 조각칼 세트들, 연마기들이 크기 순서대로 배열되어 있었다.

"빈집을 탐사하는 것이 취미인가보군요."

그가 기분 상해하는 것 같았다. 잠시 침묵이 흘렀다. 나는 계곡길 아래의 마을로 고개를 돌렸다. 보상이 끝나고 이주도 끝나 이제 물속에 잠길 일만 남은 마을. 햇빛을 가득히 받고 있는 적막한 수몰마을엔 새 한 마리 날아오르지 않았다. 어쩌면 쥐나 개미 한 마리도 남아 있을 것 같지 않았다. 물에 잠기기 전에 한번쯤 꼭 가보고 싶었다. 그러나 혼자 갈 용기는 좀처럼 생기지 않을 것 같았다. 나에겐 정말 빈집을 탐사하는 취미가 있는지도 모를 일이었다.

"당신이나 나나, 하필이면 그 언덕 위의 집을 사서 이사를 오는 사람들은 어떤 사람들일까요……"

"네?"

문득 알 수 없는 말을 한 남자는 어깨를 으쓱했다.

"……조각하는 친구가 한동안 와서 일을 하고 어질러놓은 거예요. 난 이 지역 관할 우체국 일을 봅니다."

"우체국?"

"예. 사설 우체국이죠. 이곳에 오면서 우체국을 샀어요."

"우체국장님이세요?"

"그런 셈이죠."

"이렇게 젊은 시골 우체국장님이라니 재미있네요."

그가 뭐가 재미있느냐는 듯이 고개를 돌려 나의 옆얼굴을 힐끗 보았다. 유난히 눈빛이 강한 눈이었지만 강렬함을 절묘하게 무너뜨리는 권태와 우수가 배어 있었다.

"어릴 때, 우체국 앞집에 산 적이 있었어요. 다섯 살에서 아홉 살까지. 제 어릴 때 꿈은 우체국에서 일하는 거였죠. 그때 우체국은…… 뭔가 아주 중요하고 내밀한 일들이 이루어지는 비밀 장소로 보였거든요."

그가 우체국장이라는 사실이 나를 편안하게 만들었다. 나는 긴장을 풀며 웃고 있는데. 낯선 사람을 향해 그만큼이라도 웃는 것은 나로선 흔치 않은 일이었다. 게다가 어릴 때 꿈 이야기까지 하다니.

"그렇게 쉬운 꿈도 이루지 못하나요?"

"어쩌면 너무 쉬워서 깜박 잊고 살았던 건지도 모르죠. 그래요, 잊었어요. 그러다가 세월이 흘러 이렇게 나이든 뒤에 갑자기 생각이 난 거죠."

남자가 공감한다는 듯 고개를 끄덕였다.

"아, 죽은 공주를 위한 파반이에요."

아득한 기억 속에서 흙을 털고 나오듯 갑자기 흘러나오는 친숙한 피아노 소리 때문에 내 마음이 왈칵 그에게로 기울어지는 듯했다. 분명 가장 행복한 한때의 편린이었다. 사정을 알겠다는 듯 나를 짧게 쳐다보더니 고개를 끄덕였다.

"음악 좋아하세요?"

내가 묻자 남자는 미간을 가볍게 찌푸렸다.

"안 좋아해요. 이건 늘상 걸려 있는 테이프인데, 오늘 어쩌다가 틀게 되었어요. 어디서 굴러들어왔는지 기억도 안 나네요."

그가 심드렁하게 말하는데도 마음이 편안했다. 나는 그의 옆얼굴을 가만히 바라보았다. 짧은 코 때문에 턱이 약간 길어 보였다. 수염이 거의 나지 않는 타입인지 턱이 깨끗했다.

"내려서 기름을 사세요. 나는 저기 농협에 들어갔다가 나올 테니까."

남자는 우체국 맞은편 구멍가게 앞에 차를 세우고 내가 내리자 무엇을 확인하기라도 하듯 짧게 뒤돌아본 뒤에 떠났다. 내가 내린 곳은 작약밭이 넓게 펼쳐진 길가였다. 나는 아, 하며 잠시 그대로 서 있었다. 작약밭은 우체국을 빙 둘러싸고 있었고 붉고 흰 작약꽃이 활짝 피어 있었다. 그리고 작약밭 외에는 꼭 염전처럼 온 들판에 물이 들어 있었다. 그래서 꽃 핀 작약밭과 우체국이 물위에 떠가는 것만 같았다. 알고 보니 모심기를 위해 들판의 논에 일제히 물을 가두어둔 것이었다.

　구멍가게 곁은 여염집 마당 같은데 그 담벼락에 검은 글자로 '경유 등유 대행'이라고 쓰여 있었다. 현관문을 두드리자 얼굴에 주근깨가 많이 난 여자가 몸뻬 차림에 슬리퍼를 끌고 나왔다. 마음이 좋게 생긴 여자에게서, 기름 한 통을 사고 주입기도 빌렸다.

　남자가 오지 않기에 나는 길가에 세워진 자판기에 동전을 넣고 커피를 뽑아 구멍가게 앞에 놓인 플라스틱 의자에 앉아 마셨다. 따뜻한 초록빛 바람이 은은하게 지나갔다. 나는 모자를 깊이 눌러썼다. 커피맛은 뜨겁고 달콤하고 이빨에 달라붙은 것처럼 끈적거렸다. 염전처럼 물이 든 들판에 하늘과 구름이 비쳤다. 논 가운데의 무덤 두 개와 무덤가의 삼나무 세 그루, 까치들과 형광빛의 초록 풀이 돋은 저수지 둑, 바람에 하얀 속을 드러내는 산벚나무 가로수, 그리고 물위에 떠 있는 듯한 작약꽃밭, 작약밭에 둘러싸인 시골 우체국, 우체국의 철망 담장을 둘러싼 붉은 꽃이 핀 줄장미와 노란 꽃이 핀 난초의 촌스러운 배합…… 길에는 차 한 대도 지나가지 않고 체로 걸러낸 듯 맑고 텅 빈 공기는 시간이 멈추어진 것처럼 꼼짝도 하지 않았다. 참 낯선 곳에 와 있다는 생각이 들었다.

　남자가 기름을 넣은 뒤 키를 넣고 돌리니 시동이 걸렸다. 카세트테이프에서 아란후에스 협주곡이 흘러나왔다. 마일스 데이비스였다. 음악은 지평선의 황혼을 연상시키는 듯 장중하고 깊고 비극적인데 캐스터네츠는 맨발로 먼짓길 위에서 춤추는 집시처럼 덧없고 경쾌했다.

"마음을 다른 데 뺏기고 사나봅니다."

남자가 허리를 굽혀 차 안에 앉은 내 눈을 들여다보며 말했다. 한심해하는 빈정거림이 아닌 염려의 눈빛이었다. 똑바로 바라보는 남자의 시선과 낯선 냄새와 이어지는 침묵이 나를 포박했다. 얼굴이 달아올랐다. 나는 눈을 돌리고 공연히 흘러나오는 노래의 볼륨을 높였다. 캐스터네츠 소리…… 긴 치마를 입고 먼지가 구름처럼 일어나는 길을 맨발로, 발바닥이 터지도록 오래, 걸어온 것 같은 기분이었다.

"괜찮아요?"

남자는 내게서 무언가를 느낀 것 같았다. 내가 어딘가 아프다는 것을…… 내 속에 고인 피가 나를 잔뜩 누르고 있다는 것을. 나는 괜찮다는 표시로 서둘러 고개를 끄덕였다. 남자가 문득 손을 들어올리며 희미하게 웃었다. 그러자 내 마음속에 무엇인가 한꺼번에 흘러내려버릴 것 같은 가파른 벼랑이 느껴졌다.

나는 목에 무엇이 걸린 듯 낮고 깔끄러운 음성으로 고맙다는 인사를 하고 급히 차를 출발시켰다. 모퉁이길을 돌 때, 사이드미러를 보니 남자는 호주머니에 손을 넣고 자신의 차 쪽으로 성큼성큼 걸어가고 있었다. 좀 커 보이는 바지를 편안하게 흘리듯 입고 전체를 베이지색 톤으로 맞춘 편안하고 부드러운 옷차림이었다.

조금만 더 인내심이 없었더라면 고맙다는 인사를 한 후에 그 말을 덧붙였을 것이다. '우린 같은 색깔의 옷을 입고 있네요.' 나도 발목까지 오는 옅은 베이지색 모직 원피스를 입고 있었던 것이다. 웃음이 나왔다. 이유 없이 그냥 기분좋은 웃음이.

*

그날 이후론 날씨가 좋은 날은 유치원 마치는 시간보다 두어 시간 빨리 차를 타고 드라이브를 나갔다. 쾌청한 5월에 차창을 활짝 열고 플라타너스 가로수가 숲처럼 무성한 국도를 빠르게 달리는 일이나 시골길의 보리 익은 냄새와 야생화 향기가 뒤섞인 따끈하게 데워진 공기 속을 아주 천천히 달리는 것은 기분좋은 일이었다.

바보가 때이르게 벌써 반바지를 입고 허옇게 때가 낀 장딴지를 드러낸 채 칙칙한 색깔의 목도리를 두르고 길가에 서서 손안에 가득히 쥔 민들레 꽃씨를 불어 날리는 모습을 보거나 모심기른 위해 물을 가두어둔 무논에서 물장난을 치며 노는 오리 새끼들을 보거나 빨랫줄에 남루한 빨래들을 길게 널어놓고 일하러 나간 텅 빈 집들을 보거나 하루종일 손님이라고는 들지 않을 것 같은 슬레이트 지붕의 단층 가게 앞에 의자를 내놓고 앉아 조는 노파를 볼 때면 나도 모르게 입가에 미소가 떠오르기도 했다. 그런 이유 없는 미소를 얼마 만에 지어보는지, 그런 생각이 들면 또 돌연 서글퍼졌다. 그러나 슬플 때조차 내가 숨쉬는 공기 속엔 함량 초과의 달콤한 아 카시아향기가 가득했다.

테미안의 처녀

　텔레비전 화면에는 사하라사막이 펼쳐지고 있었다. 사하라는 73년부터 있었던 육 년 동안의 가뭄으로 해마다 조금씩 더 넓어지고 있었다. 그 사하라사막의 테미안이라는 마을의 남자들이 낙타와 먹을 것을 바꾸기 위해 길을 떠나고 있었다. 낙타를 팔러 가는 사막길은 가는 데 두 달, 돌아오는 데 두 달이 걸린다. 집에서 싸간 변변치 않은 음식과 물을 나누어 먹으며 밤에는 사막의 별빛 아래서 차가운 이슬에 젖는 잠을 자고 낮에는 육십 도의 고열과 뜨겁고 건조한 모래바람을 가르고 걸어가는 길이다.

　텔레비전에는 날이 다르게 말라가는 남자들의 고단한 사막길이 비치고 마을의 어린 처녀는 낙타를 팔러 간 약혼자를 기다리며 지쳐간다. 돌아와야 하는 날짜가 하루하루 지나가자 처녀는 망상과 두통병에 걸려버렸다. 병이 깊어지자 처녀의 부모는 집으로 무당을 불러 굿을 한다.

어린 처녀는 검은 천으로 얼굴을 가리고 무서운 가면을 쓴 무당 앞에 앉혀졌다. 무당은 처녀 앞에서 요령을 흔들며 집요하게 주문을 외운다. 요령과 주문에 신이 오르자 어린 처녀는 자리에서 벌떡 일어나 무당이 부르는 기이하고 리듬이 빠른 노래에 맞추어 온몸을 떨며 광란의 춤을 춘다. 춤은 실신해 쓰러질 때까지 한없이 계속된다. 처녀가 마침내 맥을 놓아버리고 쓰러지자 무당은 노래를 멈추었다.

다음날 천천히 해가 뜨고 한낮이 되어서야 깨어난 어린 처녀는 병이 나았는지 집 앞에 나가 약혼자가 돌아올 길을 향해 고적하게 앉았다. 아직 솜털이 보송한 볼록한 뺨과 단 하나도 상하지 않은 새하얀 치아, 낙타같이 숭고한 눈빛…… 숭고함이란 받아들임이라는 것을 가르치는 눈이었다. 육 년간의 가뭄을 신의 뜻으로 받아들이고, 육십 도의 고열을 받아들이고 건조한 모래바람과 사막을 제 인생 속에 받아들인다. 그러나 그 처녀도 받아들일 수 없는 것이 있다. 처녀는 약혼자를 다시 기다리고 있다. 그녀의 기다림이 극에 이르면 또 망상병이 찾아들 것이지만 그녀는 정신이 있는 동안은 또다시 약혼자를 기다릴 것이다.

나는 머리를 싸안고 소파에 비스듬히 누워버렸다. 눈물이 마구 흘렀다. 그때 효경이 돌아왔다. 자정이 다 된 깊은 밤이었다.

"재미있어?"

효경은 무심히 곁의 일인용 소파에 앉으며 내 얼굴을 내려다보았다. 텔레비전의 파란빛이 젖은 얼굴에 반사되는 것 같았다. 효경의 눈이 크게 열리고 얼굴이 굳었다. 좋거나 싫거나 슬프거나 즐거운 일체의 감정을 표현하지 않고 살아온 지 이 년여 만이었다.

나는 프로그램이 끝나지 않았는데도 일어서서 방으로 들어가버렸다. 침대에 누웠을 때도 눈물은 멈추지 않았다. 효경이 스킨 냄새를 풍기며 들어왔다. 순간적으로 구역질이 올라왔다. 방안은 불을 켜지 않았지만 창문으로 비쳐드는 달빛과 열린 방문에서 비쳐들어온 거실등 빛 때문에 그다지 어둡지 않았다.

"왜 우니?"

"……"

"그 다큐멘터리 프로그램이 그렇게 슬퍼?"

"왜 그래?"

효경의 음성에 짜증이 배었다.

"……"

"……대체……"

효경은 한숨을 길게 내쉬었다. 한동안 깊은 침묵이 흘러갔다. 문득 효경의 입에서 회한 어린 중얼거림이 새어나왔다.

"소용없구나……"

효경은 자리에서 벌떡 일어섰다. 그와 동시에 내 속에서 말이 쏟아져나왔다.

"세상에 대해 아무것도 몰라도 상관없다고 생각했어. 사막에 사는 여자처럼 그 속에서 모든 것을 받아들이겠다고 생각했었어. 육십 도의 고열도, 육 년 동안의 가뭄도, 뜨거운 모래바람도, 백이십 일간의 부재도, 삶 자체의 남루함과 처참함도…… 그런데 그 모든 것을 참을 수 있게 하는 사랑이 박탈된 거야. 넌 단지 부정을 저지른 게 아니라 내 생을 빼앗아버렸어. 안 돼…… 난 이제 절대로 예전처럼 될 수 없어. 아무리 시간이 흘러가도 너를 다시 사랑할 수 없어. 삶이 참을 수 없이 하찮아. 사람이 왜 허무해지는지 아니? 삶이 하찮기 때문이야. 마음을 누를 극진한 게 없기 때문에……"

너무 격해져서 숨을 쉴 수가 없었다. 나는 손으로 가슴 아래를 누르며 몸을 일으켜앉았다.

"왜 울었느냐고…… 텔레비전을 보는 내내 그때 일을 생각했어. 그날 일을 다시 생각한 건 처음이야. 그날 후로 난 생각 따위는 하지 않았으니까. 생각도 하지 않고 느끼지도 않으려고 했으니까."

"몇 번이나 말해야 돼? 그건 그냥 우발적인 사고 같은 거였어. 그때 난 일하느라 지쳤었고, 사실 일밖에는 생각하지 않았어. 일에 정신을 뺏기고 잠시 방심한 사이에 나도 모르게 빠져들었던 거야. 그 정도 일로 왜 죽을 듯이 엄살을 부리는 거야? 대체 언제까지 이럴 거야?"

눈물은 계속해서 흘렀다. 목을 타고 내려 브래지어 속으로 흘러들어가고 베개를 푹 적셨다. 멍하니 서 있던 효경은 화가 치밀어오르는 듯 방문을 꽝 닫고 나가버렸다.

오래된 추문

잠도 들지 못한 채 오랫동안 누워 있으니 마치 접시들이 깨어진 찬장 속에 누워 있는 것 같았다. 갑자기 밖에서 요란스러운 기계음이 들렸다. 새소리 사이로 나뭇잎 한 장 떨어지는 소리까지도 들릴 것 같은 고요 속에서는 기계의 굉음조차 반가웠다.

누가 걷어차기라도 한 듯 자리를 박차고 일어났다. 덧창문을 열고 내다보니, 쉰 살쯤 먹은 농부가 경운기를 몰고 마당 바로 아래에 옥수수밭 곁으로 들어가더니 밭두렁에 걸터앉아 담배를 한 대 피우고 있었다. 그러고는 날쌔게 일어나 곁의 빈 밭을 갈기 시작했다.

거실을 몇 바퀴 돌며 서성이다가 한 가지씩 일을 하기 시작했다. 가장 먼저 한 일은 신발장 문을 활짝 열고 신발들을 모두 들어낸 뒤, 걸레로 선반의 흙먼지를 닦고 신발의 먼지를 턴 뒤 가지런하게 정돈해 넣은 것이었다. 그리고 마당의 수돗물을 틀어 물을 떠와 현관 바닥에 붓고 솔로 힘껏 문질러 씻었다. 또 사방으로 돌아다니며 창틀과 새시의 먼지를 털고 닦았고, 방과 마루를 청소기로 흡입했고 걸레로 닦은 뒤 마당가의 잡초도 뽑고 세탁물이 담겨 있는 세탁기를 돌리고, 수가 어질러놓은 방을 정돈했다. 일의 순서 따윈 없었다. 그냥 닥치는 대로 몸을 움직였다. 일을 다 했다고 생각하고 세수를 하고 나왔을 때 설거지거리가 싱크대 속에 쌓여 있는 것이 보였다.

다시 처음부터 시작하듯 그릇을 씻고 싱크대 속을 정돈하고, 냉장고를 청소했다. 뭔가를 몸안에서 쏟아내듯이 연속적으로 일을 하고 또 했다. 마지막으로 쓰레기를 태우기 위해 모자를 쓰고 집 밖으로 나왔다.

마당에 내려앉아 있던 까치들이 겨드랑이를 차며 푸드덕 날아오르자 조용히 고여 있던 아카시아향이 뭉클 피어올랐다. 새하얀 찔레꽃 꽃잎 속엔 아직도 이슬이 그대로 묻어 있어서 꽃잎을 건드리니 손바닥에 맑은 물방울이 흥건하게 묻어있다.

쓰레기터는 집 뒤로 나가 무성한 풀밭을 지나 계곡 쪽으로 가야했다. 그곳은 효경이 비닐하우스에서 쓰고 버린 녹슨 양철 난로를 세워둔 곳이었다. 그곳에 쓰레기를 넣고 태우면 재도 날리지 않고 주변이 어질러지지 않아서 좋았다.

풀밭은 노란 꽃가루를 피운 잡초떼와 사초류와 골풀류와 냉이

류가 다 차지하고 있었는데, 사이사이 키 큰 오이풀떼와 엉겅퀴가 보라색 꽃을 피우고 권태롭게 서 있고 논두렁에는 자잘한 꽃을 피운 벼룩풀과 무리와 담쟁이넝쿨들이 초록 융단처럼 덮여 있었다.

이따금 개구리가 느닷없이 나의 맨다리 곁에서 튀어올라 놀라게 했다. 햇볕이 뜨겁고 습기도 많은 날씨였다. 아랫마을이 옅은 수증기에 가려 더 멀고 아슴푸레하게 보였다. 비가 올 것 같았다.

쓰레기에 불을 붙이고 다 탈 동안 뜨거움을 피해 풀밭을 어슬렁거리다가 계곡가에 줄지어 선 감나무 아래까지 가게 되었다. 아마도 나무들 중 가장 늦게 잎사귀를 내는 나무는 감나무일 것이다. 어미 자궁에서 이제 막 나온 강아지 새끼처럼 눈도 뜨지 못한 채 꼬물꼬물 겹쳐져 있는 축축하고 비릿한 나뭇잎들. 하나의 나무 속에 이렇게도 많은 잎사귀가 숨어 있었을까…… 나는 각질처럼 단단하고 검고 축축한 나무를 만져보았다. 그러다가 감잎을 하나 땄다. 나뭇잎의 녹색은 엽록소의 색이라지만 나로서는 생명의 환이라고밖에는 표현할 수 없을 것 같았다. 나는 감잎을 또하나 땄다. 너무 어리고 연약하고 맑은 잎을 따는데도 죄책감이 생기지 않았다. 살아오는 동안 그보다 탐나는 것은 본 적이 없었다는 듯이 스커트를 걷어들고 잎사귀들을 계속 따 넣었다. 혹시 주인이 달려오지나 않는지 간혹 살피기도 하면서.

스커트 속의 연푸른 감잎을 여미는데, 계곡 아랫길에서 기척이 나더니 우체국장 남자가 불쑥 나타났다. 남자는 젖은 운동화를 끌

66

고 청바지를 걷어올린 모습이었는데 길쭉한 두 손을 가슴 앞에 모은 자세였다. 그 손안엔 산딸기가 가득 담겨 있었다. 나는 얼결에 인사를 꾸벅했지만 잠시 어쩔 줄 모르는 혼선을 겪으며 마주서 있었다.

내가 인사를 했는데도 그는 어떻게 하나 보자는 듯이 무표정하더니 불쑥 손을 내밀었다. 딸기를 받으라는 뜻 같았다. 나는 감잎을 감추느라 스커트를 더욱 끌어올려 두 손으로 꼭 쥐었다. 그는 허둥대는 나의 꼴을 가만히 쳐다보고 있었다. 침묵과 긴장감 때문에 현기증이 났다. 그런데도 그 상태를 무마할 수 있는 한마디 말도 떠오르지 않았다.

"차 만들려고 그래요?"

그때야 감잎으로 차를 만들 수도 있구나, 하는 생각이 들었다. 얇은 여름 천 너머로 잎사귀가 다 비치는 모양이었다. 알 수 없는 충동으로 그냥 땄지만 납득할 만한 이유가 생기니 조금 나았다. 나는 고개를 끄덕이며 연푸른 나뭇잎이 가득 담긴 스커트를 펼쳤다. 그는 나뭇잎을 한쪽으로 밀며 농익은 산딸기를 쏟아놓았다. 그의 왼쪽 손등에 깊이 팬 풀쐐기 모양의 갈색 흉터가 두 군데나 있는 것이 보였다. 불량해 보이는 자국이었다. 그는 산딸기를 나의 스커트에 쏟은 다음 계곡의 좁은 길을 따라 올라갔다.

나는 스커트를 꼭 붙든 채 쓰레기통도 버려두고 축축한 풀밭 위를 뛰듯이 마구 걸었다. 드러난 정강이가 풀줄기에 시달렸다. 풀밭 위엔 나의 키 높이까지 부연 김이 서려 있었다. 곧 비가 올 것 같았다. 집 가까이 와서 스커트를 펴보니 산딸기를 받은 자리에 벌써 붉은 물이 배고 있었다. 나는 숨이 차서 학학거리며 산딸기를 한 알 입에 넣었다. 뜨겁고 시고 달고 알갱이는 이물질처럼 단단해서 잘 씹히지 않았다. 돌아보니 그가 자신의 계곡길을 따라 올라가다가 문득 내가 있는 곳으로 고개를 돌렸다. 나는 그의 시선을 피했다. 흰색 여름 천 위에 농익은 산딸기의 붉은 물이 점점이 배어들어 있었다. 설명할 수 없는 이상한 기분이 들었다.

오후에 수를 데리러 가려고 밖으로 나가니 콧등에 빗방울이 톡 떨어졌다. 정말 비가 오나, 하며 열쇠를 쥔 손을 허공에 펴고 하늘을 올려다보는데 자동차 내려오는 소리가 들렸다. 언덕길을 내다보니 우체국장이 활짝 열린 차창으로 나를 바라보며 내려오고 있었다. 나와 눈이 마주치자 남자는 무슨 재미있는 풍경이라도 몰래 본 것처럼 싱긋 웃었다. 허공을 향해 활짝 편 손바닥에 빗방울 몇 개가 날려와 떨어졌다.

*

그날 밤 아랫집에서 우리를 초대했다. 아저씨의 생일이라고 했다. 수가 그 집 형제와 친구가 되면서 얼굴은 익힌 사이지만 모여

68

앉기는 처음이었다. 사학년과 이학년인 남자 형제 둘이 수를 잘 데
리고 놀아서 늘 고맙게 여기고 있었다. 아랫집 아저씨는 현관에 대
리석을 까는 건축업자이고 여자는 염소와 사슴을 키우며 밭농사
를 짓는다고 했다. 나보다 한 살이 많고 이름은 애선이라고 하는데
키는 작지만 눈이 커다랗고 입도 크고 음성도 큰 여자였다. 애선은
고향이 근처 시골이어서 이곳을 잘 안다고 했다.

그들이 내놓은 것은 붉게 양념한 염소고기였다. 그들은 염소를
방목할 땅을 사서 염소 농장과 염소고기 가든을 하는 꿈을 갖고 있
었다. 의외로 살림이 규모가 있고 자리도 잘 잡혀 있었다.

저녁을 먹은 후 효경과 그 집 아저씨가 바둑을 둘 동안 애선에
게 계곡길 가운데 있는 외딴집의 이야기를 물었다. 애선은 대뜸 그
집 여자를 독부라고 했다.

지금은 길을 새로 뚫어 그 집이 길가로 나와 있지만 원래는 산속
에 있던 집이었다. 그 집에 유난히 살결이 흰 여자가 살았는데, 그
집 남자가 늘 부희라고 불렀다. 부희는 남편보다 얼씨너 살이니 더
어렸고 갈갈거리고 잘 웃었다. 어쩌다 그 집 근처 산을 오르다보
면, 시아버지와 남편은 들에 나가고 없고 부희가 두 아이를 마루에
앉혀놓고 훌라후프를 돌리거나 줄넘기를 탁탁 넘으며 갈갈거리는
것을 볼 수 있었다고 했다. 농사를 지으면서 화원에도 다녔고 도자
기 단지에도 다녔고 제재소에도 다녔지만 대체로 화장을 하지 않

고 몸뻬 차림으로 돌아다녔는데, 어쩌다 학교에라도 갈 일이 있어 살짝 화장을 하면 인근 마을의 남자들의 눈길을 한눈에 끌 만큼 도 발적이어서 무슨 사단이 나도 날 거라고 마을 사람들이 수군댔다 고 했다.

그 일은 오 년 전에 일어났다. 부희가 간부와 함께 시아버지를 낫으로 찍어 죽인 사건이었다. 부희는 그날 대낮에 집 안방에서 간 부와 정사를 나누다가, 낫을 바꾸러 들어온 시아버지에게 발각되 었다. 시아버지는 낫을 들고 안방에 뛰어들어 간부와 부희에게 마 구 휘둘렀고 부희는 간부와 함께 낫을 빼앗아 시아버지를 찍어 죽 였다.

부희는 남편에게 자기가 안방에 누워 있는데, 시아버지가 낫으 로 위협하며 자신을 범하려고 해서 얼결에 찌르게 되었다고 거짓 말을 했다. 아내를 끔찍하게 아낀 우직한 남편은 그 추문이 마을 사람들에게 알려지면 아버지의 위신에 금이 갈 것도 두렵고, 무엇 보다 아내가 억울하게 옥살이할 것이 가엾어, 자신이 아버지와 싸 우다가 홧김에 낫으로 찔렀다고 경찰서에 가 거짓 자백을 했다. 그 러나 심문과정에서 수상하게 여긴 경찰이 재수사를 하게 되었고 모든 것이 백일하에 드러나버리고 말았다.

사건이 밝혀지자 부희와 간부는 잡혀들어가고 그 집 남자는 경 찰서에서 풀려나왔는데, 완전히 얼이 빠진 상태였다. 남자는 그 와 중에도 아들이 사실을 알게 될까봐 어느 날 살림살이도 그대로 내

버려둔 채 아이들만 데리고 도시에 있는 가난한 누나 집 동네로 떠나버렸다. 그후 첫 재판에서 부희와 간부는 똑같이 사형을 언도받았다고 했다.

"간부는 면사무소에 새로 온 계장이었어요. 알고 보니 그 간부가 부희가 열아홉 살에 낳은 그 집 아들의 친아버지였다지 뭐예요. 아이를 갖게 하고 도망친 대학생을 십오 년 만에 시장 거리에서 턱 만나게 됐던 거예요. 부희가 그 남자를 미친듯이 좋아했던가 봐요. 그날부터 거의 일곱 달 동안 둘이 발정난 개처럼 쏘다니며 안고 뒹굴었대요. 여관이고 산이고 차 안에서고, 남자 집 마누라가 친정 간 날엔 그 집 안방에서도 잤다는 걸 보면…… 그러다가 급기야는 자기 집 안방에까지 불러들인 거지만……"

"부희는 열아홉 살 때 그 집에 왔는데, 만삭의 몸이었대요. 그 집 남자는 농한기 동안 도시의 아파트 공사판에서 일했는데, 봄에 돌아오면서 데리고 온 거였어요. 그 남자는 그때 서른 중반쯤 된 나이였을 거예요. 지금도 그렇지만 가난힌 농촌 총각이 결혼하기 어려웠을 때죠. 부희는 그 남자가 밥을 대어먹은 식당집 넷째딸이었어요. 고등학교 삼학년에 다니던 초겨울에 배가 불러져서 학교에서 퇴학을 당하고 시장 거리 안쪽에 있는 살림집에 들어박혀 지내던 중이었어요. 미혼모가 될 딸 때문에 골치를 앓던 식당 주인남자가 그 남자에게 시골로 돌아갈 때 딸을 데리고 가면 어떻겠느냐고 한 거예요. 부희 아버지도 홀아비였대요. 엄마가 일찍 죽고 언니들은 자라면서 차례로 가출해버려 부희는 식당일을 도와가면서 학교에 다녔는데, 아이 아버지는 그 집에 하숙밥을 대어먹던 학생이었어요. 그런데 그 대학생은 군대를 갔는지 어쨌는지 어느 날 깨끗하게 사라져버렸고 배가 불러와 임신을 알았을 때는 이미 늦었던 거예요."

그 집 영감은 아들이 데리고 온 여자가 낳은 핏덩이가 자기 손자가 아니라는 것을 알아채고는 부희를 학대하고 늘 욕지거리를 퍼부어댔다. 아들에게는 쓸개도 없는 놈이라고, 며느리에게는 젖 떼자 가랭이 벌린 잡년이라고……

부희는 다음해에 여자애 하나를 더 낳았는데, 영감은 자기를 닮은 핏덩이가 여자애였기 때문에 또 욕을 해댔다. 부희의 남편은 해마다 농한기인 겨울이 되면 도시로 나가 막일을 하고 음력 대보름이 지나서야 돌아왔다. 그리고 부희는 허리 펼 사이 없이 계속되던 밭일과 추수일이 끝나고 조용한 겨울이 되면 화원에서 꽃 자르는 일을 하거나, 목재소에서 생선 담는 상자 만드는 일을 하면서 살았는데 고생하는 여자답지 않게 피부가 몹시 희었고 표정이 밝았다. 영감은 욕을 하면서도 아이들은 잘 챙겼고, 기력이 좋아서 농사일도 거뜬히 해냈고 세월이 가면서 며느리에게 의지하기도 했다. 산속 외딴집에 콕 박혀서 자기네끼리만 살았지만 여자와 아이들은 잘 웃었고 남자들 얼굴은 늘 밝았다. 그렇게 평화롭게만 보이던 어느 날 그런 사건이 일어난 것이었다.

부희 이야기는 한때는 인근의 온 마을을 전염병처럼 휩쓸었다. 부희와 같이 목재소를 다니며 친하게 지낸 여자들의 발설과 경찰서의 취조실에서 흘러나온 흥미진진한 자백들, 사람들이 느낀 인상과 단편적인 기억들, 그리고 상상력이 함께 뒤엉켜 장편소설 같은 이야깃거리가 된 것이다. 부희가 재판정에서 했다는 말은 당시 마을 사람들을 충격에 몰아넣었다.

'어차피 죽어도 좋다고 생각하고 그를 사랑했다. 애초부터 사랑하는 남자의 아이를 낳아서 내 손으로 키우기 위해 열아홉 살의 나를 농사꾼에게 팔았다. 그 삶은 한 번도 내 것이 아니었다. 아이의 아버지를 다시 만났을 때, 재회를 없던 일로 하고 그대로 살까도 했었다. 그러나 난 그를 사랑했다. 그런 사랑을 하면서 이런 일이 생길 줄을 몰랐겠는가. 그날 시아버지가 아니라 바로 내가 그 낫에 찔려 죽었어도 이상한 일이 아니었을 것이다. 늘 무서웠지만 나는 사랑을 그만두지 않았나. 나에게 남자는 당신들이 간부라고 부르는 내 아들의 아버지뿐이다. 그러니 나는 절대로 당신들이 말하는 부정한 여자가 아니다.'

얼마나 사건이 흥미로웠는지 여성지와 시사지 기자들은 물론이고 한 달 내내 온갖 기자들이 들끓었다고 했다. 그리고 이곳 사람들은 지금도 그 집 앞을 지날 때면 어제 일처럼 고개를 돌리거나

침을 뱉고 시아버지를 죽이고 간부를 안방에 끌어들인 독부에 대해 쑥덕거린다고 했다.

그날 밤 집으로 들어가면서 효경에게 물었다.

"이 마을 사람들은 부회를 이해하지 못해. 부회가 했다는 말대로 그 여잔 부정한 여자가 아니야. 당신도 마을 사람들처럼 그렇게 생각해? 그 여자가 죄를 지었다고 생각해?"

효경은 무슨 소리냐는 듯 나를 쳐다보았다. 그러고는 퉁명스럽게 말했다.

"그 여잔 살인을 저지른 여자잖아? 그것도 자기 시아버지를. 근친 살해는 죄가 더 커. 게다가 남편을 속였고 무엇보다 그 여잔 부정한 여자야."

나는 아연한 얼굴로 효경을 쳐다보았다. 부정한 여자라니. 부정한 짓을 저지른 장본인인 효경이 자기 입으로 그런 말을 할 수 있다는 것이 의아할 뿐이었다. 그는 뭐가 잘못되었느냐는 얼굴로 나를 물끄러미 보았다. 감수성이 무디다고 해야 할지 건망증이 심하다고 해야 할지, 아니면 뻔뻔스럽다고 해야 할지…… 나의 얼굴이 딱딱하게 굳는 것이 느껴졌다. 그는 아무래도 내가 전에 알았던 효경이 아니었다.

"그 남자는 부회가 사랑한 유일한 남자였어. 겨우 열아홉 살에 생을 저당잡히고 낳아 키워야 했던 아이의 아버지였고. 부회는 사랑을 한 거야. 그런데도 부정이야?"

내가 항의하자 효경은 귀찮다는 듯 화제를 바꾸려 했다.

"아랫집은 자리가 잡혀 아담하더군. 우리도 마당에 잔디를 빨리 깔아야겠어. 연못도 파고 물고기도 좀 넣고 부엌 앞에는 비닐 슬레이트 테라스도 만들어 야외 식탁을 놓아야겠어. 묵직한 대리석 판이 좋을 거 같아. 뒤쪽으로는 목책을 둘러서 계곡길로 나가는 뒷문도 만들고 우편함 달린 대문도 만들고 말이야. 당신과 수가 타게 마당에 벤치식 그네도 설치하면 좋을 거야. 당신 언젠가 그랬잖아. 행복이란 맨발로 축축한 잔디가 덮인 마당을 밟고 나가 벤치식의 그네에 앉아 한나절 동안 아무 방해도 받지 않고 책을 읽는 거라고. 언젠가, 어쩌면 아주 늙어서라도 그렇게 살 거라고."

오래전의 어느 월요일 아침에 출근하는 그에게 또다른 말도 했었다.

―당신 늙으면 이렇게 아침마다 나가지 않아도 되겠지. 차라리 우리 빨리 늙어버렸으면 좋겠다. 돈은 아주 조금만 쓰고 하루종일, 한 날 내내, 일 년 내내 함께 있세. 그러면 시간도 천천히 흘러가겠지. 시간도 돈도 아주 조금씩만 쓰면서 살아야지. 조그만 단층집의 마당엔 잔디를 깔고 그네를 매고 살았으면 좋겠어. 마당가엔 장미나무와 일년생 화초 들을 가득 심고 그리고 뒷문을 열면 흰 레이스 자락 같은 파도가 밀려오거나 푸른 비단 같은 강이 흐르고 있는 거야. 굉장하겠지……

그때는 생에 대해 꽤나 감상적이었던 것 같다. 그리고 그때는 내 인생의 남자는 효경으로 정해져 있다고만 알고 살았다. 효경을 사랑했기 때문만은 아니었다. 어떻게 결혼해서 살면서 한결같이 사랑하기만 할 수 있었겠는가. 더러는 효경에게 실망하고 미워하고 혐오하기도 했었지만 불가해하게도 내 인생에 남자는 효경 외엔 없었다. 나는 오랫동안 그렇게 살았다. 다른 남자가 있을 수 있다고는 상상조차 하지 않았다.

그러나 이제는 다르다. 뭐라고 말하기는 애매하지만 굳이 말하자면 이런 것이다. 효경의 부재. 말하자면 효경이 내게서 없어진 것이다. 그것은 효경의 냄새가 싫어지면서 시작되었다. 그가 다가오면 나의 뇌는 그의 냄새에 무감각해지기 위해 긴장한다. 나의 뇌가 무감각한 상태에 이르면 그가 내 곁에서 뭐라고 말하고 있다 해도 소용이 없었다. 중량감도 부피감도 울림도 없는 부재의 현존일 뿐이었다. 그리고 감상도 많이 휘발되었다. 점점 건조하고 황폐해지고 냉소적이 되는 기분이다. 어떤 의미에서는 그때를 '나의 가장 행복했던 때'라고 말할 수 있을 것이다. 진실과 상관없이 아직 찢어지지 않은 꿈의 고치 속에서 자족하고 있었던 그때. 다 지난 일이 된 기분이었다.

효경은 양말을 벗어 빨래 바구니에 내던져 넣고 소파에 앉았다.

"일이 엉망이야. 전에 서점주가 거래하던 도매점이 어제 부도를 냈어. 돈도 물려 있고 반품해야 할 책들 문제도 있는데…… 이렇게 되면 당분간 점원도 더 쓰지 못할 거 같아. 생활비도 줄여야 하고 내가 토요일도 일요일도 없이 매달려야 하는 거야."

몇 년 동안 제대로 생활비를 받지 않았었다. 집안에 필요한 건 대개 효경이 사들였다. 투자가 계속되어야 하는 작은 사업의 속성이기도 하고 일 년이 넘게 두문불출하며 생활을 제대로 하지 못한 나의 탓도 있었다.

시골로 이사한 후로는 사소한 생필품에서부터 반찬거리와 수의 준비물까지도 효경이 사왔고, 전화나 전기, 의료보험료 같은 요금 청구서들도 효경이 은행에 냈으며 일주일에 한 번 정도 내가 타는 차의 기름값과 용돈 정도가 될 돈을 식탁 위에 올려놓고 갔다. 나 역시 돈이 그다지 필요가 없었고 그런 생활에 아무런 불만도 없었다.

*

6월이 되자 개망초 꽃이 일제히 피어 언덕길을 하얗게 뒤덮었고 숲에는 밤꽃이 피어나 자극적인 향기를 집안에까지 가득 채웠다. 그리고 마을의 집들엔 접시꽃들이 무리를 지어 층층이 피어났다. 처음 보는 붉고 희고 분홍색인 접시꽃들은 이름처럼 순박하고도 화려하고 예뻤다. 아카시아꽃은 모두 떨어졌고 산딸기는 너무 익어서 검게 짓물러 더이상 따먹을 수가 없었다.

언덕길을 혼자 산책할 때나 애선의 집을 다녀올 때, 애선의 고추밭에서 풀 뽑는 일을 도울 때나, 수와 숲에 들어갔다가 나올 때, 옥상에 올라가 황혼을 향해 의자를 놓고 앉아 있을 때, 어스름이 지고 달맞이꽃이 천천히 피어나고 개구리들이 울기 시작하는 시간에 윗집 남자의 차가 지나가는 것을 이따금 보았다. 나는 그와 어느 정도 관계를 유지해야 할지를 몰라 어느 때는 단순한 이웃처럼 인사를 까닥하고 또 어느 때는 조금 웃기도 하고 어느 때는 전혀 모르는 낯선 사이처럼 쌀쌀하게 지나쳤다. 그 역시 극단적인 두 개의 표정으로 지나갔다. 못 본 척하는 무심하고 공허한 얼굴이거나 아니면 놀란 듯 눈을 커다랗게 뜨고 굳은 표정을 흩뜨리며 활짝 웃거나. 그러나 한결같은 것은 우리 사이에 감도는 어떤 설명할 수 없는 긴장감이었다. 해가 지고 어둠이 깔릴 때면 개구리 소리가 자갈을 쏟아붓는 듯 요란하고 밤꽃 향기는 가슴을 짓누르는 듯 무겁고 짙어졌다.

나비의 근황 2

햇볕이 불붙은 담요처럼 공중에 떠 있었다. 아직은 맑고 뜨거운 날씨가 계속되었지만 일기예보는 장마전선이 다가오는 날짜를 세고 있었다.

나는 자동차 창문을 고치러 갈 생각을 했다. 자동인 창문은 내려진 채 꼼짝도 하지 않아서 그대로 장마를 맞으면 차 안에서 첨벙 거리며 물장난을 하게 될지도 모를 일이었다. 중고차는 고치는 돈이 더 든다더니, 이제 시작인 것 같았다.

얼굴에 로션을 바르고 벽에 기대고 앉아 오랜만에 화장을 했다. 마치 여행중인 여자처럼 가방에서 천으로 된 화장품 가방을 꺼내 콤팩트 속의 작은 거울을 들여다보며 눈화장을 하고 눈썹과 입술을 그리고, 마지막으로 긴 속눈썹에 마스카라가 뭉칠 정도로 듬뿍 칠했다. 그렇게 쪼그리고 앉아 화장을 하고 있으니, 마치 내일은 또다른 곳으로 흘러갈 여자처럼 어쩐지 퇴폐적이고 정처 없는 기분이 되었다.

마을 아래 못을 돌아나가 텅 빈 수몰마을과 부희의 집을 지나는 낭떠러지 계곡길을 나가 작은 마을들이 포도송이처럼 달라붙어 있는 평지의 시골길을 달리다가 우체국과 문이 굳게 닫혀 있는 단층 상점 거리를 지났다. 농협과 닷새마다 장이 서는 양철로 지붕을 이은 작은 장터와 약국과 반찬가게와 문방구와 노래방과 비디오 방과 미장원과 정육점과 식당 같은 허름한 상점들이 늘어서 있는 거리였다. 전혀 거리다운 활기는 없었다. 간판의 글자는 흐릿하게 지워지고 물건들은 천에 덮여 있고 손님도 없고 주인도 없는 것 같은 분위기였다.

단층 상점 거리를 지나 국도로 접어들어 온천 마을을 지나갔다. 길은 계속 구불거리는 오르막이었다가 고개 위의 낡고 허름한 휴게소를 지나면서 구불거리는 내리막길이 되었다. 차창을 올릴 수가 없어 에어컨 바람도 소용이 없었다. 햇빛에 얼굴이 발갛게 익고 등이 땀에 젖었다. 십오 분여 만에 카센터와 세차장을 겸하고 있는 도로가의 가게에 도착했다.

차에서 내리니, 앞이 횅하니 열린 초록색 텐트 창고에 앉은 두 남자가 보였다. 둘 다 폐타이어 위에 걸터앉아 똑같은 정도로 탄 담배를 피우고 있었다. 더위 때문에 몹시 지친 모습이었다.

"차문을 고치러 왔어요."

내가 말을 하자 그들은 둘 다 동시에 담배꽁초를 내던지고 벌떡 일어섰다. 그리고 얼굴이 흰 사람은 원래 그렇게 하도록 되어 있었던 것처럼 수돗물을 틀고 호스를 들어올려 차를 씻기 시작했다. 차는 밀크색의 체로키였다. 문득 윗집 남자가 떠올랐다. 얼굴이 검고 기름옷을 입은 남자는 벌써 차 창문을 내리는 스위치를 만지고 있었다.

"창문이 꼼짝도 하지 않아요."

"뜯어봐야 알아요. 모터가 나갔으면 일이 복잡합니다."

남자는 차를 타고 창고 앞으로 바싹 들이대고 내리면서 말했다.

"사무실에 들어가 기다려요. 거긴 선풍기도 있으니."

늘어선 창고 사이에 유일하게 유리문이 붙어 있는 곳이 사무실인 것 같았다. 남자는 공구가 가득 든 손잡이 달린 플라스틱통을 끌어내 손잡이가 긴 커다란 드라이버로 차문의 안쪽 나사들을 풀기 시작했다. 남자의 얼굴에서 이내 커다란 땀이 툭툭 떨어졌다. 나 역시 더워서 속 머리카락이 피부에 달라붙었다.

사무실로 가보니 유리문 안에 한 남자가 선풍기 앞에서 신문을 보고 있는 것이 보였다. 신문에 가려져 얼굴은 보이지 않았다. 사무실 벽의 선반에는 카 액세서리가 종류별로 몇 가지씩 진열되어 있었다.

나는 들어가지 않고 서성대다가 다시 차를 고치는 창고 앞으로 갔다. 수리공 남자가 차문 안쪽을 풀고 있었다. 드라이버로 나사를 푸는 그의 얼굴에서 연신 땀이 투둑 떨어졌다. 그때 사무실에서 남자가 나오는 것이 보였다. 윗집 남자였다. 그는 내가 있는 곳으로 조금 다가왔다.

나는 어색한 태도로 눈인사를 했다. 역시 세차중인 차는 그의 차였다.

"모터가 나갔어요."

수리공 남자가 투덜댔다.

"그러면요?"

"좀 기다려야 해요."

"얼마나요?"

"모터를 주문해서 배달받을 때까지죠."

"얼마나 걸리죠?"

"오후 네시는 돼야 될걸요. 지금이 열한시니, 차를 두고 가셨다가 나중에 오세요."

"안 돼요. 아이를 데리러 가야 하거든요."

"그러면 일이 귀찮아져요. 이 더운 날씨에 이걸 또 조립해야겠어요? 그냥 오늘은 택시 타고 다니세요."

정비기사는 대뜸 화를 냈다. 그때 윗집 남자가 자동차 키를 나의 눈앞에 흔들었다. 그의 얼굴을 쳐다보니 그는 어깨를 으쓱하더니 자신의 키를 계속 흔들며 따라오라는 시늉을 했다. 나는 잠시 망설이다가 그의 차 쪽으로 갔다.

말없이 차를 몰고 가던 남자는 고갯마루의 휴게소로 갑자기 꺾어들어갔다. 슬래브를 친 작은 건물은 볼품없이 낡았고, 푸른 이끼와 녹물로 얼룩이 져 있었다. 건물의 머리에 검은색 페인트로 그저 휴게소라고 쓰여 있는 곳이었다.

그러나 건물에 비해 그늘을 드리운 노란색 차양들이나 테이블과 의자 들이 놓인 등나무 그늘, 잔디밭 위에 놓인 흰색 비치파라솔이 꽂힌 테이블들과 잔디 위의 나무들, 무궁화나무 울타리와 격자 창문으로 만들어진 공중전화 부스는 맑고 밝은 색들이어서 쓸쓸함을 메우고 묘하게 경쾌한 정취를 자아냈다.

테이블에 커피를 놓고 등나무 아래에 앉은 남자는 담배를 피웠다.

"이름이 있겠지요."

남자는 연기를 내뿜으며 긴 한숨이라도 쉬듯 말했다. 혼잣말처럼 가라앉은 말이어서 몹시 버른 것처럼 무겁게 느껴졌다. 그러면서 남자는 대담하게 나를 응시했다. 나는 방어라도 하듯 간신히 그를 마주보고 있었다. 결혼한 이후 낯선 남자와 마주앉은 건 거의 처음인 것 같았다. 더구나 호젓한 야외 테이블에.

남자는 눈을 몇 번 깜박이더니 다리를 바꾸어 걸쳤다.

"당연한 말이지만, 나도 이름이 있어요. 알고 싶지 않으세요?"

남자가 양철 테이블 위에 담배를 비벼 끄며 마치 내 마음을 다

읽고 있었다는 듯이 조금 건들거리며 물었다. 나는 커피를 한 모금 마신 뒤에 죽을 때까지 모르는 남자의 이름 따윈 알고 싶지 않다는 얼굴로 잔디 위에 드문드문 심어진 장미나무들을 바라보았다. 그러면서 왜 나는 이렇게도 거만하고 쌀쌀한 태도를 취하는 걸까, 하는 생각을 했다. 나는 왜 미소지으며 내 이름은 이미흔이에요. 당신은 누구죠? 라고 하지 않는 것일까?

실은 그 순간이란 아무리 부정해도 내 무의식이 내내 상상해온 바로 그 순간이었다. 노래를 지운 빈 테이프를 하루종일 듣는 것 같은 시골의 생활. 절대로 무슨 일이 일어날 수 없는, 산과 논과 개울과 나무 들이 자리잡은 그대로, 모든 것이 이미 정해져버린 듯한 완료형의 나날 속에서 한 남자가 한 여자의 이름을 묻는 순간이란 그 본질을 다시 뒤흔드는 일이었다. 절벽에서 아득한 아래를 내려다보는 기분, 발밑이 무너지며 금세라도 무슨 일이 일어날 것만 같은 저릿한 현기증이 몰려왔다.

남자는 다시 시작하자는 듯 목소리를 가다듬었다. 그의 머리가 짧아서 그런지 고집을 부리는 앳된 얼굴이 언뜻 엿보였다.

"몇 살이에요? 열두 살? 스물두 살? 서른 살? 마흔 살? 이름은 뭐예요? 오이풀? 질경이? 엉겅퀴? 개여뀌? 쥐오줌풀? 달개비? 쇠비름?"

나는 웃음을 터뜨렸다. 나의 웃음소리가 작은 종을 흔들듯이 아주 맑고 높았다. 뜻밖이었다.

"요즘 시골엔 내성적인 여자분이 거의 없죠."

남자는 '내성적인'에 밑줄이라도 그으라는 듯 강조하며 우스꽝스럽게 말했다. 적지 않은 나이에 새침하다는 인상을 주는 건 나역시 원하지 않는 일이었다. 그러나 나를 그런 식으로 드러내는 일은 아무래도 너무 새삼스러웠다. 남자가 다시 뭐라고 말을 하려고했다. 답답한 표정이었다. 나는 남자가 말을 하기 전에 서둘렀다.

"서른세 살. 이름은 미흔이에요."

남자는 마치 서른세 살 먹은 여자는 난생처음 본다는 듯한 눈빛으로 나의 얼굴을 뜯어보았다.

"규입니다. 60년생이에요."

나는 그의 손등을 궁금한 눈빛으로 내려다보았다.

"손등의 상처……"

"가위로 찍은 자국이죠."

그가 손등을 위로 펴고 새삼스럽다는 듯 두 개의 흉터를 지그시보았다.

"고문이라도 당했어요?"

"청춘은 고문이죠. 나도 네놈들만큼 독하고 강하다는 표지. 남자애들은 얼굴이나 손이나 피부가 곱게 생긴 녀석들을 우습게 알죠. 녀석들 앞에서 손등에 가위를 박은 뒤로는 누구도 더이상 건드리지 않았어요. 그리고 두 달이 흐르자 나도 모르게 무림파의 실세가 되었죠."

남자가 웃자 윗입술이 약간 뒤집히며 코밑에 가로 주름이 졌다.

"무림?"

"남자애들 학교엔 그런 게 있어요."

그런 부류의 아이들이 떠올랐다. 학과 공부와는 다른 궤도의 학교생활을 하다가 학교를 떠나는 아이들, 그런 아이들은 나중에 어떻게 되는지 늘 걱정스러웠다.

"무림파 애들은 자라서 뭐가 되죠? 건달? 깡패? 브로커? 연예계 매니저?"

"자라서 기자가 되죠. 그리고 사는 게 너무 시시해서 돈 많은 이혼녀와 결혼하고 시골의 우체국장이 되어 건달처럼 사는 거예요."

그의 표정은 무심했다. 나는 오랜만에 소리를 내어 웃었다. 내 웃음소리가 이렇구나 하는 생각을 하면서.

"우리가 사는 마을 이름이 나비라는 거 알아요?"

"처음 마을로 올 때 언뜻 들었어요."

"옛날엔 그 언덕 위에 열 채도 넘는 집이 있었어요. 팔십오 년쯤 전에 산사태가 나 마을이 사라져버렸다고 하더군요. 그 마을 이름이 나비였어요. 나비가 아주 많았답니다. 지금도 그 일대는 나비와 나방 특별 보호구역으로 지정되어 있죠. 실은 우리집 위로 계속 올라가면 산속에 생물학과 교수의 작은 작업실이 하나 있어요."

"그분은 언제 오죠?"

"글쎄요. 아무때나 불쑥불쑥 오니까. 왜요?"

"나비에 관해 나도 좀 알고 싶어요."

"이를테면 무엇을?"

"아무거나요. 나비에 대해 처음부터 끝까지."

"그러니까, 나비는 삼천만 년 전에 나방에서 나비로 진화했어요. 나방은 십억 년 전부터 있었고, 나비와 나방의 종류는 십만 종쯤 될 겁니다. 나비는 알에서 육 일 만에 나오는데 흔히 애벌레를 풀쐐기라고도 하죠. 애벌레인 나비는 미친듯이 풀잎을 먹어치웁니다. 네 번 허물을 벗는 동안 엄청난 에너지로 엄청난 양의 잎사귀들을 먹죠. 탐욕스럽게 느껴질 정도지만 알고 보면 징그러운 벌레로부터 눈부신 나비로 거듭나기 위한 숭고하고 끔찍한 노역입니다. 그 풀은 비단실이 되어 몸에서 풀려나오는데 고치를 만들기 위해 뽑아내는 실이 사십 킬로미터나 된답니다. 나비는 자기 몸에서 나온 비단으로 자신을 가두고 그 속에 들어앉지요. 겨울에 나뭇가지에 오그라진 나뭇잎처럼 달려 있는 것이 나비의 고치죠. 수개월 동안 밀폐되어 있다가 드디어 나비로 변신하게 되는데 나비가 되고 나면 이제 풀잎은 먹지 않습니다. 꽃즙이나 거북이의 눈물, 사람의 땀을 먹지요. 나비는 코가 없어요. 더듬이로 냄새를 맡습니다. 입도 없어서 나비가 된 후로는 전혀 먹지 않는 나비도 있습니다. 그런데도 나비들은 굉장히 힘이 세죠. 모나코 나비는 지구를 반바퀴나 돌아요. 멕시코 계곡에서 겨울을 난 뒤에 유럽까지 날아가니까요. 그러니까 삼천이백 킬로미터를 나는 거죠."

빠르게 말을 쏟아낸 그의 눈 속에 장난스러운 웃음이 가득 차올랐다. 그러고는 어깨를 으쓱했다.

"됐어요?"

"기억력이 굉장하군요."

"경우에 따라 달라요. 기억도 선택해서 한다잖아요."

이번에는 내 눈 속에도 웃음이 차올랐다.

"실은 그 생물과 교수한테서 들은 이야깁니다."

"그렇군요."

"나비가 비상하는 것도 신기해요. 날개가 있다고 해서 언제 어느 때나 날 수 있는 건 아니거든요. 이카루스에게 태양에 너무 다가가지 말라는 치명적인 주의사항이 있었던 것처럼 나비에게도 지켜야 할 사항이 있어요. 우선 나비가 날기 위해서는 몸이 뜨거워야 됩니다. 삼십 도 이상의 체온을 유지해야 하죠. 나비의 배 쪽엔 비늘가루가 변한 털이 빼곡히 덮여 있는데 그곳에 최대한 햇빛을 쪼여 그 복사열로 체온을 올린답니다. 그래서 날씨가 맑은 날만 날고 흐린 날이나 비 오는 날은 비상하지 않는다고 하는군요. 체온을 높일 수가 없으니까요."

"그랬군요. 그런데 그 몸으로 바다를 건너가다니…… 비장하네요."

나는 몹시 슬픈 이야기를 들은 기분이 되었다. 나비가 불속으로 날아드는 것도 체온에 대한 욕망, 바로 비상에 대한 욕망 때문일까……

"이제 생물학과 교수를 만날 일은 없는 거죠?"

나는 영문을 모르겠다는 얼굴로 쳐다보았다.

"그자가 미남이라 불안해서 말입니다."

나는 희미하게 웃었다. 그도 상당한 미남 축이었다.

"나비를 좋아하세요?"

"아뇨. 아까 말한 대로 너무 비장해서 싫습니다."

"하지만 삶에 대한 우리의 본능 자체가 비장한 것인걸요."

"난 그런 비장한 본능 없어요. 쉬운 게 좋아요."

"영웅적인 것을 좋아하는 줄로 알았어요."

"왜죠?"

"전에, 그러니까 당신을 만난 첫날, 차 안에 마젤란이라는 책이 있는 것을 봤거든요."

"……어릴 땐 위인전을 많이 읽으면서 자랐지요. 하지만 지금에 와서 마젤란을 읽는 이유는 혹시라도 부질없는 명예욕이나 야심을 삿지 않도록 경계하기 위해서입니다. 영웅전의 히를 너무 많이 아는 사람의 결론이지요."

"일종의 부작용이 생긴 것 같네요."

그가 어깨를 으쓱했다.

"자신이 어떤 기여를 할 수 있는가는 실은 자신이 가장 잘 알지요. 영웅이란 얻는 자가 아니라 자신을 송두리째 내어놓는 자죠.

이 나라의 잘난 사람들 그걸 좀 알아야 해요."

"그렇군요."

그는 고개를 끄덕이더니 불쑥 말했다.

"난 쓸모없는 놈이에요. 그냥 그런 놈이죠."

잠시 침묵이 흘렀다. 눈이 마주치자 그가 또 윗입술을 약간 말
아올리며 짧게 웃었다. 코밑에 가로 주름이 졌다. 나는 마주보고
웃었다. 그가 눈을 깜박였다. 나는 무슨 말이든 해야 할 것 같아 물
었다.

"······그런데 우리 마을에 다시 산사태가 날 염려는 없나요?"

"글쎄요. 팔십오 년이나 지났으니 올여름 우기쯤에 또 한번 덮
칠지도 모르죠."

"듣고 보니 오싹하군요."

"왜요? 난 은근히 기대되는데요."

"영웅주의가 몹쓸 방식으로 발휘되네요."

그가 하하, 웃었다.

구름 모자 벗기 게임

　우리는 점심을 먹고 수를 데리러 학교에 갔다. 수를 애선의 집에 내려놓은 뒤 나의 차문이 고쳐질 때까지 시간을 보내기 위해 한 갓진 어촌의 한 슈퍼에서 지렁이 상자를 샀다.

　우리가 자리를 잡은 곳은 널따란 공터를 낀 산기슭에 있는 버려진 선착장이었다. 한때는 멸치막이었던 것 같은 널따란 공터엔 엉겅퀴, 토끼풀, 오이풀, 괭이밥풀, 달개비, 쐐기풀 같은 여름풀들이 뒤엉켜 자라고 있었고 목조 창고 세 채가 일정한 거리를 두고 띄엄띄엄 서 있었다. 마침 산그림자가 선착장을 덮어 그늘에서 낚싯대를 드리울 수 있었다. 바닷바람이 유난히 그곳으로만 불어와 공터에 서 있는 세 그루 플라타너스의 나뭇잎이 쏴쏴 소리를 내었다.

　나는 물고기를 공중 높이 들어올릴 때마다 외마디 비명을 질렀다. 물고기가 바늘을 깊숙이 물어 찌를 흔들 때 낚싯대를 재빠르게 걸어올리면, 내 몸 깊은 곳이 물고기의 입에 와드득 물어뜯기는 듯, 혈관 속에 소스라치는 진동이 일어났다. 내가 비명을 지를 때면 그는 긴장된 얼굴로 나를 빤히 보았다. 그리고 천천히 물고기의 입을 열어 바늘을 뽑아냈다. 바늘을 너무 깊이 삼켰을 때는 천을 찢을 때처럼 물고기의 살이 뜯어지는 소리가 났다. 나는 얼굴을 찌푸리며 눈을 질끈 감았다가 떴다.

"기분이 이상해요."

"물고기 한 마리가 바늘을 물 때 우주는 함께 진동하죠. 사람의 감각은 각자의 뇌가 통제하지만, 식물이나 물고기 같은 것은 우주의 한가운데 통제센터가 있다는 설도 있어요."

"……처음 듣는 말이에요."

"어떤 생물학자들은 식물이나 물고기의 정신생활을 믿는 신비주의자이기도 하죠."

"……물고기가 이렇게 요동치면, 바늘이 물고기의 살을 더욱 헤집겠죠."

"내상의 표정입니다. 어때요? 당신과 닮은 것 같지 않아요?"

"……"

"내가 당신을 처음 봤을 때, 그 빈집에서 뛰어나와 손을 들어올려 내 차를 세웠을 때, 바로 이런 모습을 하고 있었어요."

그가 아직 바늘을 뽑지 않은 물고기를 손바닥 위에 놓았다. 물고기는 더이상 팔딱이지 않았다. 살 속의 바늘이 영혼까지 찢어버린 것일까. 물고기는 그저 느리게 아가미를 열었다 닫았다 할 뿐이었다. 야만적인 도륙 앞에 자신을 통째로 내맡겨버린 투명한 단추 같은 물고기의 눈……

통증이 독처럼 살 속으로 퍼지는 것이 보였다. 내 몸속 아주 깊은 곳에도 지긋한 통증이 느껴졌다. 그가 돌연 나의 손을 잡았다. 그러고는 손을 으깨어 즙이라도 짜겠다는 듯 꽉 쥐었다. 이상하게도 엉뚱한 행동 같지가 않았다. 나는 손을 뿌리치는 대신 통증 때문에 입술을 깨물었다. 반지의 장식이 손가락 사이에 끼어 손가락 뼈가 부서질 것만 같았다.

"아……"

내가 눈을 감으며 신음소리를 내자 그는 놀란 얼굴로 천천히 손을 열고 나의 손가락을 내려다보았다. 그리고 나의 한쪽 팔을 거세게 끌고 걷기 시작했다.

그는 두리번거리며 여름풀이 무성하게 자란 공터를 지나고 짠 멸치 냄새가 희미하게 배어 있는 창고들을 지나 쇠똥이 퍼져 있는 좁다랗고 가파른 산길로 들어갔다. 숨을 잘 쉴 수가 없었고 눈앞이 흐렸고 몸이 너무 가벼웠고 입이 저절로 벌어졌다. 발목이 찔레덤 불에 찔리는데도 아무렇지가 않았다.

숲은 빈약했고 어린 잡목들로 얽혀 있었고 송진 냄새와 나뭇잎 마르는 냄새와 젖은 흙냄새와 푸른 잎사귀 냄새와 그 모든 더위에 지친 습기로 어지러웠다. 그는 어느 허물어진 무덤가에서 우뚝 멈추어 섰다. 하루종일 햇볕에 데워진 여름 숲은 지열로 인해 훈증탕처럼 수증기가 피어오르고 있었다.

그의 손이 나의 마음을 떠보듯 얼굴을 가볍게 쓰다듬었다. 나의 얼굴은 자석에 끌려가듯 그의 손길이 스치고 간 방향을 따라 기울어졌다. 숨이 차올라 저절로 입이 열렸고 이내 눈물이 솟을 것처럼 감각이 이완되었다. 심장 깊숙이 내 몸의 가난이 느껴졌다. 난처한 느낌이 들었지만 그런 나를 숨길 수도 없었다. 두 사람은 달리기라도 하는 듯이 호흡이 거칠었다. 그의 몸이 진저리치듯 한차례 떨렸다. 그리고 동시에 나의 어깨를 와락 당겨 안았다.

나는 있는 힘을 다해 그의 팔을 뿌리쳤다. 그는 의외라는 듯 눈을 둥그렇게 떴다. 얼굴에 땀이 흘러내리고 있었다. 땀이 눈 속으로 들어갔는지 아니면 난감할 때 생기는 습관인지 그는 눈을 꾹 감았다가 떴다.

외로운 눈이었다. 내 몸의 가난처럼 그 남자의 가난을 알아챌 수 있었다. 이해할 수 없게도 그는 마치 나와 그렇게 마주서기 위해 줄곧 내달려온 외로운 마라톤 선수 같은 표정을 짓고 있었던 것이다. 늘 그렇지만 그런 일은 순간적으로 일어난다. 어떤 사람이 다시는 모르는 사람이 아니게 되는 일. 그 영혼을 보아버리는 일.

나는 즉시 그를 통째로 이해해버린 느낌이었다. 어쩌면 그 이후에 오는 시간, 요컨대 누군가를 알아간다는 그 시간이란 오히려 우리가 상대를 재확인하는 낭비의 시간에 지나지 않는지도 모른다.

문득 숲의 나뭇가지들을 젖히며 송진 냄새 나는 서늘한 바람이 불어왔다. 그 바람이 무슨 신호이기라도 한 것처럼 그와 나는 동시에 묵은 갈잎과 부러진 나뭇가지들과 솔방울이 덮인 바닥에 주저앉았다. 기진맥진해 더는 버틸 수 없는 것처럼. 우리는 같은 곳을 바라보며 오랫동안 앉아 있었다. 오래 바라보고 있으니 숲의 나무들 사이로 파란 바다가 보였다. 시간이 흐르자 서늘한 바람이 땀을 바삭바삭 말려 몸에 잔소금 알갱이가 느껴질 지경이었다.

*

숲에서 내려오자 저녁이 다 되어 있었다. 낚시 도구를 챙기면서 그가 말했다.

"남는 시간엔 뭐하세요?"

"그쪽은요?"

"나야 투자하느라 이런저런 궁리를 하죠."

"어떤 투자요?"

"땅, 집, 주식……"

"돈 좋아하세요?"

"구차하게 벌진 않습니다."

"많이 버셨어요?"

"괜찮은 편이에요. 남는 시간에 뭐하느냐고 물었는데요?"

"……글쎄요."

잠잔다고 말할 수는 없어서 나는 머뭇거렸다.

"잠자나보군요. 어때요? 나와 게임을 해보지 않겠어요?"

나는 무슨 말이냐는 눈으로 그의 얼굴을 빤히 올려다보았다. 숲에서 고요한 시간을 보낸 뒤라 그런지 우리 사이엔 일종의 우정이 형성된 것 같았다. 그는 내 눈을 조용히 들여다보았다.

"당신 눈을 보면, 어둡고 차가운 숲의 그늘 속에 숨어 있다가 이제 막 나온 것 같아. 전혀 닳지 않았으니…… 어디선가에서 살아온 사람이 아니라, 지금 막 만들어진 사람처럼."

"여자에게 늘 그런 식으로 말하겠죠."

나는 좀 가볍게 넘겨보려고 빠르게 대응했다.

"글쎄요. 하긴 두 눈을 꼭 감고 잠만 자니까 그런지도 모르지요. 어때요, 나와 게임을 해보지 않겠어요?"

그의 득의만면한 얼굴에 웃음이 어리고 있었다.

"무슨 게임이죠?"

"구름 모자 벗기 게임."

"구름 모자 벗기 게임? 이상한 이름이군요. 무슨 뜻이죠?"

"혼자 생각해보십시오. 내가 지을 때엔 분명했는데, 지금은 나도 모호해요."

"어떻게 하는 거죠?"

"게임의 유효기간은 사 개월이에요. 그동안 서로를 허용하죠."

"그건 왜죠?"

"사람 사이의 긴장이 지속되는 기간이 대략 그 정도죠. 게임엔 긴장이 필수 요건이니까. 게임이 유효한 기간 내에도 둘 중 누군가가 상대방에게 사랑한다고 말하면 게임은 끝납니다. 게임이 아웃되면 다시는 만날 수 없어요."

"만나고 싶으면 어쩌죠?"

"남은 감정은 영원 속에 익사시켜야죠. 게임의 규칙이에요."

"쉽지 않은 게임이군요. 그런 게임을 왜 하죠?"

"글쎄. 우선 사는 게 지리멸렬하고, 그리고 당신이 마음에 들고…… 그러나 사랑한다는 따위 귀찮은 결과가 생기는 건 질색이니까."

"당신은 이 게임을 자주 하나요?"

"흥미를 끄는 낯선 여자가 나타나면…… 자주는 아니고 이따금."

"왜 사랑해서는 안 되죠?"

"얽히는 게 귀찮으니까. 사랑은 언제나 사랑 자체로 존재하지 않고 생에 시비를 겁니다. 삶을 위협해요. 특히 여자들이란 사랑을 가지고 한몫 보려고 합니다. 팔자라도 바꾸려고 들죠. 사랑한다면서 왜 저렇게 하지 않죠? 사랑한다면 이렇게 해줘요. 이런 걸 사줘요. 왜 전화하지 않았죠? 내가 보고 싶지 않았나요? 난 당신 여자예요. 이제 어쩔 거죠? 함께 살고 싶어요…… 여자들 그러는 거 아주 지긋지긋합니다."

"하지만 그게 사랑인걸요. 이런 식이죠. 먼저 사랑을 고백해야 해요. 두 사람이 어느 정도 일치해야 하죠. 그리고 심지어는 결혼을 약속해야 하구요. 그 거래가 성사되고 나면 모든 것을, 말하자면 육체를 서로 허용하죠."

"보험 같군."

"이 게임은 모든 것을 뒤집는군요. ……고독하진 않나요?"

"그건 지불할 만한 대가요. 난 사랑하고 아이를 낳고 벌어먹이느라 늙고 지쳐가는 소시민적인 삶보다는 수상쩍고 고독하고 홀가분한 단독자의 삶을 택했어요. 그 편이 나에게 쉬우니까."

"좌절했나요?"

"그것하곤 달라요. 그냥 무의미해진 거죠."

"결국 비슷한 말 아닌가요?"

"그렇게 생각하세요? 난 아주 다르다고 생각하는데."

그는 다른 비밀이라도 있는 것처럼 오만하게 말했다.

"게임에선 늘 이겼나요?"

"이 게임에서는 아무도 이기지 않아요. 지는 사람이 있을 뿐이지."

"진 적도 있었나요?"

"언젠가 한 번. 처음 이 게임을 했을 때. 녹색 모자를 쓴 한 여자가 나에게 게임을 신청했었지. 난 그녀에게 졌어요. 나중엔 그녀를 붙들고 놓아주지 않으려고 했지요. 남편과 이혼하고 나와 살자고 사정하고, 이 모든 사실을 남편에게 알리겠다고 협박하고 도망가

자고 공갈하고…… 거의 일 년 동안이나 계속되었어요. 그녀는 끝까지 냉정하더군요. 마지막에 난 저잣거리에 널린 그저 그런 파렴치한 치한이 되어버렸어요. 더이상 받아들여지지 않는 사랑은 연인을 순식간에 치한으로 만들어버려요."

"여자를 사랑했나요?"

"아뇨. 그건 단순히 게임에 진 거죠. 말하자면 그 여잔 게임의 여왕이었거든요. 난 누굴 사랑하는 인간이 아니에요. 꼭 한 번 실패한 후론 단 한 번도 지지 않았어요. 어때요? 당신도 꽤나 지루해 보이는데."

모든 게 장난 같았다. 아무튼 재미있는 발상이라는 생각이 들었다. 나는 대담한 척 웃었다. 그런데도 나의 얼굴이 뻣뻣해졌다. 나는 어쩔 수 없이 생에 대해 순진한 여자였다.

"당신은 게임을 하게 될 거요. 달리 할 일이 없을 테니까."

그가 단정적으로 말했다. 농담을 하는 것이 아니었다. 나의 얼굴에는 웃음이 완전히 가셨다. 나는 남자의 얼굴을 아연하게 쳐다보았다. 모욕당하는 기분이었다. 숲에서 우리는 두 그루의 나무나 두 마리의 다람쥐처럼 천진하기도 하고 무심하기도 한 모습으로 오래도록 앉아 있었다. 내가 그랬듯이 그도 아무 생각도 하지 않았다. 그것을 느낄 수 있었다. 그가 순수하리만치 완전히 텅 비었다는 것을. 그리고 그 때문에 숲의 시간이 흐르는 동안 그와 나를 구분할 수가 없었다.

우리는 일어설 때 마주보았고, 그리고 동시에 미소지었었다. 나는 우리가 은밀하고도 무척 특별한 정서적 경험을 했다고 느꼈다. 그가 나를 사랑하게 되었다고, 진심이라고 말했다면 차라리 그보다 어리둥절하지는 않았을 것이었다.

그런데 그는 숲에서의 그 시간에 대한 특별한 유대의 암시도 없이, 그동안 두 사람 사이에 걸쳐져 있던 그 이상한 긴장의 기미를 냉소하며 내 삶을 무시하는 태도로 게임을 신청하고 있었다. 그는 자신만만해 보였다. 절대로 자신이 질 리가 없다는, 결코 나 같은 여자를 사랑하게 될 리가 없다는 표정이었다.

"뭘 꺼려하세요? 두려워요?"

한순간이었다. 그는 내 몸을 와락 붙들었고 그리고 몇 발자국을 옮겼다. 다음 순간 그는 우리를 바닷물 속에 내던져버렸다. 나는 그에게 꽉 붙들린 채 물속에 빠져버렸다. 수영을 하지 못하는 나는 공포 때문에 정신을 잃을 지경이었다.

처음에 물이 얼굴을 뒤덮자 저절로 허우적거리며 그에게 엉겨붙었다. 당혹스러운 한순간이 지나가자 그는 두 손바닥으로 나의 양쪽 뺨을 가볍게 덮고 위로 올렸다. 그러고는 말했다.

"바닥을 딛고 서요. 당신보다 더 깊지 않아."

그러자 정말 발이 바다 밑바닥에 닿는 것이 느껴졌다. 물은 거의 목까지 찼다. 나는 그의 팔을 뿌리치고 물속을 걸어나왔다. 선착장은 높아서 바닷가 가장자리로 걸어가야 했다. 파도가 전혀 없어 물의 저항이 크지 않았지만 마음처럼 빠르게 앞으로 나가지지는 않았다. 처음 물에 빠졌을 때는 너무 놀라 그의 뺨이라도 올려 치고 싶은 기분이었지만 둥둥 떠오르는 몸을 가누며 천천히 걷는 사이에 나는 애초의 기분과는 다르게 빠르게 안정되었다. 바다에선 따뜻하고 신선한 해초 냄새가 났고 잠긴 머리카락은 물고기의 지느러미처럼 물결에 흐느적흐느적 일렁거렸고 몸이 둥둥 떠오르려고 했기 때문에 잔뜩 집중해야 했다.

온통 젖어서 바다로부터 나온 뒤에도 어쩐지 그에게 화를 낼 마음이 생기지 않았다. 오히려 장난에 동조하듯 웃기라도 할까봐 애써 미간을 찌푸려야 했을 지경이었다. 논리나 이성이나 이지 같은 건 상관없었다. 본능적으로 그를 받아들일 수 있었다. 내가 심각한 표정을 만들어 짓고 원피스 자락을 걷어올려 물을 짜기 시작하자 그가 말했다.

"사람들은 옷을 입은 채로는 바닷물에 빠지지 않는 것이 인생이라고 생각하지만, 옷을 입은 채 바닷물에 빠지는 것도 인생이죠. 마음속에 금지를 가시지 말아요. 생은 그렇게 인색한 게 아니니까. 옷을 말리는 것 따윈 간단해요. 햇볕과 바람 속에 가만히 앉아 있으면 되죠. 살갗이 간고등어처럼 좀 짜지기는 하겠지만."

"하지만 해가 있을 때의 이야기죠."

어쩔 수 없다는 듯 나는 미소를 지었다. 다행히 바닷가의 저녁은 따뜻했다. 바람이 털실처럼 포근하게 피부를 스치고 지나갔다.

그가 차 안에서 타월을 꺼내와 닦아주기 시작했다.

"대체 어떤 여자들이 그런 게임을 할 거라고 생각해요? 권태로운 여자들? 사치스러운 여자들? 아니면 타락한 여자들?"

그는 고개를 저었다. 그리고 간략하게 말했다.

"나빠지고 싶어하는 여자들."

머리를 한 대 맞은 것 같았다. 그는 제대로 본 셈이었다. 제도의 온실 속에서 복무하기보다는 차라리 남몰래 나빠지고 싶어하는 일련의 여자들이 있는 게 사실이라면, 나도 틀림없이 그 부류니까.

그도 옷을 대강 짜고 수건으로 팔과 얼굴을 닦았다. 긴 팔과 긴 다리와 곧은 목과 곧은 척추…… 모든 뼈들이 길고 곧은 사람이었다. 그 때문에 몸 전체가 좀 냉정해 보였다.

내상의 표정

규를 만났던 날 이후로 거의 매일 그 휴게소에서 모닝커피를 마시게 되었다. 절 안내 표지판을 지나 늘어서 있는 아름드리 은행나무 가로수들을 지나면 고개 위 휴게소가 나왔다. 오후에 수를 학교에서 데리고 오다가도 들러 팥빙수 따위를 먹고 휴게소의 등나무 그늘이나 잔디 위에서 시간을 보내다가 돌아왔다. 휴게소 집 딸이 수와 한반 친구여서 둘이 만나면 잔디밭을 데굴데굴 구르며 좋아했다.

나는 아이들과 술래잡기 놀이를 하거나 그림을 그리거나 풀잎 채집을 하며 놀았고 초콜릿이나 아이스크림을 사기 위해 가게 안으로 들어가곤 했다. 휴게소 실내는 좀 가난하고 평화로운 가정집 같은 분위기였다. 문 양옆에 홀과 부엌이 나뉘어 있고 그 안쪽엔 스낵과 음료수, 담배와 간단한 문구류 따위가 진열된 홀과 댓돌에 아이들 슬리퍼가 뒤집어져 있는 커다란 방 하나가 있었다.

홀의 테이블에는 늘 이제 막 손님이 빠져나간 것처럼 국수 그릇들이 널려 있고 벽에는 라면, 국수, 김밥이라고 쓴 메뉴판이 붙어 있었다. 그 아래 길고 좁다란 테이블엔 커피머신과 어묵과 인스턴트 죽 종류와 삶은 계란과 슬러시 기계와 핫바, 어묵국과 만두 등이 든 보온 유리 박스들이 놓여 있었다.

휴게소 여자는 늘 부엌에서 그릇을 씻거나 김이 하얗게 오르는 솥에서 국수를 건져내거나 하다가 손님을 맞았다. 머리를 남자처럼 짧게 자른 여자인데 몸집이 크고 양쪽 뺨이 붉고 콧등에 땀이 맺혀 있었다. 서른두 살이나 셋쯤 되어 보였다. 화장이라곤 전혀 하지 않았고 옷차림도 흐릿한 회색 셔츠에 물이 빠진 검은빛 몽당 치마를 입고 앞이 막힌 플라스틱 슬리퍼를 끌고 있었다. 반지 하나 끼워지지 않은 손은 물에 불어서 두툼하고 컸다.

내가 말을 걸거나 인사를 해도 휴게소 여자는 번번이 묵살했다. 그 여자는 늘 바쁘게 보였으며 근본적으로 좀 무뚝뚝한 여자 같았다. 바지를 입은 뒷모습을 보면 꼭 작고 다부진 남자 같기도 했다.

여자는 나에 대해 반감을 품고 있는 것 같았다. 나는 낮 내내 빈둥거리니까. 사실 시골 아낙들처럼 농사를 짓든지, 도예 단지에 가서 그릇 만드는 일을 하든지, 화원이나 제재소에 일하러 가지 않는 한 달리 할 일이 없었다. 수영장도 없고 도서관도 없고, 피부관리실도 없고 백화점도 없고 영화관도, 영어나 스텐실이나 붓글씨 따위를 배울 문화센터도 없고 친구들도 없는 것이다. 그리고 있다 해도 소용없는 일이었다. 나는 아픈 여자였고 여전히 아무것도 하고 싶어하지 않았다. 내 인생은 낮잠을 자거나 휴게소에서 빈둥거리는 동안 항아리 속에 갇힌 빗물처럼 부패하고 있었다.

*

병원에 간 건 여직원이 다녀간 날로부터 삼 개월이나 지나서였다. 그즈음 머리카락 밑을 만져보면 두피 아래층이 전체적으로 물렁하고 아팠으며 언제나 뜨거웠다. 잠자는 시간은 점점 더 늘어났고 잠이 들면 혼수상태처럼 깊이 떨어져버렸으며 어쩌다가 외출할 때마다 물건을 잃어버렸다. 그 삼 개월 사이에 가방을 다섯 번이나 잃어버렸고 두 번이나 방금 구입한 물건이 들어 있었던 쇼핑백을 분실했다.

효경은 번번이 가방을 찾아 그날 들른 곳을 거꾸로 돌아다녀야 했다. 세 번은 되찾았고 두 번은 완전히 분실했다. 그로 인해 지갑과 함께 주민등록증과 운전면허증도 분실했는데 나는 무심한 채로 그냥 시간을 흘려보냈다. 어쩌면 그런 상황 속에서 효경이 느낄 끔찍한 근심과 죄책감을 나는 한편으로 즐겼는지도 모른다. 효경은 묵묵히 잃어버린 물건들을 찾아다녔다.

효경은 당시 내가 바보가 될지도 모른다는 공포를 느꼈던 것 같다. 그는 병원을 가자고 졸랐다. 그런데도 나는 병원에 가는 것을 완강하게 거부했다. 나 자신에 대해 완벽하게 좌절해 이미 무심해진 것인지, 아니면 바보가 될 수도 있는 미래에 대한 극도의 공포감 때문인지, 혹은 상처 자체를 그처럼 수치스러워했던 것인지, 나 자신도 알 수 없는 일이었다.

병원에 다녀오던 길이었다. 차가 주유소로 들어서자 종업원들은 분주하게 움직였다. 두 아이는 전면에서 팔을 저어 인도하고 다른 아이들은 곤충을 분해하는 개미들같이 순식간에 자동차에 달라붙어 전면과 측면 유리들을 닦고, 기름을 넣고, 티슈와 면장갑, 사탕이 든 봉지 따위를 챙겨 넣어주었다.

일하기에는 아직 어려 보이는 아이들. 여자애들은 커다랗고 뚱뚱하고 둔감해 보이는데, 남자애들은 작고 야위었으며 외로워 보였다. 아이들은 한결같이 머리를 오렌지색으로 물들이고 귀에는 은색 이어링을 꽂았으며 흘러내릴 것같이 더럽고 큰 바지를 걸치고 있었다.

—화장실 좀 갔다 올게.

기름을 넣은 뒤 효경은 차를 한쪽으로 붙여 세웠다. 나는 미동도 하지 않고 건너편 길이 갈라지는 곳에 선 은행나무들을 응시하고 있었다.

—커피 뽑아올까?

효경이 물었다. 나는 고개를 저었다. 효경은 시동을 켜둔 채 차에서 내렸다. 그리고 푸른 줄무늬 차양을 지나 화장실 쪽으로 걸어 갔다.

잠시 후 효경이 화장실에서 나오는 것이 보였다. 나는 돌연 핸드브레이크 너머로 몸을 던져 운전석으로 옮겨 앉았다. 효경은 순간적으로 멈칫 섰다가 달리다시피 다가왔다. 나는 팔을 내저어 자동차의 문들을 잠그고 기어를 넣었다. 차창을 두드리는 효경의 눈과 나의 눈이 마주쳤다. 우리의 시선은 접시 하나가 공중에서 떨어질 때처럼 팽팽하게 긴장되어 있었다.

효경은 왜 그러냐고 소리치며 차창을 두드렸다. 나는 액셀러레이터를 밟았다. 차는 앞으로 왈칵 쏠리더니 튀어오르듯이 달려나갔다. 효경은 여전히 어리둥절한 얼굴로 몇 걸음 따라 달려왔다.

나는 뒤에서 팔 톤 트럭이 달려오는 것을 보면서도 이차선 도로로 끼어들었다. 집채만한 트럭이 날카로운 경적을 울리며 일차선으로 휘청 휘어지며 비켜갔다. 이백 미터 정도 앞에 신호등이 있었고 정지신호가 들어와 있는데도 나는 액셀러레이터를 마구 밟았다. 속도계의 금이 팔십까지 올라갔다. 다행히 신호등은 푸른색으로 바뀌었다. 문득 머리에 통증이 왔다. 문짝같이 거대한 칼날이 이마에 박혀 천천히 머리를 가르는 것 같은 끔찍한 통증……

나는 아무 생각도 없었다. 그저 차를 빼앗아 혼자 떠나고 있을 뿐이었다. 의사는 컴퓨터 단층촬영 결과 이상이 없다고 했다.

─직접적인 뇌 손상은 없습니다. 머리 밑에 튀어오른 부분은 일

종의 결절입니다. 시간이 가면 저절로 풀립니다. 그리고 머리가 빠진 자리는 다시 나게 됩니다. 약을 드시고 만일 두통이 계속되면 다시 오십시오. 혹시 진단서가 필요하신가요?

그렇다면 무엇이 두통과 단편적인 기억상실증을 야기시키는 것일까. 사진에 찍히지 않는 이 손상의 정체……

—사람 이름이나 전화번호, 지나간 일들이 잘 기억나지 않고 머릿속이 캄캄해질 때가 있어요. 그리고 머리 밑이 아프고 경우에 따라선 두통도 아주 심각하구요.

내 말에 의사는 아이 달래듯 입에 발린 미소를 지으며 건성으로 대답했다.

—그 정도는 별로 심각한 상태는 아닙니다. 만약 뇌에 손상이 있다면 이 정도로 앉아 있을 수도 없죠. 신경성인 것 같습니다. 마음을 편하게 가지세요.

나는 목적도 없이 달리기만 했다. 마치 통증에 격렬하게 등이 떠밀려가는 듯이. 통증은 나의 등을 후려치며 가라고, 멀리 가버리라고 말하고 있었다. 나는 회오리바람에 휘말린 마른빨래 조각처럼 공중으로 날아가는 것 같았다.

그렇게 새벽까지 달려 동해안의 작은 여관에 들었다. 다음날 오후에 눈을 떠보니 여관의 뒷문 바깥은 바로 해변이었다. 해변을 좀 걸었고 여관 로비에 우두커니 앉아서 밤이 되도록 시간을 보냈다. 해 질 무렵엔 여관에서 일하는 늙은 여자가 해변가에 처진 빨랫줄에서 타월과 이불 홑청 들을 걷어들이는 것을 보면서 문득 그런 생각도 했었다. 그냥 이름 없는 이 해변의 여관에서 손님들 시중이나 들면서 살까. 정말 그래버릴까……

커다란 수족관과 선인장 화분이 가득히 놓인 로비엔 손님들이 커피를 타 마실 수 있도록 인스턴트커피와 프림, 설탕과 뜨거운 물이 준비되어 있었다. 나는 로비의 창가에 앉아 해변을 내다보며 여관 옆 가게에서 사온 소주를 마시고 오징어를 씹다가 커피를 타 마셨다. 내 인생에서 커피를 가장 많이 마신 날이었다. 열다섯 잔쯤 마셨을 것이다.

여관집 늙은 여자는 저녁을 먹자마자 잠이 들고 중년의 주인은 가끔 로비로 다가와 소주를 냉큼 마시고 여관 입구의 내실로 돌아가곤 했다. 열두시가 되자 만취해서 들어온 남자가 복도 끝 방의 베니어 문을 부술 듯이 두드리며 문 열라고 소리를 질러댔다. 여관집 여자가 부아를 내고 말려도 소용이 없었다. 두 사람이 함께 든 방인데 술이 취해 먼저 들어온 남자가 문을 잠그고 잠들어버려 뒤에 온 남자가 소동을 피우는 거라고 했다. 방마다 손님들이 항의를 했지만 만취한 남자를 쫓아낼 수도 없었고 잠을 재울 빈방도 없었다. 여관집 여자가 발을 동동 굴렀다.

내 방을 내어주자 주인은 반색을 했다. 나는 주인여자를 따라 내실로 가서 잠든 늙은 여자 곁에 누웠다. 주인여자가 베개를 고여주며 다음달이면 늙은 여자가 여관 일을 그만둘 것이라고 했다. 그러면서 이것저것 물었다. 나의 대답이 흐리자 오갈 데 없는 여자로 보였는지 자기도 과부인데다 아이 둘은 서울에서 학교를 다니니 둘이 의지하며 함께 지내자고 했다. 늙은 여자가 복도를 쓸고 수건과 새하얀 이불 홑청을 걷어들이던 모습이 떠올랐다. 나는 잠든 척 눈을 감고 대답하지 않았다.

그게 전부였다. 무작정 차를 빼앗아 타고 달렸던 그 여행은 삼일 만에 끝났다. 집에 돌아온 나는 효경을 떠나보내기는커녕 금치산자처럼 그에게 의지했었다. 내가 늘 아프고 연약하다는 사실을 그가 한순간도 잊지 못하도록 폐부 깊숙이 인식시켰다. 나는 어쩌면 원한을 가지고 커다란 벌레처럼 그의 머릿속에 드러누워 그의 생을 갉아먹었는지도 모른다. 우리는 제대로 섹스도 하지 못했다. 한동안은 몸이 일으키는 거부를 이해할 수 있었다. 그러나 사 개월이 지날 쯤엔 오히려 내가 초조해졌다. 그를 받아들이기 위해 노력했지만 할 수가 없었다. 나를 힘들게 하는 것은 내 몸속에 있는, 그의 부정한 육체를 조롱하는 긴 혓바닥이었다. 기껏 불빛의 조도를 낮추고 침대에 나란히 누워 한없이 자신을 다스리며 그를 향해 조심스럽게 방향을 틀 때면 그 긴 혓바닥이 먼저 목구멍으로 쑥 올라와 차갑고 미지근한 욕지기를 일으키는 것이었다. 그리고 그의 냄새……

냄새를 맡지 않기 위해 나의 뇌는 무감각해지려고 긴장했고 그 긴장과 동시에 두통이 시작되었다. 두통 속에서 몇 번의 섹스를 치른 후로 나는 섹스를 두려워하게 되었고 그도 꺼리게 되었다. 우리는 어리둥절하고 놀라고 불안해하면서 고립되어갔다. 이젠 두 몸 사이에 너무 많은 시간이 흘렀다. 그가 나의 몸을 만진다는 건 상상도 할 수 없다. 근친상간보다 더 곤혹스러운 변태적인 감각의 상상을 불러일으킨다. 벌레가 살갗에 떨어지는 것같이 불쾌한, 너무나 불쾌한 기억이 되살아날 것만 같은 일종의 공포가 그와 나의 살속에 숨어 있는 것이다.

차라리 효경을 그 여직원에게 보내버렸더라면 그뒤에도 생이 이처럼 어려웠을까? 차라리 내가 정말 떠나버렸더라면 어땠을까? 동해안의 바닷가 여관에서 복도나 쓸고 햇볕에 이불 홑청과 수건을 씻어 널고 좁다란 방안에서 작은 문틈으로 손님들에게 칫솔이나 면도기를 건네주는 여자가 되어 살아버렸더라면 더 낫지 않았을까?

*

철근을 가득 실은 트레일러 한 대가 휴게소로 진입해들어오더니 운전석에서 볼품없는 청년이 때에 전 러닝과 청바지 차림으로 내렸다. 그는 어딘가에서 밤새워 달려왔는지 허적허적 잔디밭으로 다가와 누가 내던지듯 나무 그늘 아래 벌렁 드러누웠다. 그리고 맞은편 산그늘에 나뭇가지가 한 번 흔들릴 사이, 가슴에 올렸던 손의 긴장이 무너지더니 이내 두 팔이 스르르 풀려 갈비뼈 곁에 나란히 놓였다.

너무나 갑작스러운 잠이었다. 몸의 반은 그늘 속에 반은 햇볕 속에 내놓고…… 가슴이 부풀어올랐다가 꺼지고 부풀어올랐다가 꺼지는 모양을 보고 있으니, 나도 낮꿈을 꾸는 듯 몽롱해졌다. 잠도 전이되는 것인가…… 시치미 뚝 떼고 다가가 모르는 청년 곁에 몸을 길게 뻗고 잠시 같은 잠 속으로 빠져들고 싶어졌다.

졸음이 깃들인 눈 속으로 규의 차가 들어오는 것이 보였다. 마치 내가 꾸고 있는 꿈속으로 그가 등장하는 것만 같았다. 그는 내가 있는 곳까지 바짝 차를 몰고 들어오더니 한동안 그대로 있었다. 얼마간의 시간이 흐른 뒤에 그는 차창만 내렸다. 그리고 가까이 오라는 손짓을 했다. 나는 잠에서 덜 깬 눈으로 말갛게 쳐다보다가 다가갔다. 그러자 바닷물에 빠지던 순간이 떠올랐다. 물고기처럼 원피스를 흐느적거리며 바닷물 속을 걸었던 뜻밖의 행복감과 충만감도…… 젖은 옷을 입고 돌아왔던, 하나의 금지가 사라졌던 그 서늘한 저녁도…… 몽롱한 낮꿈에 젖어 있던 얼굴에 미소가 번졌다.

휴게소 여자가 바께쓰를 들고 지나가다가 우리를 빤히 쳐다보았다. 아이들은 더 많은 종류의 들꽃과 풀잎을 모으는 놀이에 빠져 있는 것 같았다. 나는 손으로 얼굴을 가렸다가 떼어냈다. 그리고 정색을 하고 그를 쳐다보았다. 그의 오디오에선 피아노 연주가 흘

112

러나왔다. 그도 나를 바라보기만 했다. 잠시 시간이 흘러갔다. 라벨의 죽은 공주를 위한 파반이 나의 가슴속으로 느리게 흘러들어왔다.

"설마 이 휴게소에 앉아 졸며 평생을 다 보내려는 건 아니겠지요?"

그가 정말 걱정스럽다는 듯 말했다. 그는 서툰 젊은이처럼 몇 번 눈을 깜박이더니, 갑자기 오디오를 열어 테이프를 꺼내 나에게 건넸다. 그러고는 인사도 없이 왔을 때처럼 갑자기 떠나버렸다.

권태가 슬픔으로 변할 때

침대에 앉아 창 바깥을 내다보는데, 어느 순간 내가 아무것도 보고 있지 않다는 것을 느꼈다. 오후 네시였다. 권태가 그만 슬픔으로 변해버리는 시간, 모든 것이 무상하고 남루해지는 이유 없는 슬픔이 몰려들었다. 허공중의 빛이 돌아서는 듯 산그림자가 바뀌고 있었다. 나는 수첩을 폈다. 수첩 속의 이름들을 곰곰이 들여다보고 있다가 혜윤의 전화번호를 눌렀다.

"여보세요?"

혜윤의 음성 속에 낯선 떨림이 느껴졌다. 한 옥타브쯤 높고 잔뜩 긴장되고 건조했다. 어쩌면 와이셔츠를 열다섯 장쯤 다린 여자의 음성 같기도 했다. 그런 열기와 한 가지 일에 깊이 집중한 사람의 피로가 느껴졌다.

"혜윤아, 나야."

"……미흔아. 어떻게 된 거니? 너, 거기 어디니?"

혜윤은 나를 확인하자마자 화를 내며 다그쳤다.

"사람이 밑도 끝도 없이 그렇게 증발해버리는 경우가 어딨니?"

"여기 시골이야."

"어디 시골? 시골엔 왜?"

"그냥. 여기서 사는 거야. 나도 여기가 어딘지 아직 잘 모르겠어. 근처에 바다가 있는 산골 마을이야."

"……그렇게 됐구나."

효경의 사무실을 정리하게 되었다는 데까지는 알고 있었던 혜윤은 대강 짐작을 하는 것 같았다.

"효경씨는?"

"시내에서 서점을 시작했어. 대학 앞이야."

"잘되고?"

"시작이니까 밤낮없이 매달리고 있어."

"지내긴 어떠니?"

"좋아."

"정말?"

"정말이야."

"하긴 넌 어차피 돌아다니는 타입이 아니니까 거기가 어디든 상관없을 수도 있겠다. 그런데 정말 좋은가봐. 목소리가 맑고 밝다."

"너 요즘도 스텐실 하니?"

"그렇지 뭐. 요즘엔 포크아트도 해. 주소 말해봐. 내가 만든 거 몇 개 보내줄게."

피아노 학원까지 운영했던 혜윤은 결혼한 뒤론 무슨 결심이라도 한 듯 피아노는 전혀 치지 않았다. 그 대신 아이가 자라 유치원을 다니자 평생교육원과 문화센터를 다니며 온갖 취미교실을 섭렵하고 영어와 철학, 명상과 단소, 컴퓨터를 차례로 배워왔다. 그렇게 나다니는 이유는 혼자 집에서 점심 먹기 싫어서인데, 자칫하면 남편에 비해 너무 똑똑해져서 수준 차이 나 못 살게 될 거 같다고 농담을 했다.

"너 이거 들어봐."

수화기를 음악이 흐르는 스피커에다 대어주었다.

"주 트 뵈…… 맞네."

"내 결혼식……"

"그래. 내가 축하 연주를 했지. 그런데 너무 새삼스럽다."

"최근에 우연히 다시 듣게 되었어."

혜윤은 숨만 내쉴 뿐 말이 없었다.

"최근에 어떤 사람을 만났는데, 그의 차에 이 테이프가 있더라."

"너, 연애하니?"

혜윤이 아무렇지도 않게 콕 꼬집어내서 나는 움찔 놀랐다.

"글쎄…… 어떻게 할까 생각중이야. 어떻게 생각하니?"

"……미흔아, 너 내가 붙들어주기라도 바라는 모양인데 나도 예전의 내가 아니란다."

혜윤의 음성이 다시 한 옥타브 높아지고 건조해졌는데, 그 건조함이란 것이 불에 달군 듯이 뜨겁게 느껴졌다.

"예전에 난 유독 옳은 일, 틀린 일, 좋은 일, 나쁜 일, 선한 일, 악한 일에 대한 구분이 분명했지. 예전 같으면 유부녀가 부도덕하고 경망스럽고 천하게 무슨 그런 고민을 다 하니, 라고 했을 거야. 세상의 칙칙한 뒷골목에서 일어나는 흔하디흔한 게 그런 짓거리들 아니니, 우린 깨끗하고 반듯한 대로로만 가자, 하면서."

혜윤은 그랬다. 지나치게 이성적이고 반듯해서 갑갑하고 인색하고 매정하게 느껴졌다.

"나 있잖아."

혜윤은 호흡을 고르느라 말을 멈추었다. 까칠까칠하고 따갑도록 건조한 숨소리.

"나 누구 만나는 사람 있어. 한 달쯤 되었다. 너무 혼란스러워. 모든 게 제자리를 이탈해버렸어."

"그 사람 전화 기다리는 중이었구나."

"……옳지 않다 해도, 어쩔 수 없어. 아무것도 판단하지 않기로 했어. 문제는 내가 원하느냐 원하지 않느냐뿐이야. 다른 건 몰라도 말이야, 사랑만은 교훈적으로 하는 게 아닌 거 같아. 그건 말이야……"

"실존적으로 하는 거지……"

"그래 그거야. 내가 아직 너무 젊다는 걸 느껴. 마흔 살도 아니고 쉰 살도 아닌데 인생은 재활용품처럼 질기고 지겹고 허용된 건 낡고 낡은 도덕과 진부한 모성과 속으로 경멸하면서 겉으로는 웃는 기만적인 내조밖엔 아무것도 없어. 아무것도 없는 걸 가지고 어떻게 삶을 실감할 수 있겠니? 아니면 나이가 들면 삶이란 그저 기억에 불과한 건가…… 하지만 기억마저 희미해져. 죽은듯이 있으려니, 치매는 더 빨리 오지…… 이러니 내가 너에게 별 도움이 될 거 같지 않지? 어쨌든 조심해."

"……"

"그곳 바다 좋니? 너도 만나고 바다 구경도 하고 싶다. 그렇지 않아도 도영이하고 네 이야기 했어."

"그래, 언제 도영이와 함께 와. 이곳 바다는 유난히 예뻐. 파도도 거의 없이 호수 같고 해안선이 아기자기해. 바다 기슭에 테이블을 내놓은 카페도 알아두었어."

전화번호를 가르쳐주고 혜윤과 통화를 끝냈다. 어쨌든, 사랑은 교훈적으로 하는 게 아니라 실존적으로 하는 거다. 어느 시에 그런 구절이 있었다. 서른 살이 넘으니 세상이 재상영관 같다고. 단 하나의 영화를 보고, 보고, 또 보는 것만 같다고. 대체 우리는 어떻게 성숙해야 하는 것일까…… 선은 텅 비고 추상적이기만 하고, 일상은 자고 먹고 섹스하고 사냥하는 욕망의 습관으로만 구성되어 있으니.

국도변의 휴게소 여자

장마가 시작되었다. 한결같은 빗줄기가 손님이 들지 않는 때문은 중국집의 긴 주렴처럼 지겹도록 내렸다. 한결같은 소리로 한결같은 굵기로, 한결같은 속도로. 가끔은 거센 바람이 불고 한낮이 밤처럼 캄캄해지며 천둥과 번개가 지붕을 쪼듯이 무섭게 내려치는 날도 있었다. 하늘이 뽑혀나온 고목의 흰 뿌리처럼 새하얗게 갈라지고 어디선가 내달려온 휘파람 소리가 소용돌이지며 집을 친친 휘감았다. 번개가 떨어질 때면 집안에서 젖은 종이에 불을 붙여 연기를 피웠다. 언젠가 할머니들에게서 그렇게 해야 한다고 들은 기억 때문이었다.

우기 동안 나는 차를 몰고 많이 돌아다녔다. 비가 오면 관절이 더욱 아픈 늙은이들만 남아서 사는 울적한 산촌과 탈의장과 튜브

대여점, 민박집 따위가 비를 맞고 있는 텅 빈 해수욕장 마을과 종업원들과 개들이 함께 낮잠에 빠져버린 바닷가의 횟집 거리나 포장도 되지 않아 누런 흙물이 흘러내리는 좁고 경사가 심한 산림로를 따라 끝까지 올라가보곤 했다. 차 안엔 주 트 뵈나 죽은 공주를 위한 파반, 혹은 샤콘느나 아란후에스 협주곡이 흐르고 차창엔 누가 매달려서 우는 듯이 끊임없이 빗물이 흘러내렸다.

규와는 두 번 마주친 적이 있었다. 한 번은 계곡길에서 서로 비켜갈 때 그가 클랙슨을 울렸다. 내가 주춤대며 속도를 늦추자 그는 급히 차를 세우더니 차창 문을 열고 얼굴을 내밀었다. 빗줄기가 거세게 내려쳐서 금세 얼굴이 빗물에 젖었다. 그는 빗물에 젖은 앞머리를 이마 위로 걷어올리며 눈을 둥그렇게 뜨고 무언가를 묻는 눈으로 빤히 쳐다보았다. 이내 서로 비켜 지나갔지만 그 짧은 순간에 반듯하고 흰 이마와 비에 젖은 검은 고수머리가 목덜미에 착 달라붙은 것이 눈에 띄었다. 그날은 하루종일 그 모습이 눈앞을 가로막아 내 몸에 미열이 떠다녔다.

*

아침에 남편과 수가 떠난 뒤, 커피를 뽑아 현관 앞 테라스에 내놓은 의자에 앉아 있었다. 숲에는 비가 오는데도 새들이 이 나뭇가지에서 저 나뭇가지로 튀어오르며 서글프게 울고 무덤가의 홍화밭엔 머리가 하얗게 센 노파가 파란색 우의를 입고 풀을 매고 있었다.

오렌지색 가장자리에 붉은 물을 들인 듯한 작고 단단한 홍화꽃이 드문드문 개화하기 시작했다. 초경을 맞는 소녀들의 작은 가슴을 연상시키는 꽃. 그 넓은 홍화밭에 홍화꽃이 다 피면 어쩐지 감당하기 어려울 것 같았다.

집 앞 무덤과 말꼬리처럼 긴 푸른 옥수수 잎들과 비를 맞으며 조금씩 흔들리는 숲과 마을을 내려다보고 있는데, 아랫집 여자 애선이 한 손엔 접시와 비닐봉지를 들고 한 손으론 우산을 받치고 올라오는 것이 보였다.

애선은 곧장 우리집 대문 안으로 들어서서 석분을 마구 밟으며 휘적휘적 걸어왔다. 화장기 없는 얼굴에 커트한 파마머리. 시장에서 사입은 꽃무늬 면바지, 엉덩이를 푹 덮는 줄무늬 반소매 셔츠에 플라스틱 슬리퍼 차림이었다.

"나팔꽃 넝쿨이 그새 좀 자랐네……"

애선은 대문 앞과 테라스 가장자리에 다시 넝쿨을 뻗고 올라오기 시작한 나팔꽃을 보며 중얼거렸다. 일전에 자기네 염소들이 우리에서 나와 애써 가꾼 우리집 나팔꽃 넝쿨을 다 먹어버린 일을 두고 마음이 쓰이는 모양이었다. 내가 나팔꽃 넝쿨 따위 때문에 그토록 참담한 얼굴로 서 있는 것을 본 애선은 도저히 이해 못할 일이라는 듯 뜨악한 표정을 지었었다.

"비가 오니까, 할 일도 없고 고추전을 부쳤어. 고추도 좀 따고.

요즘 반찬 해 먹을 것도 없고 입맛도 떨어지는 때잖아. 아무것도 넣지 말고 매운 고추를 송송 썰어서 잔뜩 넣고 된장을 자작하게 끓여서 열무김치하고 오이나 볶아서 비벼먹는 게 제일이야. 우리집은 요즘 깻잎쌈하고 양념장해서 매운 된장만으로 밥 먹어."

나는 애선을 테라스 의자에 앉히고 커피를 한 잔 더 뽑았다. 애선은 이런 커피는 맛이 없다고 투덜댔다.

"맨날 집안에서 뭐해요? 어디 꼼짝하는 걸 못 봤어. 마을 사람들이 수 엄마 병자인 줄로 알아. 처음엔 아래윗집을 헷갈려가지고 윗집에 들어온 우체국장 첩이라고 소문이 났다가 중간집에 이사 온 사람인 줄 알고부터는 폐병에 걸려 요양온 거라고들 수군거려요. 햇빛이라곤 안 봐 얼굴이 새하야니까, 더 그러지. 여기서 살려면 마을 사람들하고 무던하게 지내야 해요. 그렇지 않으면 동네에 온갖 말이 다 도니까."

애선은 표면적으로는 부지런하고 소박하고 선량하고 수다스럽고 건강한 여자였다. 그러나 누구나 그렇게 단순하지만은 않을 것이다. 그녀에게도 이해할 수 없는 악의가 있었다. 그녀는 누군가를 비난하고 험담할 때 유난히 생기가 돌았다.

애선이 늘 그렇듯이 어느 집 남자는 알코올중독자고, 어느 집 남자는 바람이 나서 이 년이나 나가서 떠돌다가 돌아왔고 어느 집은 아내가 자살을 했고, 어느 집은 집 팔고 전답 팔아 도시로 나갔다가 사업에 실패해서 여자와 아이들만 돌아왔다는 등, 끝도 없을 것처럼 마을 사람들 하나하나에 대해 이야기를 하고 있는데 집 앞 무덤가 밭에서 일하던 노파가 집으로 들어왔다. 노파는 흰머리가 비에 흠씬 젖은 채 물 한 그릇 얻어 마시자고 말했다. 앉으라고 의자를 권해도 한사코 사양했다. 노파의 우의는 색이 낡고 군데군데 구멍이 나 있어서 살 속까지 비와 땀에 젖어 있었다.

노파는 물을 마시는 동안도 여전히 한 손에는 호미자루를 들고 있었다. 물을 마신 노파가 대문 밖으로 나가자마자 애선이 갑자기 목청을 잔뜩 낮추고 속삭였다.

"저 할머니 열여덟 살에 마을로 시집왔는데 한 달 만에 남편이 일본군에 징용을 갔대요. 그러고는 해방이 되어도 남편이 돌아오지를 않아 죽은 줄로 알고 아이도 없이 수절하면서 평생을 혼자 살았거든. 그런데 작년에 일본에 다녀온 사람이 남편을 보았다고 한 거야. 저 할머니 그 말 듣자마자 일본까지 찾아갔어요. 그런데 겨우 한 달 살고 징용가서 죽은 줄로 알았던 남편이 일본 여자랑 결혼해 아들도 낳고 딸도 낳고 잘살고 있더래요. 저 할머니 혼자 돌아왔는데, 그뒤로는 정신이 좀 이상해진 것 같애. 동네 사람들과 일절 말도 하지 않고 비가 오나 눈이 오나 잠시도 집에 있지 않고 온 들과 산을 쏘다니면서 일만 하는 거예요. 거짓말 같지만 머리가 저렇게 센 거 작년에 일본 갔다 와서 꼭 석 달 만에 저렇게 된 거예요. 그전엔 얼굴도 고왔고 머리도 좀처럼 세지 않아서 다들 무척 부러워했는데……"

나는 할머니가 파묻혀 있는 홍화밭 쪽을 쳐다보았다. 뭉쳐놓은 비닐 더미 같은 파란색 우의가 보이고 그 위로 낮게 까치 몇 마리가 날고 있었다. 그때 규의 차가 언덕길을 지나 올라갔다.

"저 윗집 남자는 어떤 사람이에요?"

"음, 우체국장님…… 생긴 거 봐요. 여자깨나 후리게 생겼지. 까탈스럽게도 생겼고 세련되고, 키 크고 게다가 남자치곤 예쁘게 생긴 사람이지. 그런데 과묵하다고 해야 하나, 하여튼 말이 없어. 좀처럼 알고 지내게 되지 않으니, 늘 보아도 낯선 사람 같아."

갑자기 애선은 얼굴을 바짝 들이대고 소리를 낮추었다.

"마을엔 바람둥이라는 소문이 자자해요. 본 적 있죠?"

나는 마지못해 고개를 끄덕였다.

"언뜻 봐도 매혹되겠지?"

그 표현이 생뚱맞아 나는 희미하게 웃었다.

"그 남자가 어쩌다가 웃으면 오금이 다 저려."

애선은 자신이 말해놓고 얼굴을 붉히며 웃었다.

"작년에 이 인근 마을 땅을 많이 사가지고 들어왔어요. 이 산에만 해도 땅이 제법 많다고 들었어. 원래 부잣집 아들이어서 최근에 유산상속을 받았다고 하기도 하고, 본업은 우체국장이 아니라 투기꾼들에게 돈 될 땅을 소개하는 은밀한 부동산 업자라는 말도 있고, 반반한 인물을 미끼로 돈 많은 여자와 결혼을 해 한밑천 잡았다고 하기도 하고…… 마누라는 시내 중심가에서 고급 레스토랑을 하는 사람이라는데, 가끔 와요. 자그마하고 통통한 여자인데 나이가 한두 살 더 많다고 들었어요. 아이들도 그 여자의 애들이고. 남자와 결혼해 낳은 애는 없다고 하던데……"

나는 우체국장에 대한 이야기를 계속 듣기가 거북해 화제를 바꾸었다.

"그런데 새벽마다 우리집 뒤에 염소를 묶어놓고 갔다가 해질녘에 풀어가는 그 허리 굽은 할머니는 누구예요?"

"인실댁 할머니…… 옛날에, 한 오십 년쯤 전이겠다. 옛날엔 오히려 이 일대가 번성했었대요. 이 아랫마을만 해도 비단을 많이 짜서 인근 장사치들이 비단을 받으러 들락거렸다는 거예요. 인실댁 할머닌 시장 거리에서 국밥집을 했는데, 노름만 일삼는 남편이 한 손님과의 관계를 의심을 했대요. 그 남편은 매일 술을 퍼마시고 국밥집에 가서 그릇들을 부수고 하다가 어느 날 두 아이에게 농약을 먹여버리고 집을 나가버린 거예요. 그 할머니 한때는 완전히 미쳤었대요. 나이들면서 정신이 돌아온 거래요. 끔찍하지 뭐."

처음 마을에 들어올 때 마주쳤던 무석같이 해톡 불가능한 불길하고 추상적인 노파의 표정이 떠올랐다. 머릿속으로 기차가 지나가듯 둔탁한 충격이 몰려왔다. 나는 두 손으로 머리를 감쌌다.

"수 엄마, 왜 그래요?"

잠시 후 나는 머리에서 손을 떼어내고 흩어진 머리카락을 귀 뒤로 넘겼다.

"……이젠 괜찮아요. 간혹 머리가 아파서요."

애선은 어디가 아픈 줄 알고 있었다는 듯 고개를 끄덕였다.

*

애선이 돌아가고 난 뒤 빗줄기가 갑자기 굵어졌다. 장대비가 운무까지 동반해 빗줄기는 대숲처럼 앞이 안 보이도록 내렸다. 바람은 전혀 불지 않았다. 수를 데리러 학교에 가니, 휴게소 집 딸이 수의 우산을 함께 쓰고 교실에서 나왔다. 보통날보다 일찍 마쳤는지 교실에 다른 아이들은 없었다. 대부분은 학교 마을의 아이들이었다.

"엄마 이애 오늘 버스를 놓쳤어."

휴게소 집 딸은 버스를 타고 다녔기 때문에 다른 아이들과 달리 수업을 조금 더 일찍 마치고 나가곤 했다.

"타. 아줌마가 태워줄게."

두 아이는 차 뒷문에 조롱조롱 붙어 힘들게 문을 열고는 탔다. 우산도 소용없이 이미 둘 다 흠뻑 젖은 상태였다.

"우리 아빠는 굉장히 큰 차 있어요."

아이가 차를 얻어타는 것이 자존심 상하는지 중얼거렸다.

"무슨 찬데 그렇게 커?"

수가 재빨리 물었다.

"응 트레일러야. 그건 아파트만큼 비싸."

"와— 느네 아빠 대단하다!"

수가 진심으로 감탄했다. 수는 트레일러나 레미콘 트럭이나 불도저, 포클레인과 그것을 모는 기사들에 대해서는 찬탄을 금치 못했다.

휴게소 뒷길에 트레일러가 세워져 있는 것이 보였다. 폭우가 쏟아지는 휴게소는 더욱 낡고 남루해 보이고 거의 사람이 살 수 없는 폐가 같았다. 비치파라솔과 함부로 놓인 플라스틱 의자들과 공중전화 부스와 무궁화꽃이 핀 울타리와 짙푸른 잔디밭에 흙물이 고여 있었다. 철구조물 위를 뒤덮은 초록 넝쿨은 빗방울이 떨어질 때마다 고개를 빳빳하게 세운 뱀처럼 꿈틀꿈틀거리며 순간순간 뻗어나오고 있었다.

차를 휴게소 집 앞에 바짝 댔다. 휴게소 집 딸아이는 차에서 내려 손바닥을 흔들더니 문을 열려고 했다. 그런데 문이 열리지 않는 모양이었다. 차창을 내렸다. 빗방울이 얼굴에 부딪쳤다.

"엄마— 엄마— 엄마—"

아이는 연이어 엄마를 부르기 시작했다. 장대비 속에서 아이의 목소리는 점점 높아지고 절박해졌다. 불길하게 느껴지는 외침이었다. 안에서는 아무런 반응도 없었다. 수가 차에서 내려서더니 우산을 들고 물이 고인 잔디밭으로 들어가 장홧발로 첨벙첨벙 돌아다녔다. 나도 차에서 내려 차문을 탕 닫았다. 그 순간 휴게소 집 안에서 살을 찢는 듯한 외마디 비명소리가 들려왔다.

딸아이가 재빨리 나를 돌아보았다. 두 눈에 놀람이나 공포가 아닌 자신의 출생만큼이나 오래된 비애가 어려 있었다. 이미 모든 것을 알고 있다는 듯이. 비명소리가 난 뒤 잠시 적막감이 흐르다가 여자의 울부짖음이 들리고 남자의 고함소리가 들렸다. 그리고 방문 열어젖히는 소리와 가게 바닥에 술병 같은 것이 깨어지는 소리가 들렸다. 다시 비명소리……

나는 힘센 남자처럼 주먹을 꽉 쥐고 휴게소 문을 탕탕 두드리기 시작했다.

"이봐요— 이봐요—"

휴게소 안에 두 몸이 부딪치고 엉기고 소리지르는 것이 느껴지더니 갑자기 문을 확 열어젖히고 여자가 튀어나왔다.

여자는 아래에 얇은 주름치마만 걸쳤을 뿐 놀랍게도 가슴을 드러낸 맨몸이었다. 어깨에서 피가 흐르고 있었다. 여자는 나를 보지도 않고 잔디밭을 가로질러 뛰기 시작했다. 다리를 활짝 벌리고 달리던 여자는 뒤돌아서서 이쪽을 살피며 이제 막 팔 톤 트럭 한 대가 지나간 국도로 곧장 달려나갔다.

조금 사이를 두고 뒤따라나온 남자가 이제 막 바지를 껴입었는지 위에는 맨몸인 채 바지춤을 쥐고 비틀거리며 여자를 따라 달렸다. 한 손에 깨어진 맥주병의 주둥이를 꽉 쥐고 있었다. 검붉은 살

갖에 물에 불은 듯 커다란 체구의 남자였다.

나는 수와 딸아이를 와락 잡아끌어 차에 태우고 여자가 달려나
간 국도 쪽으로 차를 몰고 나갔다. 여자와 남자는 내리막길을 달리
고 있었다. 아스팔트로 포장된 길은 해마떼의 등처럼 꿈틀거리는
것 같았고 미끄럽고 탄력 있어 보였다. 국도변의 가로수인 한국 목
런이 비에 젖은 커다란 잎을 평화롭게 너울거렸다.

다행히 여자는 제법 앞서 있었다. 나는 여자의 바로 앞으로 가
서 차를 세우고 몸을 뻗어 문을 열었다. 여자는 빗줄기 사이로 눈
을 가느다랗게 뜨고 자기의 딸 얼굴을 먼저 보았다. 그러고는 몸
을 내던지듯이 차에 올랐다. 문을 탕 닫을 때, 남자가 차 뒤꽁무니
를 잡는 것이 보였다. 나는 빗길을 달리기 시작했다. 휘어진 길에
서 차가 풀로 덮인 갓길로 쏠려 한순간 미끄러지는 듯했으나 다행
히 길 안으로 들어갈 수 있었다.

여자는 가슴을 드러낸 채 숨을 몰아쉬었다. 나는 차를 세워 위
에 걸쳐입은 얇은 카디건을 서둘러 벗어주고 한 손으로 티슈를 뽑
아주었다. 여자가 티슈로 어깨의 상처를 누르고 말없이 옷을 받아
입었다. 살냄새와 땀과 뒤섞인 피냄새가 한순간 역겨웠다. 나는 잠
시 숨을 멈추었다. 여자의 눈 밑이 이내 부풀어오르고 있었다. 여
자의 발에 유릿조각이 박혔는지 피가 묻어 있었다. 여자는 티슈를
손에 꽉 쥐고 꼼짝도 않고 앞만 보고 있었다.

모르는 마을들을 지나다가 커다란 느티나무가 서 있는 낯선 마을로 들어갔다. 으레 그런 것처럼 마을을 지나자 커다란 못이 나타났다. 빗방울이 물위에 못을 박는 듯 아프게 떨어지고 있었다. 어디선가 염소 울음소리가 애절하게 들렸다.

아이 둘은 뒷자리에서 서로 엉겨붙어 따뜻한 숨을 내쉬며 잠들어 있었다. 염소떼는 둑 위에 묶여 있었다. 묶인 것은 어미 염소들일 뿐 새끼 염소들은 비가 내리는 허황한 세계 위에 날려갈 것처럼 위태롭게 놓여나 있었다. 어미 염소가 줄이 허용하는 반경 바깥을 향해 이리저리 몸을 당겨볼 때마다 새끼 염소 서너 마리씩이 조르르 뒤따르며 서럽게 울어대고 있었다. 휴게소 여자도 부어오르는 붉은 얼굴로 멍하니 염소떼를 쳐다보고 있었다. 한쪽 눈 밑이 눈에 띄게 부풀어 있었다. 여자는 어딘가에 통증이 오는지 한순간 이마를 찌푸렸다.

"열여덟 살에 절에 들어갔어요. 머리 깎고 불법에 따르며 지냈는데 웬일인지 어느 날 큰스님이 날 매정스럽게 내쫓았어. 입산할 팔자는 아니라면서, 그때 스님이 그냥 받아주었더라면……"

"……열여덟 살에 절엔 왜……"

여자의 눈에 눈물이 가득 고이더니 그만 주르르 흘러내렸다. 나는 입을 다물어버렸다. 침묵이 흐르자 여자의 살냄새가 너무 짙다는 생각이 들었다.

"여고 이학년이던 열일곱 살 여름에…… 강간을 당했어요……"

여자는 눈물을 닦고 가만히 숨을 내쉬었다. 마음이 적요해졌다.

"어느 때는 내 인생이 꼬이기 시작한 건 강간이 아니라 스님이 나를 내쳤을 때부터라는 생각이 들어. 절에서 내려온 뒤 처음엔 모자를 눌러쓰고 작은 읍의 다방에서 주방일을 봤어요. 내 나이 열아홉 살이었고, 머리는 짧고 집으로도 갈 수 없고 아직 세상을 모르니, 당장 갈 데가 없어 쉽게 들어선 일이었어요. 발이 빠지니 엉뚱하게 흘러들더군요. 여섯 달쯤 지나니 마담한테 빚이 제법 생겨버린 거예요."

여자가 여행용 티슈를 뽑아 눈 밑과 코를 닦아냈다.

"저 인간은 내 첫 외박손님이었어요. 다음날 빚을 갚아주고 나를 빼내주더라구요. 그런데 여우를 피하려다 범을 만난다더니, 알고 보니 평생 나를 물고 씹고 찌르고 패대기를 치는 짐승에게 걸린 거였어요. 도망도 쳐봤지만 이내 붙들려 오게 되고…… 결계라는 말이 있지요. 거짓말처럼, 무엇에 씐 것처럼 도저히 빠져나갈 수가 없었어요. 재작년에 이젠 성말 내가 죽든지 서 인간을 죽이든지 힐 거 같다 싶을 때, 저 인간이 살인미수 죄로 감방엘 들어갔어요. 아까 그 인간이에요. 애들 아빠죠. 처음엔 칠 년 형을 받았어요. 이때다 하고 이혼장을 넣어버렸는데 일 년 육 개월 만에 단박 나온 거예요. 나와서는……"

여자는 말을 못하고 몸을 후두둑 떨었다.

"꼼짝 못하고 갇혀 있을 때, 옥바라지는 못할지언정 배은망덕하게 이혼장을 써넣고 도망갔다고 저렇게 찾아와서는……"

여자는 손으로 눈물을 훔쳐낸 뒤 갑자기 아이 생각이 난 듯 몸을 돌리더니 아이 얼굴과 머리를 거칠고 축축한 손으로 쓰다듬었다.

"이애 위에 사내애가 하나 더 있어요. 첫 살림은 큰집 문간방에서 했는데, 살림 차리자마자 아이가 들어섰지요. 한 오 년은 그렇게만 살아야 하는 줄로 알고 살았어요. 몸 팔던 년이라고 큰집 아이들에게까지 온갖 천대를 다 당하면서도. 아이 하나일 때, 그만이라도 가벼울 때 도망을 쳤어야 했는데 이걸 또 낳았으니. 큰앤 이혼할 때, 큰집에 맡기고 나왔어요. 데리고 와야 할 텐데, 아이를 떼어놓으니 내 몸을 찢어놓은 것처럼 아파서……"

나는 빈집의 사진 액자 속에 들어 있던 부희의 얼굴을 떠올렸다. 유난히 얼굴이 희고 갈갈거리며 잘 웃었다는 여자, 열아홉 살에 아이를 가졌고 아이를 낳아 키우기 위해 자신을 팔아 이 먼 시골로 와서 나이든 농부의 아내로 살았던 여자. 그리고 십오 년이나 지난 뒤에 아이의 아버지를 다시 만나 시아버지를 살해하기에 이르렀던 여자.

아이란, 가정이란 그 아름다운 동화로 얼마나 많은 여자들을 유폐시키는가. 얼마나 많은 여자들이 이 생에서 실종되는가. 그럼에도 불구하고 나 여기 있다고 존재를 드러내지 않았어야 했을까. 머릿속 어딘가에 고인 피가 넘어진 장롱처럼 생을 짓누를 때, 어떻게 빠져나갈 수가 있을까. 언제까지나 두 눈을 감고 잠자야 할까……

생물학자들은 나비가 불을 향해 달려드는 이유를 규명하기 위해 연구해왔지만 아직은 밝히지 못했다고 한다. 때로 여자가 스스로 불속으로 몸을 던지는 것처럼 보이는 현상에 대해서는 누군가가 규명을 했던가. 혹은 규명하려고 노력이라도 했던가. 나비에 대해서는 노력을 하면서도 말이다. 규가 말한 나비의 날개와 복사열 이야기가 떠올랐다. 나비의 비밀은 체온이 뜨거운 동안만 날 수 있다는 데 있지 않을까. 그리고 여자의 비밀도……

그가 온다면……

시아버지 칠순 잔치를 지내고 돌아오는 길이었다. 밤 열한시였다. 곧 비가 될 것같이 밤안개가 가득 낀 날씨여서 효경은 운전을 느리게 했다. 몸은 짓밟힌 것처럼 노곤하고 마음은 탁한 물속에서 녹아가는 비누처럼 서글펐다. 나는 수를 데리고 금요일 날 시가에 갔고 효경은 토요일 밤에 도착했었다. 나로서는 꼬박 이틀 동안 계속된 불편한 새우잠과 노역의 여정이었다.

시아버지는 읍장을 지낸 분인데다 문중을 이끄는 분이라 손님이 많았다. 큰형님네는 외국에 나가 있어서 지난 몇 년 동안 볼 수가 없었고 둘째형님은 중학교 교사여서 토요일 저녁에야 내려왔다. 늘 그랬듯이 시어머니 주도하에 시누 둘의 도움을 받아가며 혼자 많은 일을 해치워야 했다.

시가에 가는 일은 늘 부담스럽지만 효경과 사이가 나빠지고부터

134

는 가야 할 날짜가 다가오면 온몸이 뻣뻣하게 굳으며 내 속의 무엇이 한사코 뒷걸음질치며 드러눕는 것 같았다. 생각해보면 참 이해할 수 없는 강제였다. 몸이 아프거나 마음이 말할 수 없이 상심해도, 아니 정말 못 먹을 것을 입안에 밀어넣는 것같이 거품을 물고 정신을 잃고 싶을 정도로 싫어도 여지없이 해내야 하는 일…… 효경이 내 마음에서 사라져버린 뒤로는 시집의 의식들은 이유조차 모호해진 거의 폭력적인 노동이 되어버렸다.

의식이 결코 공연한 습관의 고집은 아닐 것이다. 분명 당대의 생에 대한 통제이며 요구이고 시대의 모랄을 시각화하는 것이다. 그런데 제사든 명절 의례든 회갑 잔치든 심지어 결혼이든 모든 의식은 시대의 모랄과 요구와 통제를 전혀 수용하지 못하고 왜 지독히도 전근대적인 답습을 계속하고 있는 것인지 이해할 수가 없다. 그저 향수와 습관과 권위의 고집으로 밀어붙이고 있는 가사 상태의 의식들……

잔치가 끝나고 손님들이 모두 돌아가자 시아버지께서는 가족을 모두 불러앉히고 족보를 영상화한 비디오를 켰셨다. 범상지 않은 시조로부터 파가 갈리어 나오고 어느 임금과 어느 임금과 어느 임금의 시대에 영의정, 좌의정, 정승 판서에 정경부인들이 줄줄이 났으며 어느 시대와 어느 시대에는 역적으로 몰려 일가가 살던 한 고을이 온통 피바다가 되었고, 그런 와중에도 시집을 펴낸 이, 중국 사신으로 가 큰 공을 세우고 온 이, 임금에게 직언을 간한 이, 열일

곱에 원나라 과거에 급제한 이, 급제를 하였으나 일절 벼슬을 거절하고 산간 초막에서 부모를 모신 이, 병든 어머니를 위해 단지를 한 효자들이 수도 없이 많았다. 장엄하고 드라마틱하고 숙연하게 반복되는 충성과 효도의 드라마는 거의 세 시간 동안 이어졌다. 그것은 칠순 잔치 행사의 절정이었다.

비디오가 끝났을 때는 아홉시경이었다. 집까지 적어도 세 시간 이상 걸리는 거리인 만큼 서둘러야 했다. 인사를 나누고 차를 타고 마을을 돌아나올 때 효경이 말했다.

—어때? 대단한 집에 시집을 왔지?

나는 옛날 사대부집 선비의 상을 가진 효경의 옆얼굴을 곰곰이 들여다보다가 냉소적으로 말했다.

—지금 농담한 거 아니었어?

—뭐? 무슨 농담?

그는 전혀 농담할 기분은 아닌 모양이었다. 오히려 족보에 큰 감화라도 받은 사람처럼 새로운 기운과 결의가 엿보였다.

—왜? 얼굴에 뭐 묻었어?

나는 물끄러미 그를 보았다.

—족보란 게 며느리와 사위 기죽이는 일 외에 또 어디에 필요한 거지?

—그게 무슨 소리야?

—난 옛날부터 역사 같은 거 믿지 않았어. 그런 말 있잖아. 역사

는 이긴 자들의 기록이다.

—그렇지만 진실은 드러나게 되어 있어. 그게 역사의 힘이지.

—여자의 이름이라곤 하나도 없는 진실이지. 그게 역사의 힘이야.

—그것도 엄연한 진실인걸. 옳으냐 그르냐가 문제가 아니라 그 런 일이 있었다는 거 아니겠어?

—당신네 족보엔 충성과 효를 빼면 아무 일도 없었잖아. 충성하 라, 효도하라……

—빌어먹을, 따지긴…… 실은 다 농담이야. 나도 아버지께서 웬 족보 상영하는지 어이가 없었다구. 하긴 늙으면 저런 종류의 백 그라운드라도 필요한 모양이지. 돌아가실 생각을 하면 말이야.

—……

—이 나라에선 마흔이 넘으면 다른 삶이 없어. 다른 철학이 없 으니까 솔직히 어떻게 살아야 할지 알 수 없는 거지. 그러니 스무 살엔 혁명을 했다 해도 마흔만 넘으면 모두 현실 속에 귀순하는 거 야. 새로운 모랄을 창조하지 못하면 저항이든 혁명이든 아무 소용 도 없어. 나도 답답하지만, 대체 무슨 방법이 있었어? 처사식을 버 리고 바랑 하나 메고 속세를 등지지 않는 이상…… 어쨌든 이 제 도 속에서 벌어먹고 살아야 하잖아. 세금도 내야 하고. 그런데 당 신 많이 변했네. 전엔 안 그랬잖아.

—뭘?

—따지는 거.

—……

　왜 이 땅에선 개인적인 모랄이 생기지 않는 걸까…… 왜 젊었을 때는 다르게 반항한 사람들이 나이들면서 똑같은 것을 추구하게 될까…… 왜 좀더 다양한 생이 없을까. 개인적인 창의성의 부족이라는 이유가 아니라면 달리 수긍할 만한 변명거리가 있을까…… 답답해져 에어컨이 켜져 있는데도 차창을 활짝 내렸다. 그리고 두 팔을 바깥으로 내저었다. 안개와 밤이 뒤섞인 습기 차고 텁텁한 공기가 젖은 천처럼 맨팔에 감겼다. 가슴은 여전히 답답했다. 나라는 형체는 다 녹아버리고 눅눅한 습기로만 존재하는 것 같다. 누가 나를, 녹는 비누처럼 사라져가는 나를 이 탁한 나날 속에서 건져내어주었으면…… 나 아닌 것들은 다 털어내버리고 오직 나만으로 구별되고 싶었다……

　나는 마음속으로 규라고 불러보았다. 원피스와 머리카락을 지느러미처럼 흔들며 물속을 걸어나오던 때의 부드러움이 되살아났다. 옷을 입은 채 바다에 빠지는 것도 삶이라고…… 그 순간에 느낀 친밀감의 원인을 알 것만 같았다. 나도 늘 옷을 입은 채로 물에 빠지고 싶었던 것이다. 그 작은 일탈도 나로서는 끔찍한 해방감이며 동시에 끔찍한 반란인 것이었다. 규의 길고 곧은 팔과 다리와 목과 척추가 떠올랐다. 그는 비어 있었고 나를 원하고 있었다. 마을의 불빛들이 모두 그의 눈빛인 것같이 마음이 아려왔다. 나는 손바닥으로 불빛들을 가렸다. 손으로 가려도 여전히 불빛들이 눈부셨다.

*

　현관문 두드리는 소리가 났다. 나는 설거지하던 손을 닦으며 현관으로 가 문을 열었다. 문을 열자 검은 갓을 쓰고 흰 수염을 길게 기르고 흰 두루마기를 입은 할아버지들이 나를 밀치고 집안으로 성큼 들어왔다. 할아버지는 네 명이나 되었다. 그리고 뒤를 이어 긴치마를 입은 중년 여인과 교복 차림의 남학생이 들어왔다. 그다음엔 점퍼를 입은 중년 남자가, 중년 남자 다음엔 머리에 쪽을 찐 할머니가 어린 사내아이의 손을 잡고 들어왔고 그 뒤를 이어 갓난아이를 업은 젊은 여자가 들어섰다. 그리고 머리카락이 긴 젊은 여자도 들어왔다. 집안은 금세 낯모를 사람들로 가득찼다.

　―누구세요?

　―……

　―왜 들어오는 거예요?

　―……

　　디들 ᄂ구세요?

　사람들은 무표정했고 묵묵부답이었다. 허둥대는 나의 음성만 공허하게 울렸다.

　그들은 집안에 들어서자마자 마치 자기 집인 양 소파에도 가서 앉고 안방으로도 들어가 침대와 바닥에 앉고 수의 방에도 들어가 책상 의자에 앉고 부엌 식탁에도 앉고 창문을 열고 창틀 위에도 앉왔다. 무슨 말을 하는 사람은 없었고 아무 일도 일어나지 않았다. 할아버지들은 거실 한가운데 소파 아래 바닥에 고집스럽게 앉아 있었다.

집안은 금세 낯모를 사람들에게 점거되었다. 나는 있을 곳을 몰라 이곳저곳을 오락가락했다. 그러나 화장실에서도 침실에서도 수의 방에서도 거실에서도 부엌에서도 사람들과 마주쳐야 했다. 시계를 보니 시간은 가파르게 흘러가고 있었다. 마침내 사람들을 향해 나는 외쳤다.

─누구세요? 왜 우리집에 들어와서 이러는 거예요?

그러자 안방 침대에 걸터앉아 있었던 중년의 남자가 나와 말을 했다.

─우린 수가 불러서 온 사람들이오.

─수?

─그렇소.

─수와 안다구요?

─그렇소.

─아, 말도 안 돼. 수는 내 아이인데 어떻게 그애가 내가 모르는 당신들을 안다는 말이에요? 거짓말이야. 다들 나가주세요. 어서요.

그들은 아무도 반응을 하지 않았다.

─곧 손님이 올 거예요. 어서 나가주세요.

나는 그들을 내몰기 위해 거짓말을 꾸몄다.

―손님이 오기로 했으니까 어서 나가달라구요.

내가 흥분하자 점퍼를 입은 중년 남자가 말했다.

―손님이 오면 나가죠.

―안 돼요. 지금 나가세요.

―손님이 오면 가겠소.

그들은 무표정했고 나는 있는 힘껏 소리를 지르는데도 창백하고 무기력하기만 했다. 나는 거실 한가운데 우두커니 서서 자꾸만 시계를 보았다. 시간은 가파르게 흘러가고 있었다. 중년 남자는 다시 안방으로 들어가 침대에 걸터앉았고 나머지 사람들도 꼼짝도 하지 않았다. 도대체 이 사람들은 누굴까…… 정말 손님이 왔으면…… 손님이 와서 이 사람들을 다 몰아내주었으면……

나는 거실에서 빙빙 돌며 간절하게 손님이 오기를 기다리고 있었다. 그러나 시간만 흘러가고 있을 뿐이었다. 숨쉬기가 점점 어려워졌다. 목이 조이는 느낌이었다. 집안을 가득 메운 사람들이 점점 무서워졌다. 중년 남자가 안방에서 나오더니 화난 얼굴로 물었다.

―손님은 언제 오는 거요?

이번에는 내가 당황했다.

―곧, 올 거예요.

그러자 남자가 소리도 없이 입을 벌리고 무엇을 지우듯 쓱 웃었다. 소름이 돋게 하는 웃음이었다. 주변에 앉아 있는 사람들을 보니 모두 소리없이 쓱 웃고 있었다.

꿈을 꾸는 동안 얼마나 애를 태웠는지 간신히 몸을 일으켜앉자 가슴뼈 아래가 뻐근했다. 가슴뼈를 누르고 숨을 몰아쉬는데 한순간 그 침대에 걸터앉아 있던 중년 남자의 얼굴이 떠올라 화들짝 튕겨 일어서버렸다. 머리카락이 긴 젊은 여자는 화장대 앞에 앉아 있었다. 나는 방문을 열고 거실로 나갔다. 소파에 앉아 있던 교복 차림의 남학생, 거실 바닥에 앉아 있었던 갓 쓴 할아버지, 식탁에 앉아 있었던 중년 여자와 어린 사내애, 화장실에 있던 할머니, 창틀에 앉아 있던 갓난아이를 업은 젊은 여자…… 내 집에 이렇게도 많은 타인이 함께 있었다니……

왜 나는 엄연한 나의 집에서 그들을 하나하나 밀어내버리지 않았을까. 왜 나는 집에 그들을 가두어두고 떠나버릴 생각은 하지 않았을까…… 도대체 왜 거짓말을 하고 또 내 거짓에 내가 속아 나중엔 그 사람들과 함께 그렇게 애태우면서 영원히 기다려도 오지 않을 손님을 기다렸을까. 정말, 나는 왜 집을 떠나버리지 않는 걸까……

부정의 궤적

우체국 문은 어린 시절에 본 시골 병원의 문처럼 길다랗고 둥근 스테인 손잡이가 달리고 성에 무늬의 반투명 유리가 끼워진 단단한 두 짝의 목재 문이었다. 나는 출입문이라는 흰색 페인트 글자가 쓰여진 오른쪽 문을 밀었다. 그리고 규와 눈이 마주쳤다. 규는 내가 문을 열기 전부터 이미 문밖에 내가 온 것을 알고 있었던 것처럼 나를 쳐다보았다. 반투명 유리 때문이었을까? 비스듬하게 얼굴을 든 채 턱을 내밀고 눈을 약간 내리깐 상태에서 한순간에 전체를 훑어내리는 듯한 규의 무례한 눈은 나를 당혹스럽게 했다. 모욕적이면서 동시에 깊숙이 간직된 본능을 일순간에 후끈 달아오르게 만드는 집중된 시선. 그는 역시 사춘기 때, 자신의 미를 강박적으로 훼손시켜야 했을 만큼 잘생긴 남자였다.

우체국 안에는 한 명의 배달부가 우편물을 구역별로 분류하고 있었고 삼십대 초반쯤으로 보이는 여직원과 이십대 초반의 여직원이 공과금 영수증을 정리하고 있었다.

냉방이 되고 있었고 매끄러운 바닥엔 깨끗하게 물걸레질이 되어 있었다. 그리고 캐비닛만큼이나 키가 큰 벤자민 나무는 초여름 상추처럼 싱싱해 보이는 초록빛이었다. 좁다란 로비의 창문 역시 초록 창틀인데 바깥의 장식살을 따라 나팔꽃 넝쿨이 타고 올라 바람에 살랑거렸다. 창문 곁엔 녹슨 철제 팔걸이의 구식 비닐 소파가 하나 놓여 있고 어디에 있는지 모를 라디오에서 방송국의 로고송이 끝나자 오래된 기타곡이 흘러나왔다. 실내의 빛은 전체적으로 연한 배춧잎 같은 푸른빛을 띠었다. 기능적이고 소박하고 청결한 시골의 우체국 실내였다.

나는 혜윤에게 책과 짧은 편지를 띄우려고 했다. 여직원이 내 책의 무게를 달고 우표를 내주고 내가 돈을 치르고 우표를 붙이는 동안 나물 꾸러미를 든 노파가 우체국에 들렀다. 노파는 나물 꾸러미와 함께 도시의 아들이 보내준 우편환을 현금으로 바꾸기 위해 내놓았다. 그리고 청년 한 명이 팩스를 보내기 위해 들렀고, 우표를 사기 위해 들른 농협의 아가씨도 있었다. 책을 우편물 상자 속에 넣고 나오니 규가 뒤따라나왔다.

"지금 바로 휴게소에서 봅시다."

그는 숨을 몰아쉬며 거두절미하고 말했다.

*

휴게소 뒤편 도로에 차를 세웠다. 휴게소 여자는 비치파라솔 아래에 앉아 경찰 옷을 입은 남자와 이야기를 나누고 있었다. 여자는 나에게 알은체를 했다. 그리고 가게로 들어가 얼음이 담긴 오렌지 주스를 말없이 뽑아주고 돈을 받지 않으려 했다. 그리고 희미하게나마 웃었다. 가게 부엌 바닥엔 여전히 국수 그릇이 가득 쌓여 있고, 김치 양념물이 든 나무젓가락들이 널려 있었다. 딸아이는 보이지 않았다. 수처럼 외가에라도 보낸 것 같았다.

차 안에서 주스를 마시고 있으니 규의 왜건이 이내 나타났다. 그는 나의 곁에 차를 세우더니 자신의 차로 옮겨 타라는 손짓을 했다. 나는 가방과 주스가 든 종이컵을 들고 그의 차로 옮겨갔다. 그는 차를 출발시켰다.

"인간은 행복이나 불행을 자유롭게 선택할 수 없어요."

규는 감정 없이 말했다.

"……"

나는 그의 손등에 새겨진 가위로 찍은 자국을 바라보기만 했다.

나는 그 말을 정확하게 어떤 뜻인지 이해할 수가 없었다.

"오히려 행복이나 불행이 인간을 자유롭게 선택하지요. 지금은 바로 그런 시간인 것 같소. 행복이면서 불행인 것이 동시에 우리

둘을 선택한 시간. 당신은 한번쯤 만나고 싶어했던 바로 그 여자
요. 당신은 어때요?"

"난 상상해본 적 없어요. 당신이든 어떤 다른 남자든. 누군가 다
른 남자가 내 인생에 필요하게 될 거라고는."

"그렇게 처량하게 말하지 말아요."

"사랑에 관해, 당신은 어떤 생각을 갖고 있죠?"

"난 사랑이니 하는 건 싫어요. 엄밀하게 말하면 귀찮아요. 사랑
이란 좋은 말로들 표현을 많이 하지만 실은 그럴싸하게 의미를 장
식하고 마취시켜서는 남자가 여자를 여자가 남자를 머리부터 삼
키려 드는 짓에 불과해. 내가 많은 한국 남자들처럼 사랑이란 걸
믿었다면 지금쯤 처자식 먹여살리느라 넥타이에 묶어 허우적거리
겠지 이렇게 건달처럼 살 수 있겠소?"

"좋으세요? 이 삶이?"

"물론."

"다른 사람과 다르게 사는 것이 걱정되지 않아요?"

"다른 사람과 다르게 살기 때문에 안심이 되는걸. 당신 이런 이
야기 알아요? 들판에 풀려 있는 양떼들을 가둘 울타리를 나무를
가장 적게 들이고 치는 방법."

"……"

"난 내 몸 둘레에 울타리를 치고 내가 바깥이 되기로 했어요. 구
질구질한 세상을 가장 간단하게 가두는 방법은 나 자신이 바깥이

되는 것이지. 아웃사이드의 철학이요."

어차피 옳은 인생의 모델 따윈 있을 리 없었다. 자기에게 맞는 생이 있을 뿐이었다.

그의 차는 기차역이 있는 소읍을 지나 국도변의 한 모텔로 들어갔다. 희디흰 인조석 벽 모서리에 빨간색의 풍차 날개가 달려 있고, 방마다 둥근 발코니가 달린 부조화하고 기묘한 모텔의 이름은 '초원의 빛'이었다.

엘리베이터에서 내려 초록색 카펫이 깔린 복도로 들어갈 때 나는 그의 얼굴을 굳이 외면한 채 구두코를 내려다보았다. 마음을 숨기고 의미도 없는 게임으로 이 모든 행위를 포장한 냉정하고 뻔뻔스러운 남자 앞에서 나는 마치 무슨 일이 일어날지 전혀 모르는 소녀같이 불안했다.

그 엉뚱한 밀회가 어떤 모습을 띠게 될 것이며, 그 게임에서 나를 어디까지 허용하게 될지, 그러고 나면 무슨 일이 일어나는지 까마득히 알 수가 없는 일이었다. 나는 그 시간의 힘과 게임의 의지에 나를 맡겨버린 상태였다.

냉방이 잘된 커다란 방, 벽 하나를 다 메운 어두운 색의 무거운 커튼, 티 테이블과 팔걸이가 달린 두 개의 의자. 사이즈가 큰 이 인용 침대와 나의 심장처럼 잔뜩 부풀어오른 베개, 작은 냉장고와 옷을 걸도록 되어 있는 좁다랗고 긴 갈색 장롱, 화장대와 티슈통과 휴지통, 그리고 바닐라 아이스크림 냄새 같은 값싼 남성용 로션의

향…… 이런 것이 우리 게임의 장소가 될 것인가. 마치 아픈 이빨에 한쪽 손바닥을 대고 치과에 들어선 것 같았다. 내 마음에 회의와 한심스러운 슬픔이 차올랐다.

방안엔 여름 한낮의 햇빛이 비쳐들고 있었다. 그는 방에 들어서자마자 옷을 벗기 시작했다. 나는 창을 등진 채 가방을 테이블에 놓고 팔걸이 의자에 앉아 어리둥절한 얼굴로 그를 쳐다보았다. 그는 아래옷부터 벗기 시작했는데 바지를 벗고 검정색의 트렁크 팬티를 벗어 화장대 위에 놓고는 나에게 다가왔다. 흰색 여름 니트의 윗옷이 길어서 허벅지까지 덮인 상태였다. 그는 나의 무릎에 닿을 정도로 붙어서서 나를 내려다보았다.

자신의 것을 내가 보아주기를 원하는 것 같았다.

나는 천천히 고개를 저었다. 미안한 기분이었다.

"할 수 없어요."

"……"

"난 이런 일에 익숙하지 못해요."

"물론 어색한 일일 수도 있겠지. 우린 만난 지 얼마 되지 않았고, 모든 것이 너무 빠르게 되어가는 것 같기도 할 것이고 그리고, 무엇보다 이런 행위가 부도덕하게 느껴질 수도 있을 테니까. 하지만 서로 알고 이해하고 익히고 나면 그런 문제들이 많이 완화되지. 밝은 곳에서 나를 보고 당신도 나에게 보여주는 거요."

나는 눈을 커다랗게 뜬 채로 고개를 설레설레 저었다. 특이하고 신랄한 사람이라는 생각이 들었다.

"왜 안 되는 거지?"

나의 얼굴이 달아올랐다.

"……글쎄요. 그런 적이 없어요. 내 몸을 보면 당신은 내가 잊은 것까지도 다 읽게 될 거예요. 나에게 무슨 일이 일어났는지…… 여자의 몸은 남자와 달리 일어난 모든 일은 생생하게 기록하니까요. 그리고 그건 오직 나만의 것이에요. 다른 사람에게 읽히고 싶지 않아요."

"우린 사랑하려는 게 아니라 게임을 하는 거요. 이런 땐 아무것도 가리지 않는 편이 나아. 용기를 내봐요."

나는 그 말에 한편으로는 동의했다. 여기에는 어떤 환상이나 미화도 필요 없었다. 수줍음조차도 룰을 어지럽힐 뿐이었다. 그러나 그런 거친 게임이 꼭 마음에 드는 것은 아니었다. 나는 고개를 세차게 저었다.

"다음에요. 그래야 한다면 좀 익숙해진 다음에 할게요."

그는 창가로 나가 짙은 색의 커튼을 쳤다. 방안은 어둑해졌다. 그는 냉장고를 열고 캔맥주를 두 개 꺼냈다.

"좋아요. 지금부터 당신 몸이 나를 기록하게 되는 것에 대해 축하합시다."

우리는 말없이 맥주를 마셨다. 나는 전에 비해 살이 많이 부풀어올라 있었다. 몇 년 동안 너무 많은 낮잠을 잤기 때문이었다. 나는 옷을 벗고 섹스를 하게 될 것에 대한 불안 때문에 맥주를 빠르게 마셨다. 냉방된 방안에서 차가운 맥주를 마시자 추워졌다. 나의 벗은 몸은 속옷에 눌린 자국들이 나 있고, 약간은 우스꽝스러울 것이었다.

그가 뒤에서 원피스의 지퍼를 내려주었다. 나는 원피스와 슬립을 얌전히 옷장에 건 뒤에 시트를 끌어당겨 몸을 가리고 침대에 걸터앉았다. 그는 그런 나를 불만스럽고 단순한 눈빛으로 쳐다보더니 자신의 윗옷을 훌렁 벗어 던져버렸다. 피할 수도 없이 한 남자의 신랄한 몸을 직면한 꼴이었다. 한낮이든 한밤이든 바로 앞에서 완전히 자신을 드러낸 남자를 나는 한 번도 대면한 적이 없었다. 내가 고개를 숙이자 그는 나의 얼굴을 들어올렸다. 눈앞에 그의 것이 보였다. 그것은 가볍게 간닥간닥 움직였다. 나는 그만 미소를 짓고 말았다.

얼마간은 침대에 나란히 앉은 채 손끝으로 살갗을 쓰다듬기만 했다. 아주 고요했고 숨을 쉴 때마다 부드러운 암시나 최면처럼 그의 냄새가 천천히 나의 목구멍으로 넘어왔다. 내 몸에 그의 냄새가 가득찼다고 느끼는 순간 마침내 그가 나를 끌어안았다. 낯선 몸이 처음 안을 때의 기분은 몹시 섬세하고 자극적이어서 신경이 곤두섰다. 그의 몸도 나처럼 차가웠고 몸의 잔털이 바르르 서 있었다. 그는 나를 꽉 끌어안은 상태에서 손을 돌려 등의 브래지어 호크를 풀었다. 그리고 성급하게 눈으로 보려 하지 않고 가슴으로 나의 가슴을 누른 채 가만히 느끼기만 했다. 그것은 자연스럽고 매력적인 방법이었다. 잠시 뒤에 그는 나를 일으켜세우고 약간 간격을 띄웠다. 그리고 나의 마지막 속옷을 벗겼다. 그리고 재빨리 간격을 메워 가까이 다가섰다. 그러자 맨몸이 되었는데도 전혀 어색한 느낌이 들지 않았다. 잔털이 먼저 스치고, 긴장된 피부가 건드려지고 내 키가 그의 목께에 닿는 것을 느꼈다. 두 사람의 목이 이쪽과 저쪽으로 감기고 부딪치며 가볍게 흥분하고 그리고 짧게 입술을 부딪치고 저절로 열리는 입술의 틈으로 입술들이 틈입하고, 그리고 체온과 맛이 다른 혀가 입속으로 와락 넘어들어오고, 그리고 팔이 얽히고, 기우뚱 중심을 잃으며 서로의 팔 속으로 좀더 다가서고, 그리고……

그는 나의 육체에 대해 냉정했다. 그는 신중했고, 부드러웠고 어떤 의미에서는 좀 신랄했다. 어떻게 첫 관계에서 내가 그토록 자연스럽게 흥분할 수 있었을까…… 그가 삽입한 후 멈춘 채 얼마간의 순간들을 전전히 보낼 때, 그새 이미 나의 몸은 그와 친숙해긴 것 같다. 그는 그렇게 낯익힐 시간을 배려한 것이었다. 그 정지의 시간 동안 나의 것이 온기를 회복하며 한 잎 한 잎 열려 그를 맛보고 빈틈없이 조이며 끌어안고 뜨거운 숨을 쉬며 깊이 빨아들여 마침내 삼켜버리려 할 지경에 이르기까지.

그것이 무엇이었던가? 나는 유체 이탈된 영혼처럼 나의 내부뿐 아니라 외부에서도 결합되었다. 나는 그 모든 것을 너무나 생생하게 느끼며 동시에 너무나 생생하게 의식했던 것이다. 혈관이 진동을 일으킨 마지막 순간에 경련이 반복되는 동안 밤하늘에 번갯불이 일어나듯 내 존재의 어두운 뿌리에 불꽃이 하얗게 튀어오르는 것이 눈에 보인 듯했다. 우리는 두 번의 섹스를 나눈 뒤 똑같이 잠이 들어버렸다. '초원의 빛'이라는 모텔에서 나왔을 때, 이미 어두워진 하늘 끝에서 밤바람이 불어왔다. 처음으로 머리끝까지 피가 운반되는 신선한 생기가 몰려왔다.

그 일이 일어나기 전에는 절대로 상상할 수 없는 종류의 일이 있다. 그 일은 나에게 그런 일이었다. 남편이 아닌 남자와 육체관계를 가진다는 것. 그 일이 어떻게 시작될 것이며, 어떻게 옷을 벗고 어떻게 전개되고 그리고 마지막에 휴지는 어떻게 처리될 것인가까지…… 그러나 생은 그 모든 것을 태연하게 꿀꺽 삼킨다. 혼돈과 불안과 죄책감과 두려움과 흔적과 그토록 선명하고 충격적이던 생경한 육체의 감각까지도. 처음에 나는 나 자신에게가 아니라 오히려 생의 태연함에, 육체의 포용력에 조용히 경악했다.

*

다음날 다시 우체국을 찾아갔다. 그리고 역시 나의 차를 휴게소에 세워둔 채 그의 차를 타고 가 모텔에 들었다. 나는 처음보다 오히려 더 서툴게 굴었다. 옷을 다 벗고 맨몸이 되자 금지를 넘고 있다는 지독한 자각이 처음으로 몰려와 야생적인 욕망에 떨렸고 그의 손끝이 스치기만 해도 전날에 새겨진 그 선명한 감각의 기억이 되살아나 비명을 내지르며 튀어올랐던 것이다. 손톱 밑이 빨갛게 달아오르고 뺨과 몸 곳곳에 아른거리는 선홍빛 반점들이 생겼다. 온몸의 감각이 나의 통제를 이탈해 두서없이 아우성쳤다. 눈에선 눈물이 고이더니 주르르 넘쳐흐르기 시작했다. 마침내 내가 얼굴을 온통 적시며 기진한 듯 바르르 떨고만 있자 그가 나의 몸을 꽉 끌어안더니 천천히 이름을 불렀다.

"미흔…… 미흔…… 미흔……"

한동안 그렇게 있으니 감각들이 제자리를 찾아가며 조금 누그러지는 듯했다. '발을 바닥에 디뎌봐요. 당신보다 깊지 않아.' 그가 바닷물 속에서 했던 말이 떠올랐다. 나는 허우적거리기를 멈추고 바닥까지 다리를 내렸다. 그리고 걷기 시작했다. 지느러미를 일렁거리며 헤엄치는 물고기처럼. 그제야 언젠의 밑바다이 고요한 물이 무게를 느끼듯 내 몸의 깊은 바닥이 그의 무게를 받아안기 시작했다.

*

이틀이 지난 뒤 점심시간에 규를 만났다. 우리는 작은 해수욕장을 지나 좁다랗고 새하얀 이층 목조건물인 '구름과 수프'라는 레스토랑의 옥외 테이블에서 점심을 먹었다. 아카시아 언덕 아래 해안선을 따라 편편하게 뻗어 있는 해안도로가 지구는 둥글다는 듯 둥그렇게 휘어져 있고 바다엔 물이 넘칠 듯 가득했다. 그는 바닷가재 요리를 풀코스로 시켰다. 나이든 웨이터는 그를 잘 아는 모양이었다. 그는 요리될 바닷가재의 상태에 대해 자세히 설명한 뒤 나에게 실망하지 않을 것이라고 덧붙였다.

나는 손등이 덮이는 옷을 입고 있었다. 음식을 먹을 때 소매가 걸리자 그는 나의 소매를 위로 걷어올려주었다. 여름 천인데다 소매의 폭이 넓어 쉽지가 않았지만 그는 얼굴을 숙인 채 꼼꼼한 손길로 팔목이 드러나도록 올려주었다. 그 사소한 보살핌 때문에 내 마음은 순식간에 연약해졌다. 제대로 자란 성인 여자들이라면 여자들을 아이같이 취급하는 그런 얄팍한 보살핌을 비웃을 수도 있을 것이었다. 한때는 나도 그랬으니까. 그러나 나는 마음이 연약해진 나머지 포크를 잠시 놓아야 했다. 모든 것이 날씨 탓일 것이다. 나쁜 날씨, 내 인생은 나쁜 날씨 속에 오래도록 방치되어 있었다. 숲의 무덤 뒤쯤에서 문득 뻐꾸기가 울기 시작했다.

"흔히들 더 선량하고 너그러운 사람들이 더 많은 사랑을 한다고 착각을 하지만, 실은 정말로 사랑에 빠지고 사랑을 끝까지 하는 자들은 나쁜 사람들이지. 보다 덜 선량하고, 부도덕하고, 연약하고 이기적이고 히스테릭하고 예민하고 제멋대로이고 불행하고 어둡

고 자기도취적이고 집요하면서도 변덕스럽고 독선적이고 질투하
는 사람."

"……지금의 나 같은 사람이군요."

자백이라도 하는 기분이었다. 그는 공감한다는 듯이 끄덕였다.

"상처받은 사람의 모습이지. 바닷물이 파란 것은 바다가 다른
색은 다 흡수하지만 파란색만은 거부하기 때문이라는 거 알아요?
노란 꽃도 마찬가지예요. 노란 꽃은 다른 모든 색은 다 받아들이지
만 노란색만은 받아들이지 못해 노란 꽃이 된 거죠. 거부하는, 그
것이 아이로니컬하게도 자신을 규정하는 거요. 당신을 처음 보았
을 때 알아볼 수 있었어요. 당신이 안간힘으로 거부하고 있는 당신
의 상처를. 거부한 나머지 상처 그 자체가 되어버린 당신을. 슬프
게도 우리는 저항하는 그것으로 규정되는 존재들이지."

그는 나를 너무나 잘 안다는 듯 담담한 얼굴로 말했다. 문제삼
아 비난하는 것도 아니고 감탄하는 것도 아니었다. 그냥 여느 타인
에게 하듯이 나라는 인간이 그런 유형이라는 말일 뿐이었다. 세상
의 연애를 다 알고 있는 듯한, 우리 사이의 마지막 장면도 이미 알
고 있는 듯한 잔인하도록 나른한 어조.

나는 처음으로 마주앉은 남자의 얼굴을 찬찬히 뜯어보았다. 담
담한 눈빛, 얄팍한 입술, 단정한 코와 긴 턱, 얼굴을 조금은 정감
있게 보이게 만드는 입가의 잔주름, 게임을 하는 육체와는 전혀 상
관없어 보이는 무욕의 표정. 욕망까지 채운 뒤라 예의바르고 냉정

해 보이기까지 한 태도. 언젠가 나를 괴롭히게 될 얼굴이라는 것을 이내 알 수 있는, 흡사 운명이 마련한 나의 심상 속에서 빠져나온 것 같은 얼굴.

벌써부터 그가 보여주는 거리감이 나를 괴롭혔다. 그 거리감이란 그가 만드는 것이 아니라 가까이 다가가려는 내가 만들기 시작한 거리감이었다. 그는 다만 한결같을 뿐이었다.

해수욕장 주변에는 텐트를 친 사람들이 카레를 끓여 점심을 만들거나 낮잠에 빠져 있었다. 그리고 얼굴이 검붉은 나이든 시골 남자들이 비치파라솔 아래서 소주와 파전을 먹고 있었다. 바닷속에는 햇볕에 그은 어촌 마을의 아이들 넷이 담요처럼 넓은 검정색 튜브를 타고 떠 있었다. 바다는 파도도 없이 풀밭처럼 고요했다. 한여름의 건조하고 새하얀 햇볕 속에서는 누구나 영혼이 해리되어 보였다. 길이나 나무나 집 들조차도. 그리고 그도 나도.

점심을 먹은 뒤 그는 약속이 있다면서 서둘러 돌아가려 했다. 그는 휴게소에 차를 세운 뒤 토요일에 도시의 아파트에 가서 자고 일요일 오후에 돌아온다면서 일요일 네시에 바로 이곳에서 보자고 말했다. 나는 가능한 한 사무적으로 고개를 끄덕였다.

집에 돌아왔을 때는 몹시 고통스러웠다. 신발을 잃어버리고 누더기옷을 입고 상한 호박 속에서 기어나온 것 같은 참담한 기분이었다. 막 내린 무대처럼 가설의 게임은 끝나고 몸안에서 빛나던 불빛은 꺼져버렸다. 더 나쁜 사람이 더 잘 사랑에 빠지고 더 끝까지 사랑한다는 말이 맞는지도 몰랐다. 그때 전화벨이 울렸다. 효경은 낮에 전화하는 경우는 거의 없었다. 수와는 아침과 밤에 잠들기 전에 전화를 하고 있었다. 산속 집에 전화를 걸 사람이 거의 없었기 때문에 나의 음성은 기대에 가득찼다.

규였다.

"잘 들어갔어요?"

얼른 대답이 나오지 않았다. 마치 몇 년 동안이나 못 본 그리운 사람의 목소리를 갑자기 듣는 것 같았다. 터무니없는 일이었다. 나는 목소리를 가다듬으며 말했다.

"네, 이제 막 들어온 길이에요."

"오래 걸렸네요."

"휴게소에서 차를 마시고 들어왔어요."

"누구와?"

그가 너무 서둘러 물었기 때문에 나는 소리없이 웃었다.

"휴게소 여자와요."

"……약속 장소로 가는 중인데, 궁금해져서 공중전화가 보이기에 걸었어요. 거리에 서서 이렇게 전화를 거는 것, 굉장히 오랜만이야."

"……"

"오후 시간 잘 지내요. 당신은 너무 우울해. 하긴…… 늘 숲속 집에 혼자 있으니, 흡사 새의 마음 같을 거야."

그는 생각한 것보다 꽤 친절한 사람이었다. 갑자기 마음이 가벼워지고 눈앞이 환해졌다.

"생의 불행이나 허무나 권태 따윈 이미 자명한 사실이오. 그 외에 아무것도 아니지. 우리가 문제삼아야 할 건 가능한 한 경쾌해지는 것이오."

"고마워요. 잘 지낼 수 있을 것 같아요."

"아주 심심하면 그림을 그려보는 것도 좋을 텐데, 편지를 쓰거나. 수신인은 마을의 우체국장으로 하고."

"그렇군요."

마침내 나는 조그맣게 소리를 내어 웃었다. 그는 그제야 만족한 듯 전화를 끊겠다고 했다.

"잘 다녀오세요."

전화를 끊고 일어서자 마음이 한결 가벼워졌다. 인간의 불행은 자명한 사실 이외의 아무것도 아니다. 그 이상을 살아야 하는 것이 우리의 과제인 것이다.

달의 잠행

그 주의 일요일에 효경은 집에 있었다. 효경과 단둘이 집에 있으면 우리 사이엔 너무 많이 싸우며 자란 이복남매처럼 무덤덤하면서도 긴장을 늦출 수 없는 적의와 혐오가 있었다. 내가 앉아 있는 소파에 그가 다가와 곁에 앉거나 싱크대 곁에 나란히 설 때면 나는 흠칫 놀라 재빨리 물러났다. 그는 왜 그러느냐고 물었다. 나는 뭘, 이라고 얼버무렸다.

나는 효경의 냄새를 두려워하는 것 같았다. 효경의 냄새가 상기시키게 될 기억들을 피해다녔고 그 냄새 때문에 내가 무력해질까봐 두려워하는 것 같았다. 아니, 이건 정확하지 않을지도 모른다. 어쩌면 세상에서 내가 그리워하는 유일한 것은 바로 그 냄새니까. 나는 그를 부정하고 그를 무의식적으로 차단하면서 한사코 다른 곳에서 그 냄새를 찾아 헤매고 있다는 불쾌한 자각이 들 때가 있었다. 생에 대한 긴장이 완전히 이완되는 그런 완전한 평화로움과 순수함은 이제 어디에서 찾을 수 있을까……

효경은 아침에 나와 잠시 투덕거리다가 다시 잠을 잤다. 오후 한시에 일어난 효경은 러닝 바람으로 점심을 먹은 뒤 바다로 낚시를 가자고 했다. 나는 더워서 싫다고 말하고 윗옷을 입으려고 핀잔을 주었다. 효경은 그러면 유명한 소프라노 가수의 독창회에 가겠느냐고 물었다. 그의 서점에서도 티켓을 팔았다고 했다.

그는 최근에 이가 상해 상한 이를 혀로 훑으며 치치하는 소리를 내는 역겨운 버릇이 생겼다. 나는 치과에 가는 게 어떠냐고 물었다. 그는 일요일은 문을 닫는다고 말했다. 나는 평일에 왜 치료를 받지 않느냐고 되물었다. 그는 시간도 없고 정신적인 여유도 없다고 말했다. 짜증스러워졌다. 나는 더이상 이에 관해 말하지 않고, 아무것도 하고 싶지 않으니 혼자 낚시를 가는 게 어떠냐고 물었다. 그는 싫다고 했다. 그는 무슨 걱정거리가 있는 것 같았다.

그가 입을 다물어버리자, 혼자 백화점을 간다거나 미장원 혹은 친구를 만나러 가야 한다는 핑계를 대고 다른 남자를 만나러 가는 것은 모처럼의 휴일에 너무 잔인한 짓이라는 생각이 들었다. 나는 죄책감 때문에, 온천에서 목욕을 하고 마트에 가 필요한 것을 산 뒤에 바닷가의 횟집에서 회를 먹기로 했다.

온천에서 일부러 세시 오십분에 맞추어 나왔다. 효경은 많이 기다렸기 때문에 투덜댔다. 시계를 보면서 목욕탕 안에서 버티다보니 나의 손가락이 물에 불어 쪼글거렸다. 차를 타고 나가다가 나는 고갯마루에 있는 휴게소에서 커피를 한 잔 마시고 가자고 가볍게 말했다.

휴게소 길가엔 빈 트레일러가 세워져 있고 승용차들이 줄을 이어 서 있었다. 일요일이라 가족 단위의 피서객이 많았다. 두 군데 등나무 아래도 비치파라솔 아래에도 자리가 없었다. 우리는 냉방된 차 안에서 커피를 마셨다. 효경의 차에선 언제라도 비틀스가 흘러나왔다.

네시 팔분쯤에 규의 차가 나타났다. 그는 휴게소 주위를 한 바퀴 돌면서 나의 차가 있는지 살피는 것 같았다. 그러고는 휴게소 입구에 차를 세웠다. 나는 효경에게 아이스크림을 하나 사야겠다고 말하고 차에서 내렸다. 그리고 차 안에서 그가 볼 수 있도록 꽃이 활짝 핀 협죽도나무 앞을 지나 사람들 사이를 천천히 둘러 가게 안으로 들어갔다.

가게 안에서 창문으로 규를 관찰했다. 깊은 청색의 니트를 입은 규는 나를 보았는지 담배를 피워물고 단정한 공무원처럼 골똘하게 앉아 이쪽을 보고 있었다. 나는 당장에 달려가 그 얼굴을 일그러지도록 두 개의 손바닥으로 누르고 키스하고 싶은 욕망을 느꼈다. 아이스크림을 사 가게에서 나오자 규가 클랙슨을 가볍게 울렸다. 그는 용의주도한 사람이었다. 나의 시선이 한순간 규를 스쳤다. 그는 나에게서 이상한 낌새를 느꼈는지 관망만 하고 있었다. 나는 빠른 걸음으로 걸어가 효경의 차에 올랐다. 효경은 피우던 담배를 다 피우고서야 차를 출발시켰다. 규가 있는 쪽을 돌아보니 그는 고개를 약간 갸웃한 채 우리 차의 꽁무니를 응시하고 있었다.

집에 돌아온 건 열시경이었다. 횟집에서 맥주를 마신 탓에 바닷가의 방파제에 차를 세우고 술이 깰 때까지 시간을 보내고 돌아왔다. 돌아오면서 보니 윗집에 불이 켜져 있었다. 나는 과장되게 술에 취한 척, 몹시 피곤한 척하며 이빨을 닦고 곧바로 침대로 가서 누웠다. 효경은 들어오자마자 텔레비전을 켜더니, 갯벌의 생태에 관한 다큐멘터리 프로그램을 보기 시작했다.

—새의 마음 같을 거야……

그 말이 다정하게 내 몸속을 흘러다녔다. 그는 내 기분을 알고 있었다. 숲속의 양치류같이 그늘진 곳에서 무성하게 자라난 음습한 마음을.

그 말은 천천히 나를 데워 결국은 뱃속이 뒤집히도록 만들었다. 한 번도 상상해보지 않은 일이었지만 불가능한 일은 아니었다. 한밤중에 규를 만나는 일. 충동을 인내하기에는 규는 너무나 가까운 곳에 있었다.

*

나는 한 시간쯤 꼼짝 않고 누워 있다가 마침내 실내 슬리퍼를 손에 쥐고 창문의 방충망 문을 열고 창틀을 타넘어 밖으로 나갔다. 그리고 언덕길을 타고 윗집을 향해 살금살금 오르기 시작했다.

만월이었다. 만월이구나, 하고 하늘을 올려다보는 그 순간에 달은 고래처럼 커다란 검은 구름 속으로 들어갔다. 길이 갑자기 캄캄해졌다. 어둠의 결이 너울너울 머리 위에 내려앉는 느낌이었다.

다섯 개의 돌계단을 올라가 현관문을 두드렸다. 그것이 소용없자 곧바로 블라인드가 쳐진 창문을 두드렸다. 창문이 열리더니 규가 아연하게 내려다보았다. 그 눈 속엔 무슨 이런 짓을 하느냐는 금지의 뜻이 완연했다. 그러나 그는 현관문을 열었다. 그리고 폭발물의 뇌관을 달듯이 황급히 현관 안으로 나를 끌고 들어갔다.

그의 집은 화가나 조각가의 작업실, 혹은 사진가의 스튜디오 같은 특별한 용도로 지어진 집 같았다. 천장이 높은 홀과 드러난 목조 계단과 기울어진 천상의 나릭빙들과 벽난로를 가진 훨씬 자유로운 공간이었다. 그는 영화를 보고 있었다.

"난 이런 위험한 짓을 좋아하지 않아요."

그는 나무라는 듯이 깍듯한 경어를 썼다. 그는 기분에 따라 어린 여자를 대하듯이 반말을 하기도 하고 깍듯한 경어를 쓰기도 했다. 경어를 쓸 때면 긴장감이 감돌았다.

"오늘 약속을 못 지킨 것이 마음에 걸려서……"

그가 무슨 엉뚱한 소리냐는 듯이 쳐다보았다.

나는 자신이 정직하게 말하지 않았다는 것을 시인해야 했다. 말을 중단했다. 그러나 달리 말을 할 수도 없었다. 이를테면 보고 싶어서 견딜 수가 없어서 왔다고 말할 수는 없었던 것이다.

"우리의 약속은, 실은 약속이라고 하기 어려운 거요. 잠정적으로 늘 깨어질 것이 예정되어 있는 약속이지. 그건 지켜야 한다는 것이 아니라 그저 물위에 띄워놓은 부표 같은 것이오. 여기쯤이라는 정도……"

그는 설마 그것을 이해하지 못하느냐는 얼굴로 말했다. 그뿐인 것에 나는 어처구니없게도 실내복 차림으로 창틀을 넘은 것이다. 거의 이십 분쯤이 흘렀을 것이다. 그는 그저 커다랗고 검은 일인용 소파에 앉아 영화만 보고 있었다.

영화 속에서는 늙은 남자가 우스꽝스러운 표정과 몸짓 들을 빠르게 바꾸며 아랍 춤을 추고 있었다. 이제 막 결혼식을 했는지 웨딩드레스를 입은 신부가 웃으며 바라보고 있었다. 장소는 이발소였다. 늙은 남자가 맞추어 추는 아랍 음악이 어쩐지 마음에 사무쳤다. 아주 옛날에 할머니들이 부른 노랫가락과도 비슷한 것 같았다.

"저 남자는 아주 어릴 때부터 미용사의 남편이 되는 꿈을 꾸어요. 마을의 미용사를 짝사랑하기 때문이오. 넌 자라서 뭐가 될 거냐고 묻는 아버지에게 미용사의 남편이 될 거라고 대답했다가 따귀를 맞기도 하지. 마을의 미용사는 의문의 살해를 당해 어린 남자의 추억 속에 영영 묻히고 말아요. 나이가 들어 중년이 된 남자는 드디어 어여쁜 미용사를 만나 오랜 꿈을 이루어요. 남자는 하루종일 온 인생을 미용사 아내가 일하는 이발소 안에서 보내게 되지. 하는 일이라곤 머리 자르기 두려워하는 아이들을 달래기 위해 아랍 춤을 추거나 신문의 낱말 맞추기를 하거나, 아니면 온종일 일하는 아내의 모습만 얼이 빠져서 바라보는 거요. 그리고 해가 지면 재빠르게 문을 닫아걸고 둘이 사랑을 나누어요. 둘은 너무나, 그러니까 지나칠 정도로 사랑하게 돼요. 조금의 방심이나 상처도 용납할 수 없을 만큼 병적으로. 사랑이 너무 깊어지자 미용사인 아내는 그 사랑이 식을까봐, 그리고 사랑이 식은 뒤의 일이 너무 두려워서 안절부절못하게 돼요. 그래서 사랑이 가장 깊은 그 순간에 죽기로 결심하지. 어느 폭풍우 치는 날 미용사는 마지막으로 사랑을 나누고 밖으로 달려나가요. 옆 가게에 가서 클립인지 마요네즈인지를 사오겠다면서 달려나가 파도가 치솟는 방파제에서 몸을 던지는 거요. 남자는 계속해서 여자를 기다려요. 저 남자의 마지막 대사는 이런 거요. '앉아서 기다리세요. 미용사가 곧 올 거요.' 남자는 미쳐버리고 말아…… 사랑이란 저런 거지. 바로 저런 거요. 인간은 사랑의 긴장을 오래 견디지 못해요. 사랑이 스스로 지나가지 않아도, 어느 시점에 이르면 그 끈을 놓거나 아니면 자살이라도 해야 하는 거요."

그의 머리카락이 부스스하게 이마 위에 흩어져 있었다. 그 머리카락들을 단정하게 뒤로 넘기고 이마에 입맞추고 그리고 그의 머리통을 두 손에 끌어안고 마루에 뒹구는 모습이 반복적으로 겹쳐서 눈앞에 떠올랐다. 실내는 초록색 가죽소파 세트와 오디오와 장롱처럼 큰 스피커들과 텔레비전이 있을 뿐 큰 공간에 비해 텅 빈 느낌이었다. 멀리 살림살이가 조금 드러난 주방이 보였다. 나는 그를 끌어안고 바닥으로 쓰러지는 환영을 계속해서 바라보고 있었다.

영화에 대해 말을 한 뒤로 그는 아무 말도 하지 않았다. 나를 거의 무시하는 것 같았다. 그는 자신의 삶 속에 허락 없이 틈입한 나의 존재를 용납할 수 없다는 표정으로.

마침내 내가 일어서자 그는 나의 어깨를 몇 번 토닥거려주었다.

"내게서 별달리 기대하지 말아요. 남자와 여자 사이란 어찌해도 이루어지지 않는 부분이 있기 마련이오. 하긴 삶 자체의 근본적인 결함이기도 하지만."

나는 모멸감을 느끼며 그 집에서 나왔다. 그는 재빨리 현관문을 닫아버렸다. 이기적이고 비겁하고 편협하고 냉정하고 약삭빠른 영감쟁이같이. 이해할 수 없는 것은 그런데도 혐오스럽지 않다는 것이었다.

돌아서는 순간 지독한 상실감이 이미 나를 해치고 있을 뿐이었다. 하늘을 올려다보니 샛노란 달이 고래처럼 큰 구름 속에서 이제 막 빠져나오고 있었다. 나는 그의 집에서 나온 그 방향대로 곧장 숲길로 들어갈 수 있을 것 같았다. 원래 짐승이었던 것처럼 어두운 숲속이 친밀하게 느껴졌다. 멧돼지처럼 깊은 동굴 속에서 홀로 잠들 수도 있을 것 같고 다람쥐처럼 나무를 쏜살같이 타고 오를 수도 있을 것 같았다. 검푸른 숲속에서 새들이 다른 가지로 옮겨앉는 작은 기척도 들렸다. 담비 같은 작은 짐승이 조심스럽게 지나가는 소리도 해묵은 나뭇잎들 아래로 뱀이 스쳐지나가는 소리도, 풍뎅이와 나방이 날갯짓하는 소리도……

"어디 갔다 오는 거야?"

뜻밖에도 효경이 마당에 서 있었다. 기가 막힌 얼굴에다 잔뜩 화가 난 음성이었다.

"산책."

"너 몽유병자니? 이해가 안 돼. 그 옷차림에 실내화 바람으로? 어디로 나갔니?"

"……현관문으로."

"거실에 앉아 있던 내가 모르게?"

"넌 없었어. 화장실에 간 때였나보지."

효경은 다행히 납득하는 것 같았다.

"불은 꺼져 있는데 자는 줄로 알았던 너는 침대에 없고, 네 방에 창문은 방충망 문까지 활짝 열려 있었어. 놀랐잖아. 넌 겁도 없니? 이 산속에서 한밤중에 돌아다니게?"

"이젠 무섭지 않아. 전혀. 난 이제 혼자 저 무덤들 뒤로 난 숲길로 들어갈 수 있어. 해봐? 우리 같이 가볼까?"

"관두어. 제정신이 아니야."

"달을 봐. 얼마나 환한지…… 저 집채처럼 큰 검은 구름, 미칠 것 같아."

효경은 섹스를 원했다. 나는 효경을 받아들였다. 서른세 살 7월이었다. 내 몸은 변했다. 나 자신마저도 낯설어 깜짝 놀라는 위험한 관능이 그 속에 은닉되어 있었다. 그건 참으로 낯설어서 어떻게 다루어야 할지 불안한 것이었다. 생을 가장 어둡고 질척한 밑바닥으로 끌어내리는 동물적인 몰입. 이것은 평범한 여자에게 무상으로 주어진 선물일까, 혹은 극복해야 할 재앙일까. 규와 섹스를 할 때면, 더이상 먹지도 말고 잠들지도 말고, 낮이 되지도 말고, 밤이 되지도 말고 그 순간이 영원히 계속되었으면 하는 꿈에 빠진다. 규를 생각하자 불안하고, 자극적인 이상한 활기가 머리끝부터 발끝까지 나의 몸을 감쌌다. 내 몸은 절정에 이르러 밤의 숲이 울리도록 커다랗게 소리를 냈다.

"넌 이곳에 온 후 달라졌어. 이상해. 네 몸에 낯선 진동이 느껴져."

잠들기 전에 효경이 중얼거렸다. 나는 여전히 부정하고 혼란스러운 관능에 빠져 있었다. 마치 두 남자와 정사를 한 것 같았다. 네 개의 눈동자, 두 개의 입술, 네 개의 손, 스무 개의 손가락, 네 개의 다리, 그리고 분간할 수 없는 겹겹의 숨소리…… 효경이 깊은 잠이 들어갈수록 나는 또렷하게 깨어났다. 바로 윗집에 있는 규가 또다시 그리웠다. 그와 함께 온전한 하룻밤을 보내고 싶은 갈망이 나를 괴롭혔다. 밤이 지나가기 전에 다시 한번 더 그를 볼 수 있다면, 그가 냉정한 얼굴을 풀고 나를 향해 웃어준다면…… 오랜 뒤에야 깨닫게 된 일이지만 나는 믿어지지 않게도 그토록 급속하게 그에게 예속되어버린 것이었다.

용의 나라

  햇볕으로부터 보호하느라 종이로 하나하나씩 가지에 열린 배를 싸둔 배나무 과수원을 지나 산속의 호숫가에 지어진 방갈로로 들어갔다. 방갈로들은 조그마한 목조 집들이었는데 수상 가옥처럼 물위에 떠 있었다. 신발은 들고 안으로 들어가도록 되어 있었다. 베란다 창으로는 개망초꽃이 하얗게 핀 맞은편 못 가장자리와 배나무 과수원과 먼산들과 하늘과 휘펑해놓은 크림처럼 부드럽고 커다란 여름의 뭉게구름들이 보였다. 환한 한낮의 햇빛이 비쳐들지만 에어컨으로 냉방된 공기가 차가워서 햇볕이 비현실적으로 느껴졌다. 뜨거움이 완벽하게 제거된 채 단지 환하기만 한 꿈속 같은 여름빛.

  나는 그의 입속에서 절정에 이르렀다. 무언가 내 존재를 두껍게 도포했던 각질층이 갈라지고 나 아닌 것이, 두렵도록 낯선 존재가 튕겨져나가는 듯했다. 나는 무화되는 공포 때문에 커다랗게 고함을 쳤다.

"영화에서 들은 이야긴데, 옛날에 지도 그리는 사람들은 지도가 끝나는 지점의 바깥 여백에 용의 나라라고 썼대요. 용의 나라…… 난 지금, 지도의 바깥, 용의 나라에 와 있는 기분이에요."

가쁜 숨이 지나가고 몸이 깃털처럼 가볍고 고요해지자 나는 그의 품에 거꾸로 파고들며 속삭였다.

"아니, ……내 위로 올라와."

그가 내 몸을 끌어올렸다.

사정하는 순간 그의 표정은 얼굴 속에서 금세라도 다른 얼굴이 튀어나올 것만 같이 울그락불그락해진다. 존재의 변이. 그러나 그 몇 초의 순간이 지나고 나면 나를 내려다보는 그 표정은 흡사 깊고 투명한 물속의 고기떼를 헤아리는 선사처럼 지극히 명징하고 숭고해졌다.

우리는 한동안 해변에 밀려온 익사자들처럼 침대 위에 반듯하게 누운 채로 숨만 내쉬었다. 한참 뒤에 그의 손이 나의 몸을 쓰다듬고 나의 머리카락을 쓰다듬었다.

"내가 잘했나요?"

그가 고개를 끄덕였다.

실은 내가 좋아요? 라고 묻고 싶었다. 그러나 그런 말은 게임을 위험하게 만들 것 같았다. 그런데도 내 속에는 그 말이 천천히 부

풀어올랐다. 내가 좋아요? 그 말은 뻥 터져버릴 것만 같이 부풀어
올랐다. 나는 긴 한숨을 내쉬었다.

"당신을 처음 보았을 때, 그 빈집에서 후다닥 뛰어나와 나를 향
해 손을 번쩍 치켜들었을 때 참 이상한 기분이 들더군. 뭐냐 하
면…… 저 여자가 왔구나 하는 느낌…… 빈집의 여자가 아니라
아랫집 여자라는 것을 알고 있었는데도, 이상하게 당신이 그곳에
오기를 기다려온 것처럼 그런 생각이 들었어. 그리고 조금 무서웠
어. 절대로 당신하고 가까워지고 싶지 않았지. 그런데도 처음 마주
쳤던 그날 벌써 이렇게 될 줄 알고 있었던 것 같아. 당신에 대한 끌
림은 이상해. 당신 앞에 서면 다른 어느 때보다 자신감이 생겨. 욕
망이 생기고, 그리고 솔직해져. 마치 당신 자신을 나에게 보여주어
요, 어떤 모습도 좋아요, 나를 어떻게 해도 좋아요, 라고 말하는 것
같았어. 그러니 어쩌겠어. 결국 이렇게 친해져버렸으니……"

"마치 내가 유혹한 것처럼 말하는군요. 게임을 건 수상한 구름
장수는 당신인데."

"당신 자신이 얼마나 유혹적인지 모른다면 내가 알려주지. 당신
은 말이야. 당신을 좋아하는 남자는 다 받아들일 여자야. 문제는
그걸 당신 자신이 아직 모르고 있다는 것이지. 그러니 그렇게도 태
연한 얼굴을 하고 있는 거야."

그건 모함이었지만 나는 아무 말도 하지 않았다. 아무래도 좋았
다. 나는 완전히 릴랙스되어 있었다. 나는 손가락으로 그의 눈썹과

코와 입과 턱을 쓰다듬었다.

"당신은 대단해. 점점 예민하고 부드럽고 강해지고 있어. 이곳 말이야."

그가 나의 다리 사이를 따뜻한 손바닥으로 덮었다.

"마치 물고기처럼 작은 이빨이 박힌 흡반 같아. 당신은 내가 게임에 지지 않기 위해 얼마나 긴장하고 있는지 짐작도 못할걸. 자칫하면 치한이 될 수도 있으니까."

나는 달아오른 얼굴로 미소지었다. 사랑한다고 말할 수 있다면, 하는 생각이 들었다.

정오의 숲길

비가 멈추기를 기다렸다는 듯이 아침 일찍부터 산으로 오르는 길을 포장하는 공사가 시작되었다. 길 가장자리와 경사가 심한 부분에 부목을 대어 시멘트 반죽을 부을 틀을 만드는 것부터 시작되었다. 요란한 망치 소리가 끊길 쯤부터는 레미콘 트럭이 줄을 지어 올라왔다. 산은 공사 현장답게 트럭 엔진의 굉음과 시멘트 반죽을 고루 덮고 가장자리를 다듬느라 흙자갈을 긁어대는 인부들의 삽질 소리와 감독하는 사람들의 짜증 섞인 외침으로 떠들썩했다. 쾌청했지만 바람이 많이 부는 날씨여서 집안으로 먼지가 날려들어 왔다. 인부들은 주전자를 들고 마당으로 불쑥불쑥 들어와 부엌 앞의 지하수를 받아갔다.

나는 세탁실 앞 뒷마당에 빨래를 너는 것으로 집안일을 끝내버렸다. 그리고 얼굴을 찌푸리며 집안으로 들어가 창문들을 꼭꼭 닫고 산으로 갈 준비를 했다. 그 소음과 먼지로부터 벗어날 방법은 그것밖에 없었다. 커피에 얼음을 넣어 차게 만들고 풋사과와 포도한 송이를 비닐팩에 담고 찬 우유도 챙겨 배낭에 넣었다. 시계를 보니 정오였다.

밀짚으로 짜고 뒤에 헝겊으로 만든 조화가 달린 평범한 여름 모자를 눌러쓰고 나뭇가지에 긁히지 않도록 소매가 긴 셔츠와 긴 바지를 입었다. 그런데 대문 앞길은 물큰한 시멘트로 덮여 있고 길 양쪽에 서서 가장자리를 손질하던 인부들은 난색을 표했다.

앞으로 두 시간여 동안은 차를 타고 밖으로 나갈 수도 없고 누군가 들어올 수도 없이 차단된 상태였다. 나는 집안으로 들어가려다가 계곡 쪽으로 걸음을 옮겼다.

풀이 무성하게 자라올라 축축하고 우묵한 밭길을 걸어가 계곡으로 내려섰다. 뱀이 있을지도 몰라 몇 번 걸음을 멈추고 앞을 정탐해야 했다. 계곡엔 전날 내린 비로 물이 많이 흘렀다. 검고 커다란 숲모기를 쫓느라 팔을 휘저으며 통나무 몇 개를 묶어서 만든 다리를 건넜다.

나의 키 높이만큼 자란 토란밭을 지나 산길로 들어설 때쯤엔 벌써 공사의 굉음은 들리지 않았다. 오히려 바람이 몰고 오는 나뭇잎쏠리는 소리에 휩싸여 깜짝 놀라고 말았다. 해일이 일어나듯 커다란 소리가 지나가자 나뭇가지들 사이로 햇빛이 어룽대는 고요와 짙은 산향과 초록의 사치스러움이 나를 어리둥절하게 했다. 빗물에 씻긴 숲은 푸른색 레이스 실에 은사를 섞어 한 잎 한 잎 촘촘히 짜서 만든 것같이 눈부셨다. 다시 바람이 불고 해일이 일어나듯 나뭇잎 쏠리는 소리가 몰려왔다.

한동안 꽤 가파른 오르막이 계속되었다. 깊은숨을 마시며 해묵은 갈잎들과 마른 나뭇가지들이 덮인 좁다랗고 그늘진 삼복림 숲길을 묵묵히 올랐다. 몹시 맑은 정오라 바람이 부는데도 숲엔 지열로 가득했다. 얼굴과 등이 천천히 땀으로 젖었다.

호흡곤란이 오고 행복한 고통을 느낄 무렵, 문득 오르막이 끝났다. 양편에 키 큰 소나무들이 빽빽한 아주 좁다랗고 편편한 숲길이 나타났다. 공기가 갑자기 서늘해지면서 나뭇가지들 사이에서 긴장될 정도로 차가운 바람이 불어왔다. 숲의 향기가 활짝 열린 피부 속으로 차가운 액체처럼 흘러들었다.

여기가 어디일까…… 문득 그런 생각이 들었다. 나는 지금 어디에 있는 것일까…… 내 생의 부표는 금지된 선을 넘어서 아득히 바깥으로 흘러가고 있었다. 걸음을 멈추고 천천히 뒤를 돌아보았다. 정적 속에 레이스로 짠 것 같은 나무들이 빽빽하게 서 있었다. 늘 그랬듯이 숲은 노래를 지운 빈 테이프처럼 독특하게 적요한 태도로 내게 속삭였다. 자, 이제 네가 노래할 차례야……

나는 모자를 벗어들고 어깨를 조금씩 움직여 나뭇가지들을 피하며 그늘이 짙은 숲길을 느릿느릿 지나갔다. 발등에 간혹 햇살이 떨어지고 거미줄이 얼굴에 걸리고 마른 소나무 잎이 어깨 위에 떨어지기도 했다. 송진 향기가 짙었다. 개 짖는 소리와 새소리와 발 밑의 나뭇가지 부러지는 소리, 거미가 다른 가지로 건너가는 소리까지 들릴 것 같은 정적……

그와 마주친 건 긴 소나무 숲길을 지나 그다음에 나타난 벼랑길에서였다. 이쪽 산 옆구리에서 저쪽 산 옆구리로 건너가는, 겨우 한 걸음씩 뗄 수 있는 좁고 긴 벼랑길이었다. 부스럭거리는 갈잎 밟는 소리와 함께 그가 길 끝에서 나타났을 때 나는 놀라 멈칫 서버렸다.

그는 베이지색 바지와 나뭇잎처럼 짙은 초록색 여름 니트를 입고 있었다. 둥근 니트의 목선에 은색의 목걸이 체인이 언뜻 빛났다. 그는 약속이라도 한 만남처럼 동요 없이 다가왔다. 그곳은 유난히 적요해서 우리의 움직임 외에는 바람 소리조차 들리지 않았다. 어떻게 우리가 만났을까…… 바위 아래 동굴에서 나오는 듯한 서늘한 공기가 얼굴을 감고 지나갔다.

군데군데 흙이 파이고 길이 떨어져나가버려 엉거주춤 허리를 굽히고 나뭇가지를 붙들고 지나가야 하는 곳노 있었나. 나는 그 좁다랗고 위험한 벼랑길을 엉거주춤한 자세로 걸으며 어떻게 우리가 만났을까, 하는 생각을 강박적으로 했다. 그와 마주선 곳은 중간 크기 정도의 소나무 세 그루가 길을 지탱하고 서 있는 지점이었다. 그는 손을 내밀어 나의 어깨를 잡았다. 그리고 나란히 선 소나무에 등을 기대세웠다.

아래는 잡목림이기는 하지만 가파른 내리막이었다. 나는 두려워서 꼼짝도 할 수가 없었다. 그는 손으로 나의 턱과 드러난 어깨와 가슴과 허리를 쓰다듬었다. 나의 눈앞에 거미줄에 매달린 거미 한 마리가 그네를 타듯 흔들렸다. 자세히 보니 거미는 아주 작은 곤충을 한 마리 물고 있었다. 그가 나의 윗옷 단추를 풀기 시작했다. 평범한 흰색 셔츠로 단추가 얇고 작아 풀기가 쉽지 않았다. 그는 코를 나의 머리카락 속에 박고 천천히 숨을 쉬며 신중하게 손가락으로 더듬어 단추를 하나하나 열었다.

두 젖가슴 사이에 고였던 땀이 서늘하게 식는 것이 느껴졌다. 옷이 열리자 그는 흰 면 브래지어의 양쪽 어깨끈을 내리고 앞쪽의 금속 장식과 레이스 들을 두 개의 긴 손가락으로 만지작거렸다. 그리고 그 손끝은 천천히 올라가 두 가슴이 접힌 사이로 들어갔다. 나는 현기증을 느끼며 두 손을 뒤로 뻗어 소나무 둥치를 더듬어 잡았다. 나의 손에서 떨어진 배낭과 모자가 길 아래로 굴러떨어졌다. 그 순간 그의 손가락이 활짝 펴지더니 브래지어를 힘껏 끌어내렸다. 가슴이 드러났다. 그와 동시에 나는 비명을 내지르며 죽을힘을 다해 그를 끌어안았다. 알 수 없는 공포 때문이었다. 수치심에 대한 공포, 윤리에 대한 공포, 혹은 미래에 대한 공포, 그것도 아니면 쾌락에 대한 공포였는지도……

"여기 어떻게 왔어요?"

나는 그의 귀를 입술로 막고 흘려넣듯이 속삭였다.

"······당신이 숲으로 들어가는 것을 보았어. 그래서 반대편으로 들어왔지······"

"무서워요. 무서워서 죽을 거 같아요."

그는 얼굴을 나의 가슴에 파묻으며 내 몸을 떼어내려 했으나 나는 더욱더 그에게 달라붙었다. 포박하듯이, 몸속으로 파고들어가듯이. 그가 밀어내며 나의 목과 어깨를 아프도록 물었다. 나는 비명을 지르면서도 더 힘껏 달라붙었다. 마침내 그도 더이상 어떻게하지 못한 채 나를 안고만 있었다. 발걸음을 떼기조차 힘든 좁다란 벼랑길이었다.

아주 한참 뒤에야 다시 새소리가 들렸다. 마치 쇠난간을 작은 돌멩이로 때리는 듯 맑고 깊은 공명음이 나는 새소리였다. 나는 여전히 그를 끌어안고 있었다. 나의 금지를, 나의 부정을, 내게 허용되지 못한 것을. 나의 공포를. 어쩌면······ 꿈 같은 건 애초에 부질없는 것이었는지도 모른다. 우린 처음부터 세상을 허용받지 못한 존재이고 아무것도 손에 넣을 수 없는 존재로 재단되었는지도. 나무들처럼 숲처럼 그저 바람이 불 때 흔들리는 것으로 충분한지도······

나팔꽃이 피는 시간

열 개의 구덩이에 한 구덩이마다 다섯 알씩을 심은 나팔꽃은 한 알의 씨앗마다 마치 재크의 콩나무처럼 힘세게 뻗어났다. 무단침입했던 아랫집 염소들에게 넝쿨이 뜯어먹히고 지지대와 넝쿨을 올렸던 줄이 넘어지는 재난을 당해 한동안 주춤했지만 지지대를 다시 세우고 넝쿨이 뻗을 줄을 묶어주자마자 깜짝 놀랄 정도로 재빠르게 회복되었다. 불과 며칠 지나지 않아 뜯어먹혔던 넝쿨들이 몸을 추스려 마당가의 지지대를 울타리처럼 휘감고 테라스 지붕으로 올린 줄을 따라 올라가 친친 감아버렸던 것이다. 그리고 어느 날 아침 한꺼번에 수도 없이 많은 꽃을 피웠다. 흰색 보라색 붉은색 분홍색…… 나팔꽃은 죽은 뒤에도 사랑하는 사람의 모습을 보려고 연인의 창을 기어올랐다는 열정적인 전설을 가진 꽃이다. 바람에 그 많은 꽃들이 일제히 흔들리는 것을 보면서 나는 어떤 식물학자의 주장에 동의하게 되었다. 식물이 노래한다는 사실……

　나는 마당의 수도에 호스를 연결해 세차를 하고 있었다. 차체에 비누질을 끝내고 물을 뿌려 헹구어내는데 규의 차가 아주 천천히 내려왔다. 그는 차창 밖으로 얼굴을 내밀고 활짝 웃었다. 나는 호스의 물을 하늘로 높이 올려보냈다. 햇볕은 뜨겁고 튀어오르는 물방울은 구슬처럼 맑고 단단해서 자르륵 소리라도 내며 떨어지는 듯했다. 그가 차를 세운 채 보고 있었다.

　나는 물이 쏟아지는 호스를 나에게로 향했다. 호스의 물이 나의 몸에 쏟아졌다. 지하수의 물이 차가워 몸이 소스라치는 듯했다. 나는 깔깔거리고 웃기 시작했다. 얇은 원피스가 젖으면서 몸의 윤곽이 햇볕 속에 드러났다. 그가 고민이라도 생긴 듯한 굳은 표정으로 골똘하게 응시했다. 우리의 눈이 깊이 얽혀들었다. 그가 문득 길 아래쪽으로 고개를 돌리더니 내 쪽을 짧게 돌아보고는 서둘러 차를 출발시켰다. 그의 차가 지나가자 집 아래 밭 주인이 경운기를 몰고 오는 것이 보였다. 나는 호스를 내던진 채 집안으로 쏜살같이 달아났다.

　집안에서 옷을 벗으며 창밖을 살짝 내다보니 텅 빈 마당에 수도 없이 많은 나팔꽃들이 여전히 바람에 흔들리고 있었다.

　그렇게 7월과 8월의 많은 날이 흘러갔다. 내 일생만큼이나 많은 날들이. 그 많은 바닷가의 마을들, 국도변의 모텔들, 고양이의 눈처럼 파란 저수지들, 양치류가 우거진 무성한 숲의 그늘들, 휴게소에서의 만남과 엇갈림 들…… 어느 날은 아침부터 오후 내내 모텔에서 그와 함께 뒹군 적도 있었다.

발코니 창문은 열려 있었고 바로 눈앞에서 미루나무 세 그루가 덥고 비릿한 여름바람에 비늘처럼 반짝이며 흔들리고 있었다. 발코니 방충망을 타고 오른 메꽃이 햇볕에 지쳐가고 파리 한 마리가 붕붕 날고 어디선가 단조로운 라디오 소리가 들려왔다. 나는 오랫동안 그의 등을 안고 한 다리를 그의 다리 사이에 끼운 채 누워 있었다. 그러다가 갑자기 앞으로 쏟아지듯 그의 등을 타넘어가 그의 어깨에 턱을 걸고 속삭였다.

"시간을 낭비하는 일이 이렇게 행복한 것인지 몰랐어……"

그는 그대로 나를 끌어안고 가만히 시간을 보냈다. 나의 입안에 어느새 다시 맑은 물이 고였다. 우린 특별히 더 잘 맞는 사람들 같았다. 가슴이 뭉클해지고 관절들이 저려왔다. 그의 존재가 너무나 절박해서 그 육체에 매달려 절대로 떨어지고 싶지가 않았다. 해가 질 무렵 그가 씻기 위해 일어나려 했지만 나는 그를 끌어안고 놓아주지 않았다. 침대 곁에 버려진 얼룩진 휴지들이 구겨진 채 마르고 있었다.

그와 스쳐가기만 했던 처음의 시간들이 어이없는 낭비처럼 아까웠다. 우린 좀더 빨리, 만나자마자 그 첫날에 걸쳐입은 모든 것을 다 벗어던지고 끌어안았어야 했다는 생각이 들었다. 그랬다 해도 전혀 이상하지 않았다고……

그대의 죄인가 나의 죄인가

8월의 마지막 주 초에 그의 가족이 왔다. 그 집 여자는 소문처럼 나이가 많은 것 같지는 않았다. 긴 파마머리에 마치 주부 에어로빅 선수처럼 단련된 몸매를 가진 사십대 초반의 작고 귀엽게 생긴 여자였는데 아주 짧은 반바지를 입고 왔다. 아이들은 초등학교 고학년들로 보였다. 그들은 방학이 끝나는 8월 마지막 주 말까지 머물 거라고 했다.

규의 가족들이 온 뒤로는 규를 만날 수 없었다. 그의 차가 하루에도 몇 번씩 분주하게 언덕을 지나다니는 것을 보았을 뿐이었다. 저녁마다 초대된 사람들의 차가 줄을 지어 마을을 지나 언덕길로 올라갔다. 그는 전화조차 하지 않았다. 그들은 벌레들을 쫓느라 젖은 풀을 태워 연기를 마구 피워올리고 바비큐파티를 하거나 회를 먹고 매운탕을 끓이거나 마당에서 불을 붙여 닭을 튀겨먹었다.

기타를 치며 노래를 하고 아이들과 여자들이 요란한 비명을 내지르며 춤을 추기도 했다. 어느 때는 외치는 소리 속에 규의 목소리가 섞여 들려오기도 했다.

  어느 날 한낮이었다. 그날은 주변이 유난히 조용했다. 주스를 만들기 위해 부엌에서 토마토를 씻고 있는데 문득 그의 노래가 들려왔다. 나는 수돗물을 잠갔다.

  ……그대 떠나버린 빈집에 혼자 갔네
  아픈 마음으로 다리를 끌며 갔네
  그대는 없고
  그대 손을 탄 고양이 한 마리 굶주려 맴도네
  우리 처음 만난 날은 나뭇잎 푸르던 여름
  지금은 바람 불어도 흔들릴 것 없는 겨울
  지나가지 않을 겨울
  그대는 영영 소식 없고
  가슴에 못박힌 말들 때문에 내가 병드네
  약속도 맺지 못하고 헤어져 이렇게 그리는 것은
  아, 그대의 죄인가 나의 죄인가.

  귀를 기울여 듣고 있으니 가슴이 패는 듯 아파왔다. 손안에 들고 있던 토마토를 너무 꼭 쥐어 즙이 흘러내렸다. 그는 또 무슨 상처가 있어서 사랑 없이 살기로 결심하였을까……

　노래를 들은 다음날, 그날은 화요일이었다. 이른 오전에 숲길로
들어갔다가 규의 가족과 맞닥뜨렸다. 아이들은 곤충을 잡는 망과
플라스틱으로 만들어진 곤충채집 바구니를 들고 있었다. 샛노란
바구니 속엔 날개 끝에 태극 무늬가 선명한 짙은 청색의 나비와 날
개 전체에 흰 줄무늬가 있는 커다란 검은 나비, 흰색 바탕에 오렌
지색 무늬가 있는 나비, 그리고 아주 작은 노랑나비 들이 있었다.
나비 채집을 나선 것 같았다. 그곳 산엔 유난히 나비와 나방의 종
이 풍부해서 특별한 지역으로 보호되고 있다고 들었다.
　그의 아내는 뱀에 대한 꺼림칙한 염려 때문인지 허벅지까지 올
라오는 크고 긴 남자 장화를 신고 있었다. 그는 반바지 차림에 털
이 부숭부숭하게 난 다리를 내놓고 발목까지 오는 가죽 부츠를 신
고 있었다. 나는 커다란 나뭇잎 무늬가 프린트된 A라인의 짧은 원
피스를 입고 있었고 맨발에 굽이 있는 슬리퍼 차림이었다. 길이 갈
리는 곳에서 그들을 마주친 나는 그들과 스치지 못하고 그만 어둑
한 물푸레나무숲 쪽으로 방향을 틀었다. 그리고 한순간 규와 눈이
마주쳤다. 그의 아내는 규의 팔을 자신의 가슴에 누르도록 꼭 잡고
무어라고 말하고 있었다. 당장 여자를 밀쳐내고 그를 끌어안고 싶
었다.
　그의 목, 어깨, 가슴, 키, 다리의 힘, 냄새…… 나의 몸속에서 당

장 꺼내놓을 수도 있을 만큼 그의 육체가 주는 흥분은 내 살 깊숙이 새겨져 있었다. 굽이 높아 삐걱거리는 슬리퍼를 끌고 나를 학대하듯 빠르게 걸었다. 그리고 결국은 그늘진 숲속에서 나무뿌리에 발이 걸려 발목이 삐끗 휘어지며 넘어져버렸다. 발목을 삔 것 같았다. 마치 바늘 하나가 척추에 꽂히는 것 같은, 몸을 마비시키는 한 덩이의 아픔이 몰려왔다. 분노와 무력감과 극도의 환멸과 슬픔. 나는 숲의 그늘 한가운데 퍼져 앉아 규의 아내가 떠드는 소리를 들으며 꼼짝도 못하고 있었다. 뜨거운 눈물 때문에 숲이 흐릿하게 흔들렸다.

내 속에 무슨 일인가가 일어나버린 것 같았다. 제어할 수 없는, 통제 불가능한, 속수무책의…… 나는 눈물을 닦아내며 나를 나무랐다. 점점 감상적인 여자가 되어가는구나.

첫 입맞춤

9월의 첫날 수와 휴게소 집 딸애를 학교에서 태우고 갔을 때, 휴게소 여자는 어떤 남자와 잔디밭 한가운데에 놓인 비치파라솔 아래 앉아서 다기를 다 갖추고 녹차를 마시고 있었다. 여름볕에 그을린 검붉은 얼굴에 때에 전 낡은 점퍼와 작업복 바지를 입은, 막노동과 피로에 찌들어 보이는 강퍅한 체격의 남자였다. 남자와, 남자처럼 짧은 머리를 하고 청바지를 입은 휴게소 여자가 다도를 행하는 사람들처럼 조심스럽게 차를 따르고 진뜩 예의를 갖추어 마셨다. 주변엔 수도 셀 수 없이 많은 잠자리떼가 어지럽게 날아다니고 있었다.

잠시 뒤에 남자가 일어섰다. 남자가 일어서자 여자는 휴게소 안으로 달려들어갔다. 이내 나온 여자의 손엔 테이프와 새하얀 편지 봉투와 책이 들려져 있었다. 여자는 그것을 트럭에 올라앉는 남자에게 주었다. 남자가 두 손으로 받으며 무어라고 말을 하고 머리를 꾸벅했고 여자도 조용히 머리를 조아렸다.

남자의 트럭이 사라진 뒤에도 여자는 한참 동안 그대로 서 있었다.

휴게소 길 앞엔 코카콜라 병을 산처럼 높이 쌓은 트럭과 긴 철근을 실은 트레일러와 트럭이 세워져 있고 운전기사들은 차 안에서 혼곤한 낮잠에 빠져 있었다.

"바흐의 G선상의 아리아가 심장박동의 리듬을 닮아서 심장에 좋아요. 그래서 사두었다가 드렸어요. 저분이 심장이 좀 안 좋거든요. 새벽이나 한밤중에 운전할 때 들으라구요."

보온병까지 담긴 차 쟁반을 들고 나에게로 다가온 여자는 차 잎을 주전자에 넣으며 앞뒤도 없이 말을 했다.

"내가 쓰는 편지를 참 좋아해요. 일을 얼마나 많이 하는지 손이 무쇠 솥뚜껑 같아요. 잠도 하루에 네 시간 이상은 자본 적이 없고 일하는 거말고는 아무것도 안 한대요. 회사와 학교 급식소에 부식을 대는 일을 하는데 그렇게 돈이 많이 벌리고 잠잘 틈도 없다는 거예요. 젊었을 때는 쉰 살이 될 때까지 십억을 벌겠다고 목표를 세웠대요. 그런데 지금은 안 그래요. 자기는 전생에 불전의 돈까지 훔친 죄인이라 돈은 모을 수 없는 팔자래요."

살다보면 그런 것까지도 알게 되는 것일까. 자신이 전생에 불전의 돈까지 훔친 죄인이라는 걸…… 여자가 나의 잔에 차를 따랐다.

"남편이 갇히고 난 뒤 십오만원짜리 사글셋방에서 애 둘 데리고 살면서 함바집에서 등판이 소금밭이 되도록 일했고 야식집에서 밤 여덟시부터 새벽 여섯시까지 꼬박 새우며 일했고 보험도 기웃거려보고 책도 팔아보았지만…… 열 달째가 되니까, 가난도 피로도 더는 어찌해볼 수 없을 지경이 되더군요. 한번 드러누우니 뒤집어진 풍뎅이처럼 넘어져서 일어설 수가 없었어요. 그렇게 누워 있으니 금세 방세 밀리고 전화 끊기고 쌀 떨어지고 기름 떨어지고…… 하는 수 없이 그해 겨울에 아이들은 일흔여덟 살이나 먹은 노모 혼자 사는 섬으로 보내놓고 냉방에서 누워서 보냈어요."

여자는 연둣빛 맑은 차를 내 잔에 또 따랐다. 얼굴이 깨끗하고 표정도 편안해 보였다.

"내가 그렇게 지내니 이 사람 저 사람 들이 살 궁리들을 가르쳐주더군요. 면도 기술을 배워서 면도사가 되라는 미장원 아줌마, 노래방에 가서 남자들 흥을 돋우는 일을 해보라는 보험일 하는 언니, 학교 앞에 가서 핫도그와 오뎅을 팔아보라는 목사님 부인…… 그런데 보험을 하는 아는 언니가 그 길밖에 없다며 무조건 남자를 소개해주기 시작했어요. 사귀면서 사정도 이야기해 돈도 좀 타 쓰고, 그렇고 그런 사이가 되라는 거였어요. 처음 소개해준 남자를 만났는데…… 환갑이 다 된 영감이었어요. 사람을 그런 목적으로 소개받으니 술도 한 잔 들어가기 전에 구역질이 나서 못 앉아 있겠데요. 마침 그 영감도 내가 하고 있는 꼴이 마음에 들지 않았나봐요. '총각인 줄 알았네.' 그러더라구요. 몇 번 그런 소개를 받고 어떤 사람과는 몇 번 만나 밥을 먹은 적도 있었지만 몸을 주고 보살핌을 받는 그런 거래는 결국 안 되더군요. 그런데 어느 날 언니가 좀 특별한 사람을 소개해주겠다고 하는 거예요. 그 남자는 정말 착한 사람을 돕고 싶어한다더군요. 그 언니는 남자가 착한 사람 그러자마자 내 생각이 났었대요."

여자는 민망한 표정을 지으며 조금 웃었다. 듬직한 어깨와 튼실한 허벅지. 귀가 드러나도록 짧게 자른 머리, 두툼하고 붉은 손, 좀 큰 듯한 입과 실팍한 눈. 결코 예쁘지 않은 얼굴인데도 그 얼굴 구석구석에서 인간의 향기가 풍기는 묘한 감동을 주는 여자였다. 여자의 어깨에 잠자리 한 마리가 앉았다

"가난하면 착하기가 쉽거든요."

"아니에요. 그악스러워지기도 쉽죠."

여자는 아득한 눈빛으로 나를 건너다보더니 다시 희미하게 웃었다.

"다른 도시에 사는 남자여서 이내 만나지 못하고 처음엔 서로 전화만 했어요. 남자는 꼭 밤 한시경에 전화를 하더군요. 그런데 세 번 통화하고 난 뒤 또 전화요금을 못 내 전화가 끊겨버렸어요. 남자가 걱정을 하자 언니가 그만 사정 이야기를 다 해버렸어요. 남편이 살인미수 죄로 감방에 갇혀 있다는 것까지. 난 남자가 꽁무니를 감추겠거니 생각했어요. 가난한 여자를 사귀는 건 사실 누구나 꺼리는 일인데다 남편이 그런 사람이면 몸까지 사려야 할 지경이

니까요. 그런데 그 남자가 언니 편으로 돈을 백만원을 보냈어요."

"왜요?"

"그냥요. 전화요금도 내고 쌀도 사고 아이들 옷도 사입히라구요. 그리고 앞으로 매달 백만원씩 도울 테니 힘껏 살라는 거였어요."

나는 잘 납득이 가지 않았다.

"처음엔 또 무슨 무서운 일이 닥치려고 이런 일이 생기나 싶어 거절했어요. 그렇잖아요. 돈처럼 무서운 게 어디 있어요? 꼭 그 값을 해야 하는 게 돈이잖아요. 그런데 남자가 그러는 거예요. 자신은 전생에 불전의 돈까지 훔친 죄인이라 이렇게 고된 일을 하고 살지만 돈 모으고 살 팔자는 어차피 아니라구요. 그러니 어차피 새어나갈 돈, 좋은 일로 쓰면 좋겠다구요. 고학하는 남학생이면 더 편할 텐데, 남녀 사이라 조금 애매하긴 하지만 자긴 상관 않는다구요."

그런 사람도 있구나…… 나는 무의식중에 고개를 자꾸만 끄덕거렸다.

"가난을 아는 사람이었어요. 주인집에서 콩나물 머리를 떼어 거름밭에 버린 것을 주워먹으며, 이건 왜 먹을 거 없어서 굶는 우리에게 주지 않고 거름밭에다 내버리나 하는 생각들을 하며 자랐대요. 자기는 없는 사람, 어려운 사람 둘러보고 도우며 살 거라고 결심하면서요."

여자는 그런 말을 나에게 할 수 있는 것이 좋은 모양이었다. 나지막하고 일정한 음성으로 말하고 있었지만 낯빛이 눈에 띄게 밝아졌다.

"그 사람 그뒤로 이 휴게소를 얻어줄 때까지 열 달 동안 정말로 꼬박꼬박 백만원씩을 통장에 넣어주었어요. 하루에 서너 시간 자고 나머지 시간 내내 밥 먹을 시간까지 놓쳐가며 손이 무쇠 솥뚜껑 처럼 험해지도록 일해서 번 돈으로요. 그 사람 손을 보면 술 한 방울 안 먹은 맨정신에도 눈물이 나요. 어찌 이리도 불쌍한 사람이 있나 싶어서요. 어쩌자고 이리 불쌍한 사람끼리 만났는가 싶어서요. 그 사람은 밤 한시에 일을 마치고 집에 들어가면 집 식구들은 자기가 들어오는지 나가는지도 모르는데, 그런 시간에 일 마치고 나에게 전화할 수 있는 것이 그렇게 고마울 수가 없대요. 정에 주린 사람인 거예요. 내가 편지에 시를 적어 보내주면 아이처럼 즐거워해요. 얼마나 힘이 나는지 며칠 밤잠을 안 자고도 일할 수 있겠다고 해요. 자기가 보기엔 내가 정말로 착한 여자고, 진짜 여자래요. 여자인 척하거나 여자로 보이려는 여자가 아니고 그냥 그대로 여자라고요. 제가 귀하대요."

"그 사람이 바로 그 남자였나요?"

휴게소 여자는 고개를 끄덕였다. 더러운 하천변에 피어난 꽃을 보는 듯 아릿한 마음으로 여자를 바라보았다. 저잣거리처럼 질척하고 팍팍한 세상의 밑바닥에 이런 기막히도록 아름다운 일이 일어나고 있었구나…… 하면서.

"아내도 있고 자식도 있는 남자예요. 이 휴게소도 그 사람이 세

내어주었어요. 그런데 여름 지나면 장사가 늘 이 모양인데다 애아빠까지 자꾸 들이닥쳐 깨부수고 때리니, 혹 저 사람과 마주치면 무슨 일이 생길지도 모르겠고……"

나는 그 여자를 알고 싶어졌다.

"……난 이미혼이에요. 이름이 뭐예요?"

"이름? ……고향 떠난 뒤 내 이름을 누구에게 말한 적은 한 번도 없는걸요."

여자는 내가 대단한 사치를 권하기라도 했다는 듯 어리둥절해하더니 갑자기 얼굴을 붉혔다.

나는 고개를 끄덕였다. 자신의 이름마저 사치스럽게 느껴질 때가 있을 것이다.

"나인 서른둘이고, 은연이에요. 나은연. 부르지는 말아요. 그냥 알고만 있어요. 이래 봬도 고향에 가면 아버지도 있고 엄마도 있고 착한 남동생도 둘이나 있어요."

은연은 대단한 비밀이라도 발설하듯 낮게 말했다.

"……집 떠난 지 십오 년째예요. 아버지는 공장에 다니셨는데, 지금은 어떻게 사시는지……"

"왜 집에 안 찾아갔어요?"

"……아버진 나를 안 보려고 해요. 남부끄럽다고."

은연의 눈에 눈물이 고이더니 테이블 위에 툭툭 떨어졌다. 나는 위로도 못하고 그대로 앉아 눈물만 쳐다보았다. 그때 누가 나의 어깨를 손으로 짚었다.

고개를 돌리니 언제 왔는지 규가 내 뒤에 서 있었다. 그는 다른 때와는 달리 우울해 보이고 눈빛이 불안정했다. 숲에서 마주친 후로 삼 일 만이었다. 그날 발목을 삐어 며칠 보건소를 다니며 치료를 했었다.

"갔다 와요. 수는 내가 데리고 있을게."

은연은 다 안다는 듯 손가락으로 눈물을 훔치며 낮게 속삭였다. 나는 얼른 움직이지 못하고 물끄러미 그를 올려다보기만 했다. 이 남자는 왜 갑자기 또 이런 얼굴로 내 앞에 서 있는 것일까? 무슨 심경의 변화가 있어서, 금세라도 두 손을 다 들 것 같은 얼굴로 나를 찾아왔을까.

*

그는 계곡 아래 수몰마을로 차를 몰고 갔다. 텅 빈 마을의 뒷마당 한켠에 차를 숨겼다. 흰색 페인트칠이 더러 벗겨진 담을 따라 걷다가 대문이 뜯겨나가버려 집안이 활짝 드러난 집 앞에 멈추어 섰다.

안채와 사랑채와 별채와 광들과 축사들을 가진 무척 큰 집이었다. 누가 떼내어갔는지 방의 문짝들도 하나도 남아 있지 않았다. 활짝 열려 있는 광 안엔 쇠스랑, 호미, 가래 같은 농기구들이 녹슬어 넘어져 있고 안방엔 한쪽 귀퉁이가 깨어진 낡은 자개 장롱이 세워져 있고 마루 아래엔 사람이 살기라도 하는 듯 흰 고무신과 낡은 운동화 들이 먼지를 뒤집어쓴 채 가지런히 놓여 있었다. 책이 흩어져 있는 방, 장작과 마른 나뭇잎이 뒹구는 검게 그을린 부엌, 커다란 장독들이 남겨져 있는 장독대. 집 뒤엔 내던져진 바구니들과 솥과 단지들.

조용한 빈집의 풍경 중에서 가장 놀라운 것은 나무들의 모양이었다. 그것들이 유일하게 살아 있는 생명체여서일까…… 나무들이 하나같이 스스로를 쥐어뜯으며 비명을 지르고 있는 듯한 느낌이었다. 이젠 적막과 뿌리뽑히는 것에 대한 공포에도 지쳐버린 피폐한 함구의 표정이었다. 그가 힘겹다는 듯 긴 숨을 내쉬며 나의 손을 꽉 잡았다. 그의 손바닥이 내 손바닥에 닿자 그 단순한 접촉에도 가슴이 뭉클해지며 조용히 피가 떨렸다.

우리는 큰 집 사이의 좁다란 골목으로 들어갔다. 여름 동안 발목까지 자란 풀늘이 먼지에 덮여 푸슬푸슬 시들고 있었다. 그곳 집들은 앞집들과 달리 슬레이트를 얹은 안채가 전부인 가난하고 허술한 집들이었다. 문짝들은 주저앉고 벽지는 길게 찢겨져 검푸른 곰팡이가 자라고, 내려앉은 방바닥엔 찢어진 장판 사이로 풀이 올라왔고 여기저기 내던져진 살림살이들은 마치 오래전에 드러난 짐승의 내장처럼 녹슬고 부패한 채로 함부로 뒤엉켜 있었다. 그런 비릿하고 황폐한 풍경 속에서 내 시선을 끄는 것이 있었다. 잎새마저도 함부로 자라난 감나무 가지에 적요하게 걸려 누군가를 기다리는 듯 정지해 있는 굴렁쇠 하나. 날카로운 가을빛이 녹슨 굴렁쇠에 부딪쳐 새하얗게 빛났다.

내가 손짓하자 규는 흘깃 쳐다보았다. 우리는 버려진 집들을 다지나고 탱자나무와 대나무 사잇길을 지나 마을 곁의 늙은 느티나무 아래로 가 앉았다. 그곳에도 새 한 마리 울지 않았다.

우리는 잠시 앉아 있었다. 그렇게 피폐한 풍경 속에서도 그와 함께 앉아 있으니 이내 몸이 달아오르고 손톱 밑이 붉어지고 있었다. 그도 나의 떨림을 느끼는 것 같았다. 그는 나의 어깨를 안으며 자신 쪽으로 돌렸다. 그리고 이제 막 처음 만난 사람처럼 조심스럽게 입을 맞추었다. 왠지 차례가 뒤죽박죽되어 이제야 첫 키스를 하는 것 같았다.

"언젠가 내가 아주 어렸을 때. 이런 식으로 수몰될 마을을 버리고 도시로 갔어. 도시의 가난한 산동네에서 집을 자주 옮기고 살면서 엄마와 아버지는 싸우기 시작했지. 엄마는 아버지와 결국 이혼을 했어. 엄마는 나를 아버지에게 맡기고 가버렸지. 나를 버린 거야. 내 나이 아홉 살이었어. 나는 엄마를 이해하기 위해, 미워하지 않기 위해 얼마나 달렸는지 몰라. 해가 지면 나가 달리고 완전히 지친 뒤에야 집에 돌아와 쓰러져 잤어. 눈물 속에서 하늘의 해가 멀어져가고, 가로수들이 획획 지나가고 보도블록이 이리저리 어

지럽게 흔들리고 라이트를 켠 자동차들이 흘러갔지. 그런 달리기
는 그해가 다 가도록 저녁마다 계속되었어. 지쳐야 했으니까. 지쳐
서 정신없이 잠들어버려야 했으니까. 엄마를 미워하지 않으려고
달렸는데, 달리기를 멈추었을 땐 아무것도 사랑하지 않는 아이가
되었어. 그리고 아이는 자라서 아무 곳에도 감정이입을 하지 않는
사람이 되었지……"

나는 그를 끌어안으며 기다렸다. 그가 나를 유린하도록, 나를
능멸하도록…… 그러나 그는 그대로 동작을 멈추고 말했다.

"그날 숲길로 걸어들어가는 뒷모습을 본 뒤로 오늘까지 당신 생
각만 했어. 이상한 일이지. 내 몸이 다른 몸을 이렇게 그리워할 수
있다니. 한순간도 빈틈없이 집중할 수 있다니…… 머리부터 발끝
까지 송두리째 감정이입이 되다니…… 엉망진창이야. 꼬깃꼬깃
접혀서 작아지는 기분이야. 도로 엄마가 도망갔던 불행했던 어린
시절로 돌아간 거 같다고……"

그는 해결해야 할 난제에라도 부딪친 사람처럼 낙심해했다. 나
는 규가 엄마라고 말할 때마다 기분이 이상해졌다. 내가 그를 낳기
라도 한 것처럼. 나는 윗옷의 단추를 풀며 그의 몸속으로 파고들
었다.

"……이대로 마을이 물에 잠겨버렸으면 좋겠다."

나도 그랬으면 좋겠다고 생각했다. 나는 브래지어를 풀어 바닥
에 밀쳐놓으면서 그의 몸안으로 더욱 파고들었다. 온몸의 점막이

부풀어올라 나의 통제를 벗어나는 지점을 선명하게 느낄 수 있었다. 나는 그것들을 놓아버리기만 하면 되었다. 이내 땀이 흘렀다. 그의 입술이 나의 두 눈을 차례로 감겼다. 눈앞이 새하얗게 지워져갔다. 누군가 나의 눈을 뽑아가는 듯이…… 빠져나간 눈 속에 새하얀 솜을 틀어막는 듯이.

원피스 아래 속옷이 구두 사이로 빠져나가고 마침내 그가 비스듬히 누운 나의 몸속에 파고들어왔을 때 나는 날카로운 비명을 내지르며 긴 경련을 일으켰다. 그가 몸을 움직이기 시작하자 나는 도망치기 위해 몸을 비틀었다.

"그만, 그만해."

내가 너무나 다급하게 비명을 지르자 그는 잠시 멈추었다. 그의 것은 내 살 속에서 나무둥치처럼, 사원의 기둥처럼 마구 부풀어올라 나를 산산조각으로 터뜨려버릴 것만 같았다. 그의 눈이 커다랗게 벌어진 나의 눈에 닿을 듯 너무나 가까이 있었다. 내리막길을 내닫는 자전거의 바퀴살 같은 홍채가 경악하고 있었다.

"그만, 제발…… 정신이, 나갈 것만 같아……"

그는 다시 움직이기 시작했다. 용수철같이 튀어오르려는 나의 몸을 온통 덮친 채 끝나지 않을 듯이 계속해서 움직였다.

*

마을에서 나오는데 계곡길 모퉁이에서 버스가 나타났다. 규는 눈에 띄게 난처해했다. 나 역시 할 수만 있다면 어딘가로 사라져 버리고 싶었다. 머리를 손가락으로 빗었지만 흐트러져 있고, 화장은 거의 지워져버린 채 고치지도 못한 상태였다. 맞은편 차가 승용 차라면 최소한 몸을 아래로 숙이기라도 했을 것이었다. 그러나 버스는 왜건보다 조금 더 높아서 그조차 불가능했다. 나는 최대한 태연한 얼굴로 버스를 스쳐지나가려고 했다. 버스의 차창은 활짝 열려 있고 길조차 빠듯해 비켜갈 때는 속도를 서로 한껏 낮추어야 했다. 버스 안의 마을 사람들과 고학년 아이들이 일제히 규와 나를 쳐다보았다. 한 노인과 남자애는 차창 밖으로 얼굴을 내밀기까지 했다. 버스 뒷자리에 앉아 나를 내려다보며 어리둥절해하는 애선의 얼굴도 보였다. 버스가 스쳐간 뒤 침묵이 계속되었다. 휴게소에 이르자 나는 담담한 얼굴로 입을 열었다.

"나 음주 도요일에 친정에 갈 거예요. 언니 제사예요. 늘 수와 둘만 갔어요. 하룻밤 자고 올 거예요."

"언니?"

"……사고로 죽은 언니가 있어요."

"그날 내가 근처에 가면, 하룻밤 함께 보낼 수 있겠소?"

나는 고개를 끄덕였다.

"아버지는?"

그가 문득 생각났다는 듯 물었다.

"돌아가셨어요."

소녀 시절의 우울

　소도시의 언덕 위 오래된 주택지에 파묻힌 낡은 단층집 대문을 들어설 때면 분명 평평한 마당인데도 언제나 아래로 갑자기 내려서는 느낌이 들었다. 좁다란 마당가 담을 따라 사루비아가 피어 있고 사루비아가 끝나는 지점부터는 색색가지 꽃이 핀 장미나무들과 아주 오래된 동백나무와 사철나무와 모과나무와 치자나무가 심어진 소박하고 그늘이 깊고 퀴퀴한 흙냄새가 나는 정원이 이어진다. 사철나무 가지엔 새장이 걸려 있고 늙은 백문조 한 쌍이 컥컥 소리를 냈다. 개집에 묶인 덩치가 큰 누런 개는 수와 나를 멀뚱히 보기만 할 뿐 꼼짝도 하지 않았다. 현관으로 들어서는데 포도넝쿨이 덮인 창고와 부엌 사이의 통로에서 푸른 알이 송송 맺힌 포도송이들을 조심스럽게 젖히며 엄마가 나왔다. 엄마는 보통의 할머니들처럼 희끗한 여름 셔츠와 추상적인 무늬의 값싼 치마를 입고 있었다.

엄마를 확인하자 곧 나의 시선은 모호하게 흐려졌다. 엄마의 늙고 초췌하고 딱딱한 얼굴은 갑자기 바꾼 예기치 못한 가면처럼 늘 나를 당혹스럽게 했다. 아버지가 돌아가시고 언니마저 먼저 보내고 난 뒤 엄마가 빠르게 상하고 있는 탓도 있었지만 나에겐 열두 살 이후로 엄마의 얼굴에 대한 일종의 장애가 있었다.

중학교 교사였던 아버지가 다른 도시의 사립학교에 자리를 얻게 되자 엄마는 할머니와 나를 이 집에 남겨두고 언니와 여동생과 남동생을 데리고 떠났다. 엄마와 할머니는 사이가 좋지 않았는데다 할머니는 노령에 낯선 곳으로 가기를 완강하게 거부했기 때문에 아버지는 나를 할머니께 맡기고 떠났다고 한다. 하지만 언니도 아니고 여동생도 아니고 하필이면 나였던 이유는 뚜렷하게 없었다. 물론 언니는 어릴 때부터 몸이 약했고 여동생과 남동생은 너무 어렸다는 것이 이유일 수도 있을 것이다. 또 어쩌면 늘 고분고분했던 나의 성격 탓이었을 수도 있을 것이다. 하지만 어떤 이유로든 나로선 너무 가혹한 시간이었다.

가족들이 떠나자마자 이내 해가 지고 깨어진 연탄처럼 캄캄한 어둠이 내릴 때까지 나는 대문 앞에 앉아 있었다. 집안으로 들어가면 울음을 터뜨려버릴 것만 같아서 대문을 등진 채 꼼짝도 할 수 없었다. 가족들이 떠나간 공동과, 텔레비전과 장롱 따위가 비어버린 자국과 정적은 열두 살의 내가 받아들이기엔 너무 버거웠다. 몇 번인가 할머니가 데리러 나왔다가 다시 들어가곤 했다. 그러다가 마침내 나는 대문에 기대어 깜빡 잠들어버렸다. 할머니는 나를 업어다 방에 뉘었다.

　나는 벽 쪽으로 돌아누워서 눈물을 조금 흘렸던 것 같다. 그렇게 늙은 할머니와 어린 손녀 단둘이 살아가는 고적한 생활이 시작되었다. 아버지와 집을 떠난 엄마는 그후로 아버지가 다시 발령을 받아 돌아왔던 칠 년 동안 단 한 번도 집에 오지 않았다.

　엄마는 아버지가 처음 부임한 여고의 학생이었다고 한다. 제자였던 엄마와의 미묘한 관계가 문제가 되어 아버지는 면직은 면했지만 시골 학교로 발령을 받는 고초를 겪었다. 엄마는 학교를 졸업한 지 삼 년 만에 아버지와 결혼식을 올렸다. 엄마는 이미 임신한 상태였다. 당시 엄마는 간호 전문대학을 이제 막 졸업하고 병원에 근무하기 시작한 간호사였다. 그 결혼은 양쪽 집에서 서로 질세라 깅깅이 반대를 하고 나섰다. 그 과정에서 결혼을 먼저 승낙한 쪽은 할머니였다. 아이를 가졌다는 사실을 안 이상 달리 방법이 없었던 것이다. 그러나 외가 쪽에서는 그 사실을 알고 더욱 강경하게 나왔다. 아이를 지우라는 것이었다. 외가에서는 홀어머니에 외아들인 것도 마음에 들지 않고 집안도 마음에 들지 않았지만 무엇보다 열두 살이나 많은 선생이 학생을 몇 년에 걸쳐 농락해오다가 급기야는 임신까지 시켜 간호사로 앞날이 창창한 딸을 망쳤다는 것을 분해했고 집안의 수치로 여겼다.

결혼에 이르기까지 아버지와 할머니는 외가로부터 끔찍한 수모를 겪어야 했다. 동짓날 외가의 잠긴 대문 앞에서 여섯 시간을 기다렸다가 몸이 꽁꽁 얼어서 돌아온 할머니는 다시 결혼을 반대하고 나섰고 결국 배가 불러오던 엄마는 외가와 절연하는 조건으로 결혼식을 올렸다. 그리고 일종의 보복과도 같은 시집살이가 시작되었다. 엄마는 할머니가 살아 계신 동안 한 번도 친정에 갈 수 없었다.

나는 칠 년 동안 꼬박 할머니와 살았다. 대학을 들어가면서야 자연스럽게 이 도시를 떠나게 되었다. 그리고 한 해 뒤에 온 가족이 돌아왔다. 처음엔 한 시간 동안 기차를 타고 내려 다시 버스를 갈아타는 멀고 낯선 길을 토요일마다 어김없이 갔었다. 그러나 첫 여름방학이 끝나고 할머니에게로 돌아온 후부터는 주말에 가지 않았고 심지어 방학 때에도 일주일 정도 억지스럽게 머무르고는 서둘러 돌아와버렸다.

엄마 집의 생활은, 적막하고 검소하고 결핍되고 물이 드는 천장처럼 자꾸만 습기가 차는 할머니와 나의 생활과는 너무나 달랐다. 엄마는 새 냉장고를 샀고 새 전축을 샀고 믹서기를 사들이면서도 우리에게 텔레비전이 필요하다는 사실에는 관심이 없었다. 엄마는 아이들을 위해 도넛을 만들고 책을 보며 새로운 요리를 만들어 먹으면서도 할머니와 내가 무엇을 먹는지는 모르는 체하는 것처

럼 보였다. 엄마는 나와 할머니를 마음속에서 완전히 내버린 것이
분명했다.

열두 살의 그 겨울방학이 끝날 무렵, 차가운 비가 내리는 버스
차창에 기대고 울며 돌아왔던 그날 이후 그곳은 내 집이 아니었
다. 엄마도 아버지도 언니와 여동생과 남동생도 더이상 나의 가족
이 아니었다. 나의 가족은 할머니뿐이었다. 지금 와서 생각하면 가
족 사이에 그렇게 의사소통이 되지 않았던 단절의 기간이 가로놓
여 있었다는 것이 믿어지지 않는다.

스무 살 때 할머니가 돌아가시자 나는 정말로 천애고아가 된 기
분이었다. 어쩌면 엄마는 내 속에서 할머니보다 훨씬 더 빨리 사라
져버린 것 같았다. 나에게 엄마는 부풀린 단발머리에 머리띠를 하
거나 화려한 색의 스카프로 머리를 묶고 환한 햇살을 받으며 가느
다란 허리로 화단을 손질하거나 부엌일을 하거나 마루를 닦던 열
두 살 때 헤어진 그 모습에서 영원히 정지해버렸던 것이다. 마치
죽기라도 해버린 것처럼.

"오니."

엄마는 수를 향해 팔을 벌리면서도 나의 화장한 얼굴과 옷차림
새를 유심히 훑어보았다. 나는 정성스럽게 화장을 했고 어두운 색
의 립스틱을 발랐고 시간을 들여 머리를 말았으며 최근에 새로 산
검정색 시폰 투피스에 새 구두를 신고 있었다. 그리고 장식이 제법

큰 귀걸이와 목걸이 세트를 하고 있었다. 엄마는 뭔가 예사롭지 않다는 눈빛이었지만 아무 말도 하지 않았다. 몇 년 동안 형클어진 모습으로 왔을 때도 그저 쳐다만 보았을 뿐 아무 말도 하지 않았던 것처럼.

그러나 엄마의 눈이 나를 응시하자 나는 꼬챙이에 꿰뚫리는 것만 같았다. 원래 좀 차가운 성격에다 신경이 예민하고 날카로웠던 엄마는 언니가 사고로 죽은 뒤로 반쯤은 무당이 되어 사람을 통찰하는 것 같았다. 나는 몹시 불안정한 상태였다. 어쩔 수 없는 기묘한 활기가 온몸을 긴장시켰다.

집안은 낡았지만 꼼꼼하게 수리되고 정돈되고 깨끗하게 청소되어 있었다. 응접실 벽에는 아버지가 장식한 박제 사슴의 머리와 박제 새와 글자가 쓰여진 액자들이 그대로 걸려 있고 은행나무 등걸을 잘라 만든 테이블 위엔 자개 담뱃갑과 검은색 유리 재떨이와 사진 액자들이 놓여 있었다. 그리고 처녀 시절 언니가 썼던 방에 언니와 나와 여동생의 책과 이불과 장식 인형과 조화들과 그림 액자 같은 소녀 취향의 낡은 물건들이 그대로 보관되어 있어서 어느 땐 살림하는 집이라기보다는 마치 떠난 사람들의 기념관 같은 느낌이 들었다.

여동생이 이미 와 있었다. 아기에게 우유를 먹이던 여동생은 눈을 동그랗게 떴다.

"이게 누구야? 언니? 다른 사람이 된 거 같아."

그녀는 밝고 부지런하고 실리적이고 매사에 즉각적으로 반응하는 성격이었다. 아이를 키우느라 살이 제법 올랐고 남편이 공무원이라 검소하면서도 편안해 보였다.

"내가 그렇게 달라 보이니?"

"아냐, 몇 년 만에 다시 원래 언니가 된 거 같아. 언니, 그동안 사실 좀 이상했었잖아……"

"은아……"

나는 엄마와 여동생의 시선에서 놓여나기 위해 서둘러 조카에게로 다가갔다. 언니가 남기고 간 딸이었다. 은이는 여전히 등을 돌리고 앉아 텔레비전을 보고 있었다. 날 때부터 고막이 없었던 아이였다. 엄마는 은이를 특수학교에 입학시키고 등하교 길에 따라다녔다. 은이는 점점 더 언니의 얼굴로 자라나고 있어서 가족들을 놀라게 했다. 앞에서 보니 은이는 조용히 웃고 있었다. 나는 인형과 직접 구워 상자에 포장한 쿠키를 아이 앞에 놓았다.

"은이 곧 수술할 거야. 인공 고막을 장치하면 소리가 거의 정상인처럼 들린다는구나. 지 아빠가 수술시키겠다고 전화를 했더라."

엄마가 좀 빠르게 소식을 전했다.

"잘됐네, 정말……"

엄마는 성장기 내내 눈에 띄게 언니에게 냉정했었다. 우울증이 심할 땐 공공연히 자신의 신세를 망치게 한 년이라며 언니에게 욕도 퍼부었다. 그러나 언니가 결혼을 해 집을 떠난 후로는 병적으로 언니에게 집착했었다. 언니의 문제라면 이성을 잃고 편을 들었고 직장생활하는 언니를 위해 음식을 해 날랐고 아이를 키워주었다. 언니가 교통사고로 죽은 직후에는 운전을 한 사위 탓을 하며 은이 문제와 보험금 문제 등으로 사위의 멱살을 쥐고 땅바닥을 뒹굴며 사납게 싸우기도 했던 엄마였다.

"은이 아빠 잘산대요?"

"새여자가 애를 가졌다더라."

"……"

재혼은 하지 않겠다는 말이 듣기 좋았는데 일 년 만에 재혼을 해 서운하게 했지만 막상 아이를 가졌다는 말에는 담담했다.

"언니 뭐 좋은 일 있어? 화장한 거 몇 년 만에 보는 거 같애."

동생이 다시 눈을 커다랗게 굴리며 나의 얼굴에서 뭔가를 읽어 내려고 애썼다. 어느 땐 심술궂기도 하지만 지금은 전혀 그런 표정 은 없었다.

"그만해."

나는 여동생의 아기를 품에 안아 우유병을 물렸다.

"많이 컸구나."

구 개월인 아기는 젖살이 올라 뽀얗고 통통했다. 수는 조용하고 상냥한 은이 곁에 나란히 앉아 텔레비전에 빠져드는 것 같았다.

"사실 걱정 많이 했었어. 언니 우울증이 심했잖아. 눈엔 늘 눈물 이 고여 있었고…… 말만 걸어도 울 거 같아서 실은 볼 때마다 조마조마했거든."

"……"

나는 화제가 불편해 미간을 살짝 찌푸렸다. 그런 말까지 하는 건 아무리 자매지만 실례가 아닐까……

"어쨌거나 보기 좋아 언니. 오랜만에 화장한 모습 보니 정말 예뻐."

나는 여동생을 가만히 쳐다보다가 말했다.

"넌 지금처럼 늘 밝고 착하게 살아라. 삶이 뜻대로 안 되고 실망 시켜도 겨루지 말고 고분고분 네 본성대로 살아……"

"언닌 삶에 실망해서 겨루었어?"

"……내게서 독기가 느껴지지 않니?"

동생은 무슨 소리냐는 듯 눈을 동그랗게 떴다. 나는 짧게 미소를 짓고 고개를 돌렸다. 벽에 걸린 시계를 보니 두시 삼십분이었다. 나는 우유를 먹다가 잠든 아기를 여동생에게 주었다. 그리고 살며 시 일어서서 방문을 닫고 마루로 나가 여행 가방과 백을 들었다. 엄마는 어리둥절하게 쳐다보았다. 엄마의 얼굴을 보면 사람이 가 면에 덮여서 산다는 뜻을 알 수 있었다. 아니 그보다 더 참담한 비 의가 있었다. 나는 잠시 그 뻣뻣한 가죽 뒤편으로 사라진, 열두 살 의 여름방학 때 마지막으로 본 엄마의 얼굴을 떠올려보려고 했다. 그러나 불가능했다. 눈앞의 얼굴이 너무 완강했기 때문이었다.

"엄마, 나 좀 나갔다가 올게."

나는 목소리를 잔뜩 낮추었다.

"……"

"누구 좀 만나야 해. 친구, 혜윤이도 친정 왔대. 나중에 들어올게. 수 아빠 전화 오면…… 잔다고 말해. 수에겐 뭐 좀 사러 나갔다고 말하고."

나는 신발을 신으면서 단숨에 떠들었다.

"그 가방은 왜 들고 가니?"

"그럴 일이 좀 있어요. 나중에 전화할게."

"너 좀 이상하구나."

나는 엄마를 돌아보았다. 엄마의 낯선 얼굴을 그렇게 가까이서 마주보아야 한다는 것이 피곤했다.

"너, 남자 만나러 가는 거지?"

엄마는 무서운 일이라도 보는 것처럼 눈을 커다랗게 뜨고 나를 노려보았다. 나는 엄마가 혹 눈치를 챘다고 해도 그렇게 말할 수 있을 거라고는 예상하지 못했다. 나는 등을 돌리고 현관을 나갔다.

"오늘중으로 돌아와. 알았니? 알았지?"

나는 엄마가 뒤쫓아오기라도 하듯 빠른 걸음으로 골목을 빠져나왔다. 늙은 느티나무를 지나 언덕의 돌계단을 내려올 때는 네번째 계단에서 발을 헛디뎌 하마터면 앞으로 넘어질 뻔했다. 간신히 중심을 잡으며 바로 섰는데 그 순간 네번째 계단에 대한 날카로운 기억이 하나 떠올랐다.

할머니는 가족들이 떠나고 집이 비자 현관 바로 앞방을 세를 놓았다. 처음으로 그 방에 세들었던 이는 큰길에 있던 보건소로 발령을 받아온 치과 의사였다.

키가 작았고 새하얀 얼굴에 곰보 자국이 나 있던 노총각이었다. 할머니는 그 의사에게서 틀니를 해넣었는데 결과가 아주 좋아 우리 의사 선생님, 우리 의사 선생님 하며 와이셔츠도 다려주고 신발도 닦아주었다. 밥은 식당에서 대어먹었지만 주인이 없는 것이나 마찬가지 집이라 그도 편안하게 응접실에서 신문도 보고 이른 아침이면 마당을 산책하기도 하고 치킨이나 만두를 사와 할머니와 나를 부르며 식탁에 펴고 앉기도 하고 신문의 낱말 게임을 함께 맞히기도 했다. 그리고 고향에 갔다 오면 배나 사과, 포도, 밀감 같은 것을 한 박스씩 사와서는 무조건 고향 특산품이라고 우겨 미안해하는 할머니를 웃게 만들었다.

할머니가 장가가셔야지, 하면 농담처럼, 할머니랑 살다가 미혼이 다 자라면 색시 삼으려고 마음먹었는데요, 했다. 그는 집안에서 늘 밝고 서글서글하고 예의바르고 편안했다. 어쩌면 나는 가족이 없는 공백을 그로부터 채우고 의지했던 것도 같다.

그날은 크리스마스였다. 내가 열세 살 되던 해. 저녁 무렵에 그가 나를 데리고 외출을 하겠다고 할머니께 허락을 구했다. 책도 한

권 사주고 유원지의 레스토랑에 가서 양식을 사먹이겠다고 했는데 할머니는 크리스마스에도 하루종일 혼자 보낸 내가 가여워서인지 선뜻 허락을 했다.

나는 엄마가 사서 보낸 짙은 청색의 벨벳 코트를 입었는데, 이상하게도 코트의 가슴 부분에 다트가 강하게 들어 있어서 성숙한 처녀 같은 태가 났다. 나는 거울 앞에서 몇 번인가 빈 가슴 위에 솟은 다트를 눌러 편편하게 보이려고 했지만 허사였다. 그런데도 날씨는 춥고 입을 만한 코트는 그것밖에는 없었다. 결국 그 코트를 입었는데 몸은 불편했고 기분은 거의 수치스러웠다. 그런데도 크리스마스를 할머니와 단둘이 방안에서 보내는 눅눅함에서 벗어나고 싶은 마음과 시내 중심가의 서점에서 책을 고르고 유원지에 가서 양식을 먹는 일에 대한 호기심 때문에 나는 주춤대며 따라나섰다. 텅 빈 가슴으로 벌써 어른 흉내를 내는 것 같은 기묘한 구토증 같은 것을 느끼면서.

나란히 계단을 내려오다가 나는 예의 네번째 계단에서 중심을 잃고 앞으로 기울어졌다. 의사 선생님은 재빠르게 나의 상체를 붙잡았고 나는 비틀거리며 그를 힘껏 끌어안았다. 네번째 계단은 유독 깊어서 내려올 때면 언제나 주의를 기울여야 했던 계단이었다.

고개를 들었을 때 계단 아래에 서 있는 아버지와 맞닥뜨렸다. 아버지가 어떻게 갑자기 계단 아래에 나타났는지는 알 수 없는 일이었다. 나는 그와 나란히 골목을 빠져나와 계단을 내려갔고 내내 앞으로 툭 튀어나온 코트의 가슴에 신경을 쓰고 있었기 때문에 계단 아래 길에서 올라오는 아버지를 발견하지 못한 것 같았다. 절대로 오지 않는 엄마와는 달리 아버지는 근처에 온 길이라며 불쑥불쑥 집으로 들이닥치고는 했었다.

아버지는 나를 데리러 온 것 같았다. 내가 전날 방학을 한 것을 아셨고 그날은 마침 크리스마스였기 때문에 서두른 것 같았다. 아버지는 우리를 노려보더니 완강한 어조로 나에게 따라들어오라고 했다. 그는 계단 위에 그대로 섰고 나는 뒤돌아서 도로 올라가야 했다. 아버지는 며칠 집에 머물렀고 그사이에 의사 선생님은 방을 옮겨나갔다. 나는 그뒤로 다시 낡고 작은 코트를 입었고 다시는 새 코트를 입지 않았다.

열세 살 때의 일이었다. 세상에 대한 미미한 구토증과 수치심과 의심을 느낄 무렵이었다. 그때부터 아무도 눈치채지 못할 만큼이었지만 나로서는 꽤 심각한 결벽증을 앓았다. 화장지와 손수건 없이는 꼼짝도 할 수 없었고 학교 화장실을 쓰지 않으려고 버티다가 병원에 가서 관장을 해야 했던 때도 있었다. 그리고 구토증 때문에 음식은 위의 오분의 일 정도만 채워야 했고 친구 집에도 가지 않았고 남학생을 사귀는 일 같은 건 상상도 하지 못했다. 결벽증은 거의 사 년여 동안 계속되었다. 집단생활을 해야 했던 중학교와 고등학교 그 시기 동안 공동생활과 타인과의 부딪침에서 말 못할 괴로움을 겪었다.

대학에서 효경을 만났을 때 그는 내 앞에서 몹시 수줍음을 탔었다. 5월의 어느 수요일 오후였다. 서클룸에 어쩌다 단둘만 남게 되었다. 그때 서클룸의 카세트에서는 비틀스가 흘러나오고 있었다. 그때 효경이 말했었다. '존의 아버지는 뱃사람이었어. 폴의 아버지는 노동자였고 조지의 아버지는 버스 운전기사였대. 그래서 비틀스 음악은 아주 단순하고 간결한 방법으로 삶의 근원적인 정서를 자극하는 것 같아. 민요처럼 말이야.' 그리고 잠시 침묵이 흐른 뒤 그가 수줍어하면서 어렵게 손을 내밀었었다. '나와 함께 나가면 안 되겠니?' 일 년 이상이나 보아온 사이인데도 그는 마치 첫눈에 반한 여자애에게 말하듯 얼굴을 붉혔다. 달아오른 얼굴과 길고 새하얀 손, 그리고 희미한 체취…… 그 냄새가 좋았다. 그 냄새는 출생하기 이전부터 익혀서 나온 것처럼 깊고 친근하고 편안한 냄새였다. 그것은 나 스스로에게도 놀라운 일이었다. 나는 열세 살 이후로 어떤 냄새를 향해서도 후각을 열지 않았기 때문이었다. 세상에 안심할 만한 냄새는 단 한 가지도 없었던 시절이 계속되었고 불쾌한 냄새에 지칠 대로 지친 나는 코를 막지 않고도 뇌에 주의를 주어 냄새에 대해 무감각해지는 방법을 터득한 차였다.

그의 냄새가 좋았기 때문에 뇌에 긴장을 풀 수가 있었다. 나는 후각을 조금씩 열며 그를 향해 미소를 지었다. 그날 그와 함께 나간 것은 순전히 그 냄새를 좀더 가까이서, 좀더 깊이 들이마시고 싶었기 때문이었다. 그뿐이었고 그것만으로 충분했다. 그토록 가벼운 이유로, 동시에 전적인 이유로 운명이 시작된 것이다.

나는 그와 나란히 걷는 것을 좋아하게 되었고, 그가 내 손을 잡
는 것을 좋아하게 되었고, 어깨 위에 손을 올리는 것도 좋아하게
되었으며 신호등을 건널 때, 나의 뒷목을 가볍게 잡아 가야 할 방
향으로 몰고 가는 것도 좋아하게 되었다. 그가 등뒤에서 안아주는
것도, 그의 옷깃에 얼굴이 닿는 것도 좋았다. 내가 어느 날 풀밭 위
에서 갑자기 그의 무릎에 얼굴을 파묻었던 것도, 모든 것이 다 그
의 냄새 때문이었다. 희미한 땀냄새와 머리카락 냄새와 손끝에서
나던 담배 냄새와 무릎 냄새와 발과 입과 성기의 냄새까지 다 섞인
한 남자의 냄새.

그는 그렇게 내 인생의 결정적인 남자가 되었다. 타인과 나 사
이에 한 점 이물감도 없었던 경험은 그가 처음이었다. 어떤 조건이
나 이상형 같은 건 아무 소용도 없었다. 순수하게 내 속에서부터
솟아나온 삶과 사랑에 관한 명백한 직관으로서 나는 그를 받아들
여버렸다.

그때부터 나의 꿈은 스물한 살에 만난 그 남자가 평생 동안 오
직 나만을 사랑하고 나 또한 단 하나의 남자만을 사랑하며 평생 동
안 같은 삶을 공유하는 것이었다. 그 속에서라면 육십 도의 고열
도, 뜨겁고 건조한 모래바람도, 백이십 일간의 부재도 견딜 수 있
다고 믿었다. 가난과 결핍과 일에 치여 사는 그의 외박까지도 사랑
하는 사람들이 겪는 작은 시련이라고 믿었을 뿐 단 한 번도 의심한

적 없이 받아들였다. 그런데 그토록 소박하고 은밀하고 가난한 꿈
이 현실에서는 불가능한, 내 편협한 결벽증이 빚어낸 망상병이었
을까……

불안정한 활기

"참 고운 분이오. 결혼은 하셨소?"

오십대 초반으로 보이는 택시 기사였다. 소박하게 생긴 그는 내가 타자마자 활짝 웃으며 말을 걸었다. 내가 대답을 하지 않고 뚱한 얼굴로 백미러를 쳐다보기만 하자 기사는 변명하듯 서둘러 말했다.

"아이구, 이거 불쾌하셨다면 미안합니다. 무슨 뜻이 있어서가 아니라 그냥 저절로 튀어나온 말이었어요. 같은 승객이라도 고운 분을 태우면 남은 시간 내내 기분이 좋아져요. 길가에 서서 손을 드는 모습을 발견했을 때 내 가슴이 쿵하고 내려앉는 것 같았다니까요. 그러니 내가 좀 허둥지둥거려도 이해를 하세요."

그는 정말로 미안해했다. 나는 새삼 나의 모습을 확인하게 되었다. 친정에 와서 밀회 장소로 가고 있는 부정한 여자. 내 일생에서 어쩌면 꼭 하루뿐일 특별한 날일 것이다. 그것을 택시 기사는 저절로 눈치챈 것일까? 어쩌면 시간이 흐르고 모든 것이 끝나버리고 사라진 뒤에 그 택시 기사의 천진스러운 감탄만이 한 시기를 증거하는 유일한 제삼자의 증언으로 남게 될지도 모를 일이었다.

"친정 다니러 온 길이에요."

나는 깍듯하게 말했다.

"새댁이었어요?"

"제가 정말로 예뻐 보여요?"

"그럼요. 온몸에서 광채가 나는걸. 그러니 새댁 같은 분과 사는 바깥분은 얼마나 좋으시겠습니까……"

내 몸안에서 터질 듯이 부풀어오르는 불안정한 활기와 긴장의 에너지를 택시 기사는 느끼는 것 같았다.

택시에서 내리니 약속대로 시청 앞 플라타너스 가로수 아래 규가 서 있었다. 새하얀 반팔 셔츠가 햇빛을 받아 눈부시게 빛나고 선글라스를 낀 얼굴은 더욱 단정하고 깨끗해 보였다. 우리는 신호등이 바뀔 때까지 마주선 채 바라보고 있었다. 나는 손을 약간 들어올려 조금 흔들었다. 그는 무반응했다. 선글라스 때문에 그의 표정을 알 수가 없었지만 뜻밖에도 침통해 보였다. 그는 두 다리를 어깨만큼 벌리고 똑바로 서서 정면으로 나를 응시할 뿐이었다.

그는 나를 만나기 위해 대학 때 친구와 여행하면서 잠시 지나쳐간 적이 있을 뿐 어떤 기억도 없는 낯선 도시에 와 있었다. 최소한 세 시간쯤은 달렸을 것이다. 신호가 바뀌자 나는 천천히 횡단보도를 건너갔다. 그는 여전히 아무런 표정도 없이 나를 향해 서 있었다. 내가 다가가자 그는 인사조차 나누지 않은 채 몸을 돌려 걷기 시작했다. 그의 앞에서 처음으로 성장을 한 나의 차림이 무색했다.

시청 곁 샛길에 세워둔 차에 오르자 그는 갈 곳이라도 있는 사람처럼 차를 몰았다. 강 쪽으로 나가는 것 같았다. 강이 보일 때까지 그도 나도 입을 꼭 다물고 있었다.

"너무 많이 왔어."

담담한 어투였다.

"……"

"우리 두 사람 말이오."

여전히 굳은 얼굴이었다.

"……"

"내가 원한 건 이런 게 아니었어. 좀더 가벼워야 해. 경박함도 신파도 아닌 가벼움. 텅신과 내 꼴을 봐요, 마치 19세기의 불륜 같군."

불현듯 택시 기사의 웃던 얼굴이 떠올랐다. 얼굴이 붉어졌다. 그는 나의 친정 도시까지 뒤쫓아온 일에 대해 화가 난 것 같았다.

"마음에 없는 일을 하셨나봐요."

나의 음성도 서늘했다.

"……"

"그러면 그냥 바람맞히지 그랬어요. 시청 앞에 우두커니 서서 조금 기다리다가 그냥 집으로 돌아갔을 텐데요."

"……"

그는 입을 다물어버렸다. 침묵은 계속되었다. 당혹스러웠다. 바람난 유부녀답게 잔뜩 치장을 하고 멋을 부리고 닥쳐올 수상스러운 모험 때문에 긴장된 꼴이 우스꽝스러웠다. 무엇보다 검은 정장 차림이 참을 수 없이 수치스러웠다. 갑자기 후끈 열이 오르고 구토라도 올라올 것처럼 역겨웠다.

강에 이르자 강변의 구멍가게 앞에서 차를 세우게 하고 차가운 음료수를 사서 마셨다. 그는 차 안에서 담배를 피웠다.

음료수 병을 쓰레기통에 던지고 차에 오른 나는 귀걸이와 목걸이를 풀어 먼지에 뒤덮인 갈대숲으로 내던졌다. 그리고 꽤 비싼 값을 치른 붉은 산호가 박힌 반지도 뽑아 내던져버리고 굽이 높고 불편한 새 구두도 한 짝씩 벗어 차례로 내던졌다. 그가 어이없는 얼굴로 나의 발을 내려다보았다. 나는 정장의 윗도리 단추도 풀기 시작했다. 단추가 아주 많은 옷이었다. 규가 갑자기 나를 와락 끌어당겨 안았다.

"그만해. 당신한테 화가 난 게 아냐. 나 자신에게 화가 났었어. 내 사는 꼴이 갑자기 지겨워져서 짜증이 났어."

나는 그를 밀쳤다. 내 눈에 눈물이 고였다.

"대체 왜 이러는 거예요? 왜 날 모욕하는 거야? 그래요, 나도 싫어. 나도 이 지경이 된 게 싫어."

나는 그를 마구 밀어내며 소리질렀다.

"미안해, 정말이야. 당신 때문이 아니야."

규는 나의 머리를 아프도록 꽉 끌어안고 놓지 않았다. 나의 머리에 이내 땀이 배었다. 나는 그를 천천히 밀어냈다. 그가 담배를 꺼내 물었다.

"나도 하나 주어요."

그가 불붙인 담배를 건네주었다. 나는 연기를 깊이 빨아들였다. 마음이 좀 가라앉는 것 같았다.

"아까, 당신이 횡단보도를 건너올 때, 다시 한번 반했어. 당신의 걸음걸이는 특별해. 거친 바람을 가르고 다가오는 왕녀처럼 오연하고 가볍고 도도하지. 겨우 횡단보도를 걷는데도 아주 먼 곳으로 갈 것만 같은 표정이 있었어. 난 감탄하면서도 한편으론 걱정에 휩싸였어. 당신 걸음걸이에는 당신의 운명이 느껴져."

그의 표정이 전에 없이 진지했다.

"무슨 일이 있었어요?"

나의 목소리는 다시 침착해졌다.

"……집배원 중 한 사람이, 나와 당신에 관해 소문이 떠돈다고 심각하게 말하더군. 아랫마을 사람 몇이 회관 앞에 서서 묻더래. 그 사람들 어떻게 되어가느냐고."

"……"

머릿속이 싸늘해졌다. 규는 차를 움직였다. 다시 말이 끊어졌다. 차가 낡은 철교를 건너갔다. 삐걱거리는 쇳소리가 불안하게 느껴졌다.

"……미안해요. 당신은 몰라도 될 소리를 해서. 나만 알고 있으려고 했는데…… 어쨌든, 오늘은 그냥 보냅시다."

"……"

"만약 오늘이 마지막날이면 당신은 무슨 일을 하겠소?"

나는 물끄러미 그의 얼굴을 쳐다보았다. 그가 무슨 생각을 하는지 알 것 같았다. 이제 게임을 끝낼 때가 되었다는 것일까……

"그냥 재미 삼아 해보는 소리요. 내일이 종말의 날이라면, 종말을 하루 앞둔 날이라면 어떻게 보내겠소?"

나는 씁쓸하게 웃었다. 그리고 느릿느릿 떠오르는 대로 말했다.

"……우선 미장원엘 가겠어요. 미장원 의자에 앉자마자 미용사에게 여태까지 참아온 말을 하는 거예요. 아가씨 마음대로 해주세요…… 그런 다음엔……"

수가 떠올랐다. 귀 뒤와 뒷목이 환하게 드러나도록, 잘생긴 배처럼 수의 머리를 깎이고 가장 예쁜 옷을 입은 다음, 수와 최고로 맛있는 음식을 먹으러 외출을 할 것이다.

"그런 다음엔?"

규가 재촉했다.

나는 고개를 갸우뚱했다.

"그런 다음엔 구두를 사러 가야겠죠. 보다시피 이 모양이니 말이에요."

나는 심술궂게 맨발을 까닥까닥해 보였다.

"그런 다음에는?"

"……냉장고 청소를 해야 할 것 같네요. 장롱과 신발장도."

"대체 나는 마지막날의 몇시쯤에나 만날 거요?"

그가 힘없이 항의해 나는 웃음을 터뜨렸다. 나는 심술을 부리며 규와 만나지 않으려 하고 있었다. 어쩌면 정말 마지막날이라면 규를 만나지는 않을 것 같았다. 그건 예외적인 일이다. 마지막날엔 오히려 가장 일반적인 일들을 할 것 같다. 가장 평범하고 평화롭고 일상적인 일들을. 어쩌면 시장을 봐 해초 냉채와 고등어조림을 만들어 효경과 마지막 저녁을 먹을지도 모를 일이었다. 그리고 함께 비틀스를 들을지도 모르겠다. 서로 안을 수 없어 고통을 느끼며 금 간 도자기처럼 깨어지는 얼굴로……

"당신은 나를 마지막날의 언제쯤 만날 건가요?"

"……하루종일 처음부터 끝까지 함께 있을 거요. 옷을 입은 채 바닷물에 빠뜨린 다음 마지막날이 완전히 저물고 모든 게 박살날 때까지 끌어안고 놓지 않을 거요."

"별로 진담 같지 않은데요."

"진심인걸."

그러고 보면 누구에게나 생은 역설적인 것 같았다.

"당신 말대로 꽤 많이 왔어요. 우리……"

"……"

"……이제 만나지 말아요. 그럴 때가 된 것 같아요."

나는 준비하지도 않은 말을 불쑥 해버렸다. 그는 그대로 앞만 바라보고 있었다.

"장난은 이제 끝났어요."

"……사랑한다고 말해봐요."

"난 더이상 그 게임을 하고 싶지 않아요."

"이렇게 먼 곳까지 와서…… 오늘은 이상한 날이군. 번갈아 히스테리를 일으키니. 진심인 거요?"

"……"

"소문이 두려워서 그래요?"

"……"

"당신이 한 말은 기억하고 있겠소."

그 말을 기억한다는 것이 어떤 의미인지 알 수 없었지만 나는 따져 묻지 않았다.

"실은 집배원에게 그 말을 들은 뒤 이곳에 오지 않으려고 했소. 여자에겐 늘 그 정도밖에는 걸지 않는 위인이니까. 그런데도 왔어요. 이곳에 오면서 내가 화가 났던 건, 나 자신이 주춤대고 갈등하는 것을 확인해야 했기 때문이었소."

"그래요. 당신으로선 정말 불쾌한 일이겠군요."

"그래요. 불쾌해. 어쨌든, 사람은 저마다 견뎌야 할 것이 있는
거요. 나같이 아무것도 바라는 것이 없는 사람조차도."

그가 한숨을 쉬더니 주변을 한 바퀴 돌아보았다. 새하얀 모래사장
과 이제 막 건너온 낡은 철교, 개울처럼 가늘어진 파란빛 강물, 노
랗게 잎사귀가 물드는 콩밭…… 어디에도 인적이라고는 없었다.

나는 입을 꼭 다물고 앉아 있었다. 그 순간에도 가을햇살에 황금
빛으로 빛나는 그의 얼굴의 솜털과 길고 곧은 팔의 솜털을 멍하니
바라보고 있었다. 손을 뻗어 만지고 싶고 그의 셔츠 단추를 풀고
살 속에 파고들고 싶어 가슴이 쓰라릴 지경이었다. 그가 신발을 벗
더니 양말도 벗었다. 창백하도록 새하얗고 길쭉한 발이 나타났다.

"저리로 내려가봅시다."

그가 차에서 내렸다. 나는 천천히 뜨거운 밀가루처럼 흰 햇볕
속으로 따라들어갔다. 검은 정장 차림에 스타킹도 신고 있었다. 나
는 그의 부축을 받아 다리 곁의 계단을 따라 강변으로 내려섰다.
모래가 뜨거웠다. 강물은 군데군데 웅덩이를 만들어놓고 철교의
교각 사이로 좁다랗고 빈약하게 흘렀다. 흰 철새들이 날아올랐다
가 내려앉는 것 외엔 움직이는 것이라곤 우리들의 그림자뿐이었
다. 강변의 축축한 모래톱에 새의 발자국이 무수히 찍혀 있었다.
나는 스타킹 신은 발 그대로 강 웅덩이에 들어갔다. 물이 뜨거웠
다. 강 건너편의 새떼가 하얗게 날아올랐다.

사랑의 두번째 이름, 혹은 부정

일기예보에서는 태풍이 지나갔다고 하는데도 숲에는 바람이 미친듯이 불고 있었다. 마치 바람의 발원지처럼, 세상의 바람은 다 그곳에서 만들어지는 듯이, 나무가 나무를 후려치고 가지가 가지를 후려치고, 잎들이 잎들을 후려쳐 숲은 온통 뒤집어지고 펄럭거렸다. 찢어진 나뭇잎과 아직 어린 밤송이들과 푸른 감이 달린 가지들이 부러져 언덕길을 덮었다. 예보와는 달리 비는 한 방울도 오지 않았다. 오래 가물었던 흙들이 바람에 날려 일어나 지독한 황사현상을 일으켰다. 마당에 의자를 내놓고 앉은 내 얼굴에도 금세 흙먼지가 두껍게 덮이는 것 같았다. 나는 손으로 얼굴을 쓸었다. 손바닥에 버석거리는 먼지가 묻어났다. 나는 두 손으로 얼굴을 쓰다듬다가 갑자기 화살이라도 맞은 듯이 가슴을 움켜쥐었다. 잠시 그 이상한 아픔에 압도되어 아무 생각도 할 수 없었다.

나는 언제부터인가 실은 그 숲처럼, 숲의 나무 한 그루 한 그루
처럼 맹렬하게 흔들리고 있었던 것이다. 바로 서려야 바로 설 수
없이 가만히 있으려고 해도 소용도 없이 미친듯한 바람에 갈래갈
래 쥐어뜯기고 있었던 것이다. 나를 찾아온 그 통증의 정체를 천천
히 이해하면서 허리를 펴고 얼굴을 들었다. 놀란 새들은 둘씩, 셋
씩 활처럼 휘어지는 가지에 앉아 우울한 듯도 하고 재미를 느끼는
듯도 한 모습으로 다른 휘어지는 가지에 앉은 새들을 바라보고 있
었다.

나는 눈물이 그렁그렁한 눈으로 이따금 가지를 옮겨 앉는 새들
을 바라보았다. 욕망에 빠져드는 일이 이렇게 슬프고 무서운 일인
가…… 동그란 두 눈 속에 아무 기억도 없는 새들처럼 가볍게, 저
광란의 바람 속에서 다른 가지로 무사히 옮겨 앉을 수는 없을까.
저토록 가볍게, 동그란 단추 같은 눈을 하고……

그때 규의 차가 올라왔다. 언제나처럼 내 집 앞을 그냥 지나갈 것
이라고 생각했다. 그러나 규는 작정이라도 한 듯 집안 깊숙이, 내
가 앉아 있는 곳까지 차를 몰고 들어왔다. 나는 반사적으로 아랫집
을 내려다보았다. 어디에도 애선은 보이지 않았다. 그는 차에서 내
리더니 곧장 나를 일으켜세우고 현관 안으로 나의 몸을 밀어넣었
다. 그리고 문을 안에서 잠갔다.

꼭 한 달 만이었다. 우리는 무엇 때문인지 분명히 모르는 채 쫓
기는 사람처럼 견디고 있었다. 내가 견뎌온 것처럼 그 역시 견뎌온

것이었다. 그의 손과 숨소리와 눈이 어떤 떨림 속에 함몰되어 있었다. 그가 나의 스커트를 들어올릴 때, 내 속에 돌처럼 무거운 말이 목까지 올라왔다. 나는 스커트를 말아 쥐었다. 그가 내 눈을 노려보았다. 눈 속에 차오른 간절함이 나를 괴롭혔다. 그는 무슨 말인가 하고 싶어하면서도 따귀를 맞은 사람 같은 표정으로 나를 노려보기만 했다.

내가 보고 싶었나요? 내가 보고 싶었던 거죠? 스커트를 들어올리기 전에 먼저 나를 보고 싶었다고 말하세요. 제발. 사실은 나에게 전화를 하고 싶었다고, 하루종일 내 생각이 떠나지 않아 집을 떠맨 것처럼 온몸이 아프다고. 매번 집 앞을 지날 때마다 이렇게 막무가내로 밀고 들어오고 싶었다고, 나를 사랑하게 되어버렸다고. 이젠 못 헤어진다고……

그러나 나는 그가 사랑한다고 말할까봐 두려웠다. 두려워서 얼른 옷의 단추를 풀었다. 우울한 격정이 내 손을 떨리게 했다. 그도 얻어맞는 사람 같은 얼굴로 내 눈을 마주보며 옷을 벗었다. 그는 처음부터 끝까지 나의 눈을 바라보았다.

"눈을 떠, 눈을 떠……"

그가 몇 번인가 눈을 감아버리는 나에게 명령했다. 그 행위는 내 몸을 너무나 깊은 흥분 상태로 빠뜨려버렸다. 나는 두 눈을 커다랗게 뜬 채 먼 곳으로 날려가버렸다. 나도 모르게 당신, 당신, 당신이라고 중얼거리며 열 손가락을 활짝 펴고 그의 머리를 끌어안았다. 바람에 날아오른 검은 깃털처럼 공중에 나부끼는 마음으로 생각했다. 그를 사랑하게 된 첫날이 언제였던가.

그가 차에 기름을 넣어준 뒤 괜찮아요? 하고 물었을 때였던가. 그가 산딸기를 나의 흰색 스커트에 부어주었던 날이었던가. 국도변의 카센터에서 그를 만나 바닷가 마을 끝의 버려진 선착장에서 낚시를 했던 그날이었던가. 구름 모자 벗기 게임을 시작했던 '초원의 빛'이라는 모텔에서였던가. 토마토를 씻다가 그의 노래를 들었던 그날이었던가. 숲의 낭떠러지길에서 그와 마주쳤던 그날, 혹은 수몰마을의 커다란 나무 아래서 끝이 없을 것 같은 섹스를 하며 죽고 싶다고 생각했던 그날이었던가…… 부희의 집 앞에서 규와 내가 처음으로 만난 지 육 개월째였다.

나는 두 손으로 눈을 가렸다. 그가 나의 손을 치웠다. 나는 그의 손을 뿌리치고 두 손으로 눈을 가렸다. 그가 눈을 가린 나의 두 손을 치웠다. 내 눈에서 눈물이 흐르고 있었다. 어쩌다가 이런 일이 시작되었을까……

나팔꽃이 지는 시간

　아침 일찍 전도사들이 현관문을 두드렸다. 오십대로 보이는 부부, 대학생으로 보이는 청년, 고등학생으로 보이는 여학생. 말쑥하고 예의바르고 안정되어 보이는 중산층 가족이었다. 나는 그들을 집안으로 들어오게 하고 차를 내었다. 다른 사람들은 가만히 웃고 있고 오십대 남자가 주로 말을 했다. 그는 형제라는 말과 죄와 종말과 멸망과 구원이라는 단어들이 되풀이되는 설교를 했다. 나는 한없이 계속 듣고 있을 것 같은 자세로 가만히 앉아 있었다. 마침내 설교를 마친 남자와 가족은 약간 어리둥절해하며 떠나갔다. 그들은 승합차를 타고 윗집으로 올라가더니 오 분도 안 돼 언덕 아래로 내려갔다.

　나는 마당에서 나팔꽃씨를 좀 받았다. 아직 남은 나팔꽃잎들은 투명한 막처럼 얇아져 있었다. 그 꽃잎으로는 아침마다 활짝 피었다가 저녁이면 오므리는 단순한 노역도 감당하기 어려울 것 같았다. 며칠 안 가 모든 나팔꽃이 다 질 것이었다.

나팔꽃씨를 호주머니에 넣고 배추밭을 만드는 애선네로 내려갔다. 아저씨가 경운기로 골을 파는 작업을 한 뒤를 따라 애선은 가지와 토마토 호박과 고추 줄기를 걷어내고 배추씨를 훌훌 뿌렸다. 김장배추를 내다팔 모양인지 밭이 아주 넓었다. 나는 줄기 걷어내는 작업을 돕다가 아직 경운기가 지나가지 않은 밭에서 방울토마토를 마지막으로 추수했다. 토마토는 딱딱해지고 좀 시들었지만 여전히 맛있었다. 나는 점심때쯤에 광주리 가득 토마토를 수확할 수 있었다.

모처럼 집에서 쉬기로 한 효경은 내가 따온 방울토마토를 잔뜩 먹고는 기운을 회복했다. 그는 오후에 등산을 하자고 말했다. 나는 생각해볼 것도 없이 고개를 저었다. 몸이 좋지 않으니 목욕이나 가겠다고 말했다. 그는 별로 고집부리지 않고 수만 데리고 가기로 했다.

그날 목욕탕에서 열여섯 살쯤으로 보이는 두 소녀를 보았다. 소녀들을 보자 르누아르와 뭉크가 동시에 떠올랐다. 그 소녀들에겐 그런 불균형이 있었다. 조금씩 부풀어오르는 몸과 그것을 훔쳐보는 세계 사이에서 피어나려는 당돌한 설렘과 침범당할 것이 두려운 나머지 잔뜩 웅크리는 자폐의 양극단이 위험하게 공존해 있었다. 소녀들은 목욕탕의 대야에 검붉은 색깔의 질 세정제를 부어놓고 고개를 갸웃거리고 있었다. 한 소녀가 조심스럽게 손가락을 넣어 휘젓고는 세정제가 묻은 손끝을 들어 자세히 살폈다.

"너무 진하게 탄 거 같지 않니?"

"물을 더 넣을까?"

다른 소녀도 자신없이 말했다. 그렇지만 소녀들은 가슴과 사타구니를 잔뜩 웅크린 채 꼼짝도 하지 않았다. 목욕탕 안은 김이 서려 희미하고 평일이라 한산해서 소녀들이 앉은 자리는 뒤뜰의 은밀한 장소처럼 고요했다. 소녀들은 좀처럼 세정제를 사용할 것 같지 않았다. 예쁘기도 하고 안타깝기도 하고 슬프기도 한 감정이 치밀었다. 오래전 나도 거울 속에서 그런 소녀의 얼굴을, 소녀의 가슴을, 소녀의 음부를 보았었다. 손톱만큼의 실수도 없이 손톱만큼의 상처도 없이 날렵한 손길로 단번에 봉인된 정묘한 육체. 나에게 무슨 일이 일어났던가…… 설명할 수도 없이, 시간이 너무나 빠르게 지나가버린 것 같았다.

나는 따뜻한 물방울이 안개비처럼 내리는 사우나실에서 오랫동안 누워 있었다. 땀과 물방울과 함께 눈물이 마구 흘러내렸다. 울기에 참 좋은 장소라는 생각이 들었다. 찬물에 몸을 식히고 돌아가니 소녀들 중의 하나가 나에게로 다가와 이번에는 세안제를 내밀었다.

"이거 어떻게 열면 되나요?"

세안제는 튜브형이었는데 용기와 같은 재료로 막혀 있었다.

"······칼로 잘라내야 해."

나는 소녀를 향해 웃었다. 꼭 닫힌 꽃봉오리처럼, 리본이 묶여진 선물 상자처럼 달콤하고 풋풋하게 닫혀 있는 육체, 아직 봉인된 생······ 웃는데도 눈꼬리에 눈물이 고였다. 그녀들은 자신에게 어떤 일이 다가오고 있는지 알기나 할까······

나는 이제 나를 제어할 수 없었다. 내 속에 무서운 힘이 넘실대고 있었다. 자칫 발을 헛디디면 그 속에 빠지고 말 것만 같은, 내가 나를 잡아먹을 영문 모를 힘. 전에는 명백했던 것들이 갑자기 혼란스러워졌다. 나는 어떻게 되는 걸까. 규는, 효경은, 수는······ 이상한 것은 때때로 예정되어 있는 길을 가고 있는 것만 같은 낯익음을 느낀다는 사실이었다. 마치 언젠가 내 생의 끝까지를 보았던 것처럼 먼지가 구름처럼 일어나는 먼길을 혼자 걸어가는 나를 어렴풋이 상상하는 것이다. 하지만 명확한 것은 아직 아무것도 없었다. 한 가지 분명한 것은 내가 하루종일 규를 기다린다는 단 하나의 사실뿐이었다.

고래는 떠났어요

……먼 해안으로부터 새로운 태풍의 소식이 들렸다. 며칠 동안 계곡의 논밭엔 급박하게 돌아가는 경운기와 콤바인 등 농기계 모터 소리가 해 뜨기 전부터 어두워질 때까지 하루종일 울렸다. 추수된 곡식은 농부들의 서툰 운전 솜씨로 트럭에 실려 그들의 안마당과 창고로 날라졌고 단 사흘 사이에 들판은 텅 비어 머릿속 가르마 같은 흰 들길과 논바닥이 드러났다. 그리고 사락사락 비가 오기 시작했다.

처음에는 어찌나 고요하게 왔는지, 비가 오는 게 아니라 따뜻한 눈이 내리는 것 같았다. 비는 너무나 가늘어 한동안은 오랜 가뭄에 풀썩풀썩 메마른 흙길과 먼지에 덮인 나뭇잎 속으로 스며들지는 못했다.

그러나 어두워지면서부터 비는 거세어져 한밤에는 마을이 폭풍에 휩싸였다. 너무 깊은 밤이라 자다가 깨다가 하며 폭풍 소리를 듣기만 했다.

희부윰한 새벽에 깨어보니 비는 이미 그쳐 있고 나뭇잎과 부러진 가지 들이 마당까지 날려와 쌓여 있었다. 오랜만에 계곡에 물 흐르는 소리가 커다랗게 울렸다. 산에서 내려오는 언덕길에도 붉고 노란 나뭇잎들이 뒤섞인 흙탕물이 하천처럼 콸콸 흘러내렸다.

폭풍이 지나간 하늘은 물로 가득 채운 천장처럼 위태롭게 푸르렀다. 그 하늘가로 코끼리처럼 큰, 고래처럼 큰, 마을처럼 큰 구름이 빠르게 지나갔다.

나는 아랫집 애선과 함께 장화를 신고 바구니를 들고 숲으로 들어가 밤과 가지째 떨어진 설익은 감 들을 가득 주워왔다. 바람이 지나고 나면, 애선과 함께 마당가에 자리를 깔고 가을볕에 발목을 담그고 앉아 곶감을 만들 생각이었다. 조롱조롱 묶어 그늘에 말린 곶감을 눈 덮인 한겨울밤에 먹으면 깊은 가을의 태풍 냄새가 날 것이었다.

"마을 사람들이……"

애선이 말을 꺼내다가 망설였다.

"마을 사람들이 수 엄마하고 윗집 우체국장이 함께 있는 것을 보았다고…… 그때, 버스 타고 들어오다가 윗집 남자 차와 비켜가면서 두 사람이 같이 있는 것을 본 뒤로 자꾸 이상한 소문이 돌아…… 수 엄마가 저쪽 안마을 저수지가에서 우체국장을 만나 둘이 차를 타고 가는 걸 보았다는 사람이 있는가 하면, 둘이 여관에서 나오는 걸 보았다는 사람까지 있으니. 여관 앞을 지나가는 것을 잘못 보았던지 했겠지만 시골 사람들 자기 일이 워낙 단조로우니까, 남의 말 하기를 워낙 즐겨. 한 번 보면 열 번 봤다고 우기는 사람들이고. 요샌 아예 수 엄마가 이 마을에 이사오기 전부터 우체국장하고 그린 사이였다고 말들을 해. 그래서 아래윗집 나란히 붙어 산다고."

"이 마을이 나비 마을이라면서?"

"……"

애선은 내가 왜 느닷없이 그런 말을 하는지 영문을 몰라했다.

"나도 이사와서 살다가 들었어. 산사태가 난 곳인 줄 알았으면 이런 곳에 집을 사 들어왔겠어? 우리집 아래 밭들도 전부 뽕밭이었대. 누에를 친 마을이었는데, 뽕밭 때문인지 나비가 그렇게 많았다고 해."

"……"

"다시 산사태가 나버렸으면 좋겠어…… 모든 것이 덮여버렸으면 좋겠어."

애선이 원한 대답은 그게 아니었을 것이다. 마을에 떠도는 소문을 완강하게 부정하거나 되받아치며 분개하는 편이 한결 나았을 것이다. 그러나 나는 고작 그렇게 말하고 말았다. 애선은 아무 말도 더이상 하지 않았다.

*

샤워를 하고 난 후에는 오랫동안 거울 앞에 앉아 있었다. 그리고 편지를 썼다.

당신은 지금 무엇을 하세요? 어디에 있나요? 점심식사 시간이네요…… 내 생각은 하지 않나요? 보고 싶어요. 지금. 이 순간에 전화가 울려주길 숨이 막히도록 기다리고 있답니다. 당신이 전화해주지 않고서는 이 순간을 넘길 수가 없어요. 이대로 꼼짝도 할 수가 없어요…… 내가 당신 생각을 할 때 당신도 나를 생각하나요? 아니겠죠. 아닐 거예요. 그렇다면 이렇게까지 막막하지는 않을 거예요……

나는 네 시간 동안 그대로 앉아 있었다. 네 시간 동안 한 일이라곤 자크 프레베르의 긴 시를 읽은 것뿐이었다. '고래 사냥'이라는 제목의 시를 열 번쯤 소리내어 읽으며 한 번 읽었을 때마다 시계를 바라보았다.

……아주머니, 만약 누군가 찾아와 저에 대해
물으면 상냥하게 대답하세요
고래는 떠났어요

자, 여기 앉으세요 여기서 기다리세요

십오 년쯤 있으면, 아마 돌아올 거예요.

……고래는 떠났어요 자, 앉으세요 여기서 기다리세요 십오 년
쯤 있으면, 아마 돌아올 거예요…… 시의 끝부분을 자꾸만 중얼
거리며 한자리에 꼼짝없이 앉아 있었다. 두 시간, 세 시간, 네 시
간, 다섯 시간…… 그에게서 전화가 오지 않았다. 그는 집에 왔다
가 간 날 이후로 전화를 하지 않았다. 일주일째였다. 그런데도 전
화를 걸 수는 없었다. 전화를 받고 싶은 마음의 간곡함만큼, 간곡
함에 포박되기라도 한 것처럼 전화를 걸 수가 없는 것이었다. 궁리
끝에 공과금 청구서를 들고 집에서 나왔다. ……고래는 떠났어요
자, 앉으세요 여기서 기다리세요 십오 년쯤 있으면, 아마 돌아올
거예요……

수를 학교에서 데려다 휴게소에서 놀게 하고 우체국에 들렀다.
그는 우체국장 자리에 앉아 있었다. 그는 내가 들어선 것을 느끼는
듯했다. 표정은 굳었고 눈 밑엔 깊은 주름이 졌다. 머리카락이 이
마 위로 내려와 있었고 함부로 입은 셔츠의 한쪽 깃이 무심하게 위
로 치켜올려져 있었다. 나는 다가가 그 깃을 펴주고 싶었다. 그 머
리카락을 쓸어올려주고 싶었다. 그 얼굴의 눈 밑 주름을 쓰다듬어
주고 싶었다. 그 머리통에 이빨을 박고 싶었다. 그가 내 몸안에 들

어오던 순간이 되살아나 체온이 가파르게 올라갔다. 그는 내가 일을 끝내고 나와서 문 앞에서 기다리는데도 따라나오지 않았다. 끝까지 서류를 향해 고개를 숙인 그의 표정이 쓸쓸하고 심술궂게 보였다. 나는 우체국 정원의 누렇게 바랜 나리꽃 꽃잎을 하나하나 뜯었다. 그 많은 나리꽃을 뜯어서 버리는데도 아무도 말리러 나오지 않았다.

돌아오는 길에 부희의 집 앞에 차를 세우고 들어갔다. 신을 신은 채 마루로 성큼 올라서서 닫혀 있던 방문을 활짝 열자 퀴퀴하고 더운 습기가 왈칵 덮쳤다. 컴컴한 방안엔 암갈색의 장롱이 보이고 열어젖혀진 장롱 문에서 나온 옷가지들이 흩어져 있었다. 다른 쪽 방엔 작은 창문이 있어 조금 밝고 건조했다. 아이의 앉은뱅이책상과 자개를 넣은 검은 찬장이 있는데 내려앉아 갈라진 방바닥 틈으로 귀신스럽도록 새파란 풀이 솟아올라 있었다. 내가 놀란 것이 아니라 그 풀이 나를 향해 진저리를 친 것 같았다. 섬뜩했다.

나는 그 방안으로 들어섰다. 방안 네 벽에는 그곳에 살았던 사람들의 음성과 냄새와 기척이 배어 있어서 웅얼거리는 울림이 가득한 것 같았다. 긴장되어 몸이 휘청거렸다. 벽엔 시슬레의 풍경화가 들어 있는 액자가 걸려 있고 낮은 찬장 위엔 도자기로 만든 값싼 인형 두 개가 올려져 있었다. 그리고 찬장 속엔 장미꽃 무늬 커피잔 세트와 제법 고운 도자기 접시들이 포개져 놓여 있고 흰 도자

기 주전자 속에는 소국 모양의 조화가 꽂혀 있었다. 아래칸은 나무
문인데, 반쯤 열린 채여서 쌓아놓은 제사 그릇이 보였다. 희부연
유리문을 미니 스르르 문이 열렸다. 나는 찻잔 하나를 꺼내었다.
윤기가 없고 무겁고 두꺼운 도자기 잔인데 장미꽃 무늬가 애잔했
다. 입이 오목한 모양과 멋부린 손잡이가 고풍스러웠지만 싸구려
였다. 접시들에는 한결같이 노란 얼룩이 먼지와 뒤섞여 있었다. 나
는 커피잔을 접시 위에 올리고 찬장 문을 닫았다.

　마음 없이 산 살림살이는 아니었다. 한때는 부희 역시 이 살림
을 사랑하며 예쁜 그릇들을 모으고 집을 꾸미고 마루에 윤을 내고
꽃밭을 가꾼 흔적이 있었다. 목재소에서 생선 상자 만드는 일을 하
면서, 화원에서 꽃을 자르는 일을 하면서, 아이들 잘 키울 꿈도 꾸
었을 것이었다. 그렇게 열심히 살려고 했는데, 사고처럼 아이의 아
버지를 만난 것이다. 그리고 그 남자를 만나자 모든 것이 통제할
수 없게 뒤집어져버린다. 부희는 나중엔 남자를 만나지 않으려 했
을 것이다. 그 남자도 만나지 않겠다고 결심했을 것이다. 그러나
어느 날 남자가 결심을 무너뜨리고 갑자기 부희를 찾아온다. 그리
고, 그렇게 버티었던 시간들이 갑자기 툭 터져버리고, 그리고 기다
렸다는 듯이 그 사건이 일어난 것이다. 낫을 든 시아버지가 그들을
발견하고 방안을 덮치고, 엎치락뒤치락거리던 세 사람…… 그리
고 두 사람 중 누군가 낫을 빼앗아 노인의 가슴을 찌르게 되는 그
끔찍한 사건이……

'그런 사랑을 할 때, 이런 일이 생길 줄 왜 몰랐겠는가……' 부희의 음성을 듣기라도 한 것처럼 떠올랐다.

오 년 가까이 비어 있던 집이라 물이 범람했다가 빠져나간 것처럼 모든 것이 꾸득한 회갈색 흙먼지에 켜켜이 덮여 있었다. 나는 파멸의 모습을 내 눈으로 보게 하고 그리고 경고를 하고 싶었는지도 모른다. 나도 알고 있었다. 이렇게 끝나야 한다는 것을. 내 모든 남은 감정을 이대로 영원 속에 익사시켜야 한다는 것을……

*

일주일이 넘도록 그는 전화하지 않았다. 집에도 들어오는 것 같지 않았고 우체국으로 전화를 걸면 여직원이 전화를 받아 자리에 없다고 말했다.

그 주의 금요일 오후에 낮꿈을 꾸었다. 꿈속에서 그와 함께 있었다. 우리는 어깨를 기대고 앉아 있었다. 꿈속에서 어깨를 기대고 앉은 채 몇 날 며칠이 흘러갔다. 나는 웃고 있었다. 온몸이 파문이 일어나는 호수처럼, 겹겹이 피어나는 장미 꽃송이처럼 웃었다. 꿈에서 깨었을 때 여전히 나의 어깨에 기댄 규가 그대로 느껴져 꼼짝도 할 수가 없었다. 그 느낌은 다음날도 그다음날도 계속되었다.

나는 한자리에 꼼짝 않고 앉아 있을 때가 많았다. 휴게소에서나 집안에서나 숲길에서나 낚시를 했던 바닷가에서나, 우리가 처음 만났던 부희의 집 앞에서…… 어느 날은 꼬박 여섯 시간 동안 아무것도 못하고 방안에 앉아 있었다. 그리고 남편이 잠든 새벽에 거실에 나가 그에게 편지를 썼다. 물론 편지들은 띄우지 않았다. 그것은 내 가방의 안쪽 지퍼로 닫는 작은 공간에 넣어두었다.

그날은 학교에 너무 일찍 도착한 날이었다. 수는 아직 나오지 않았다. 나는 학교 앞의 농협 창고 앞마당에 차를 세우고 서성대다가 아이들이 과자를 사는 구멍가게가 있고, 보건지소와 면사무소 출장소와 허물어진 관공서 건물과 빈집들과 작은 선술집이 있는 주저앉을 듯 낮은 시골 거리를 천천히 걸었다. 허물어진 관공서 건물터에는 샛노란 꽃을 피운 해바라기 무리가 높이 자라 바람과 햇살에 마르고 있었다. 가을햇빛은 눈부시게 환하고 따갑지만 바람은 이미 차가웠다.

농가집들이 늘어서 있는 텅 빈 거리의 끝까지 갔다가 가게 앞 자동판매기에서 커피를 한 잔 뽑았다. 가게 입구에는 보건지소의 소장과 마을의 나이든 아주머니들 몇이 둘러서서 잡담을 나누고 있었다. 나는 보건소장과 인사를 했다. 발목을 삐었을 때도 치료를 받았지만 수의 감기와 설사 때문에 몇 번 보건소에 들러 주사를 맞히고 약을 받은 적이 있었다.

보건소장은 신경통과 류머티즘, 결핵과 관절염과 당뇨병 등 온

갓 지병을 앓는 노인들과 마을의 여자와 남자 들 누구하고나 흉금을 터놓은 사이처럼 막역해 보였지만 나에게는 전혀 기대하지 않는 태도였다. 늘 언제까지 살다 훌쩍 떠날지 두고보자는 의혹의 눈길로 나를 대했다. 보건소장은 최근에 옻이 올라 치료를 받았던 애선의 남편 안부를 물었다. 나는 그가 잘 나아서 일하러 다닌다고 대답했다. 그들과 헤어져 돌아오는데 면사무소 출장소 앞에 규의 차가 멈추어 서는 것이 보였다.

운전석에서 그가 훌쩍 뛰어내렸다. 그와 동시에 곁의 차문이 열리고 짧은 스커트를 입은 허벅지가 커다란 시골 아가씨가 엉덩이를 틀며 내렸다. 전입신고를 하러 들렀을 때 보았던 출장소의 아가씨였다. 규는 그대로 서 있고 아가씨는 손을 살짝 들었다가 내리고 곧바로 출장소의 마당으로 들어갔다. 규는 차에 올라 문을 탕 닫았다. 나는 보건소장과 아주머니들이 서 있는 뒤쪽을 돌아보았다. 그들은 방금 아가씨가 내려서인지 말을 멈추고 규의 차를 뚫어져라 보고 있었다.

나는 달려가지 못하고 길가에 그대로 멈추어 서 있었다. 규의 차는 떠나고 나는 팔을 길게 늘어뜨리고 걸었다. 걸음을 옮길 때마다 종이컵에서 커피가 출렁출렁 흔들리며 흘러내렸다. 나의 꽃무늬 코트에도 뜨거운 커피 얼룩이 스몄다.

집에 도착하자마자 우체국으로 전화를 걸었다. 규는 회의 때문에 자리를 비웠다고 여직원이 말했다. 믿을 수 없는 말이었다. 규는 나를 피하고 있었다. 분노가 치밀었다. 그리고 분노가 치밀어오른 채 여전히 그가 나를 부르기를 애타게 기다렸다. 무거운 백과사전을 펼치고 내가 아는 들꽃들의 이름들을 찾았다. 미친풀, 쥐오줌풀, 애기똥풀, 다닥냉이, 각시원추리, 노랑상사화, 며느리밑씻개, 질경이, 기린초, 개구리자리, 나비나물, 두루미꽃, 노루삼, 개미탑, 괭이눈, 개족도리, 뻐꾹나리, 벼룩나물, 만주바람꽃, 구름체꽃, 산작약, 물질경이…… 이름을 찾으면 책을 덮고 다시 다른 이름을 찾고 그 이름을 찾으면 또 책을 덮고 다른 이름을 찾아 헤맸다. '사랑은 달콤함이나 꿈이 아니라 야생적인 존재 양식이다.' 어느 책에선가 읽었던 구절이다. 들꽃들은 얼마나 혹독한 사랑을 치렀기에 천지간에 나와 앉아 이토록 척박하고 가난한 이름들을 갖게 되었을까. 나는 또 어떤 이름의 들꽃이 되려고 이렇게도 뒤채이는 것일까…… 어느 순간부터 나는 고즈넉해져서 꼼짝도 하지 않고 앉아 있다가 또 차를 타고 횡하니 나갔다. 우체국에 규의 차는 없었다.

*

휴게소에 가니 은연이 가겟방에서 남자와 나왔다. 처음 보는 남자였다. 키가 작고 창백하고 둥근 얼굴에 낡은 점퍼를 입고 잔뜩 구겨진 면바지를 입고 모자를 푹 눌러쓴 보잘것없는 남자였다. 비치파라솔 아래에 앉아 유심히 보니 남자는 좀 건들거리며 손을 흔들고는 낡은 소형차를 타고 떠났다.

"술을 마시고 싶은데, 어때요?"

나는 고개를 끄덕였다.

은연은 안으로 들어가더니 잠시 후 내가 앉은 테이블로 소주와 오징어와 마요네즈 접시를 내왔다. 우리는 잔디밭 위의 테이블에 비스듬히 마주앉았다.

"그 남자, 애인?"

"그래 보여요?"

은연은 허공을 향해 소리없이 웃고는 말을 이었다.

"그때 스님이 왜 나를 내쫓았는지 이제 알 것 같아요. 내 팔자를 알아본 거야. 입산해서 청정하고 고상하게 정신으로 수도할 여자가 아니라 가랭이 벌리고 속세의 바닥을 쓸면서 수도할 팔자라는 걸 일찌감치 알아챈 거지. 전에 시장거리를 지나다가 생선가게 여자가 고기 배를 가르면서 하는 말을 들은 적이 있어요. '더러운 팔자. 허리가 빠지게 일한다고 돈 모으면서 살 팔자는 아닌 것 같고 어차피 이 한 몸 굴려서 하루 벌어 하루 먹고 살 거면 씹이나 실컷 해보고 죽었으면 좋겠네……' 그 말을 들었을 때, 얼굴이 화끈 달아올라서 막된 여자라고 속으로 귀를 씻으며 지나쳤는데, 그런데 어느새 세월이 흘러 내가 다름아닌 그 여자가 되었어요. 열일곱 살 때 그 일이 있고 난 뒤 참 오랫동안 내 몸을 역겨워했거든요. 벌레처럼 징그럽게 여겼어요. 내 몸을 만지는 남자들까지도요. 어쩌면 내가 애들 아빠를 망쳤는지도 몰라요. 그 사람은 나를 좋아해서 만지는데, 그때마다 나는 벌레 대하듯이 했으니까요. 밤에 내 몸을 들쑤실 때마다 정말 원수 같기만 해서 제발 귀신이 이 원수를 좀 잡아가주었으면, 하고 빌었거든요."

은연은 천천히 고개를 저었다.

"하필이면 이런 여자를 만난 애들 아빠도 불쌍해요. 그런데 이상하죠. 애들 아빠와 헤어진 뒤로 나도 변하니 말이에요. 난 이제 몸을 역겨워하지 않아요. 여자로 태어난 몸, 조물주가 나한테 준 거라고는 달랑 이것뿐인데, 어차피 몸 굴려서 하루 벌어 하루 살아야 하는 목숨인데, 여자로 태어난 몸의 절정이라도 실컷 느끼면서 살고 싶어요."

휴게소 여자가 조금은 어색하지만 또박또박 말했다. 그녀를 보고 있으니 왠지 미친풀, 벼룩풀, 각시원추리, 물질경이, 뻐꾹나리, 만주바람꽃 같은 야생화의 이름들이 떠올랐다.

"대체 연애하는 남자가 몇 명이에요?"

"연애는…… 그런 호사스러운 말이 나한테 당하기나 하나…… 가랭이 수도라니까."

말끝에 눈 속이 붉어졌다.

"나 여기 곧 떠날 거예요. 장사도 안되지만, 애아빠 무서워서, 모르는 곳으로 가야겠어요."

"언제쯤?"

"정리는 거의 다 됐어요. 가게도 정리되었고…… 내일 아침이라도 당장…… 다음에 또 만나게 될지, 자리잡히면 연락할게요."

"어디로 갈 거예요?"

은연은 깊은 생각에 빠진 눈으로 앞을 멍하니 보더니 누가 듣기라도 할까봐 목소리를 낮추어 말했다.

"그냥, 먼 데로요. 저를 도와주는 아저씨가 휴게소 넘긴 돈으로 시장에다 가게를 다섯 평 얻어주었어요. 국숫집을 하게 될 거 같아요. 열심히 할 거예요. 돈 많이 벌어서 그 아저씨 고마운 은혜 꼭 갚고 싶어요."

나는 문득 생각이 나 지갑을 열었다. 십만원권 수표 두 장과 삼만사천원이 있었다. 나는 사천원을 남겨두고 은연에게 내밀었다. 은연은 맑기만 한 눈으로 나를 쳐다보았다.

"내일이라도 떠난다니 어쩌면 다시 못 볼지도 모르겠네요. 이 돈으로 차비 해서 가요. 내 마음 알잖아요. 아무 말 말고 받아줘. 어서. 내가 하는 작별 인사라고 생각해요."

은연은 두 손으로 받았다. 다소곳한 등과 어깨. 은연의 태도에는 늘 그렇지만 이상한 신성함이 있었다. 마치 가난한 사람들이 먹는 옥수수나 감자에서 느껴지는 신성함같이. 나는 은연의 손을 잡았다.

예술과 외설과 가사일

혜윤은 도영과 함께 오전 열시 비행기를 타고 공항 리무진을 이
용해 시내의 기차역 앞에 도착했다. 혜윤은 키가 작은데 더 통통해
진 것 같고 도영은 키가 큰데 더 야윈 것 같았다. 혜윤은 여전히 학
원 원장같이 베이지색 투피스에 검은 단화 차림이고 도영은 북 디
자이너답게 밀크색 바바리를 입고 초록색이 든 감각적인 스카프
를 길게 두르고 짧은 스커트를 입은 차림이었다. 그들은 내 집보다
바다를 배경으로 시간을 보내기를 원했다. 나는 두 친구를 태우고
바다 쪽으로 달렸다.

"너 우울해 보인다."

나는 그녀들을 맞이하면서도 선글라스를 벗지 않았다.

"……좀 그래."

혜윤은 내 옆얼굴을 잠시 쳐다보다가 조심스럽게 물었다.

"얼굴도 상한 거 같고…… 왜, 일이 잘 안 되니?"

혜윤은 다 안다는 얼굴로 물었다.

"끝날 때가 되었나봐."

"잘 끝내. 일을 저지르는 건 손해야. 알았니? 결국은 아무 일도 일어나지 않아야 해. 어떻게 돼가니?"

"다음에 이야기해줄게. 다 끝난 뒤에. 다 끝나고 잊어먹었을 쯤에 지금은 한마디도 할 수 없어. 혜윤이 넌?"

"……처음부터 될 일이 아니었는걸. 겨우 세 번 만나고 끝났어. 그게 나의 한계지 뭐. 그런데도 참 이상하지. 겨우 세 번 만났는데…… 꿈은 열 번도 더 꾸었어."

"너희들 연애하는구나……"

도영이 나와 혜윤을 번갈아 보더니 혼잣말처럼 말했다.

"아직 연애가 된다니 부럽다."

"넌, 왜?"

혜윤이 묻자 도영은 쓴웃음을 지었다.

"연애 그거 순 자가발전적 환상이야. 말하자면 바닥을 몰라야 할 수 있는 거라고. 난 불행히도 양파를 다 까버린 기분이야."

"그럼 난? 양파를 까는 중인가?"

"하여튼 천천히 까라. 다 까도 그 속엔 아무것도 없는 거니까."

'구름과 수프'에 도착하자 혜윤과 도영은 비행기 타고 온 보람이 있다며 감탄을 했다. 우리는 길게 휘어져 언덕을 돌아 사라지는 해안도로와 파란 바다와 나지막한 횟집 가게들이 한눈에 내려다보이는 자리로 안내되었다. 바다 건너편의 새하얀 궁전 같은 치매 요양원과 규와 함께 든 적 있는 시사이드 호텔이 보였다. 더 나쁜 사람이 더 많이 사랑하고 더 끝까지 사랑한다. 문득 규가 했던 말이 떠올랐다. 나는 규보다 더 나쁜 사람일지도 모르겠다는 생각이 들었다. 우리는 페퍼로니 피자와 카프리를 골랐다.

"저 바닷빛을 보니까, 블루라는 영화가 생각난다. 제목 그대로 온통 파란색이 많이 나오는 영화였잖아. 수영장 장면과 그 여자가 이사갈 때 천장에서 떼어내 작은 아파트의 창가에 달았던 파란색 유리구슬 장식, 그리고 두번째 정사 장면도 저 바닷빛이었어. 꼭 수족관 안처럼."

혜윤이 재채기라도 참는 사람처럼 바다를 향해 입을 꼭 다물고 있다가 돌연 생각난 듯 갑자기 떠들었다.

"그거 샹들리에 아니니? 파란 유리 장식이 샹들리에처럼 늘어졌잖아."

도영이 눈을 가늘게 뜨며 말했다.

"샹들리에는 아니었어. 불빛이 들어오는 것 같지는 않았어."

혜윤의 말에 도영은 상관없다는 듯 서둘러 말했다.

"그런데, 그 장면 있잖아. 줄리엣 비노쉬가 수영장에서 수영은 하지 않고 물속에 빠진 채로 가만히 있거든. 그러니까, 어떤 여자가 물어."

"그 여잔 이사한 아파트 아래층에 사는 창녀야. 아파트에 사는 사람들이 창녀를 내몰기 위해 서명을 하는데 줄리엣 비노쉬만 거절해. 그녀가 여기 사는 건 나와는 상관없는 일이라면서. 그래서 창녀는 쫓겨나지 않았지."

혜윤은 자신 있게 설명했다.

"그런가, 하여튼 그 여자가 물어. 왜 수영하지 않느냐고. 줄리엣 비노쉬가 뭐라고 대답했는지 기억나니? ……이렇게 말해. 난 수영하러 오는 게 아니라 울기 위해 오는 거예요."

혜윤은 뜨악한 표정이었다.

"그런 대사가 있었니?"

"그럼. 그 영화 본 다음에 내가 수영장에 다니기 시작했다는 거 아니니."

"그 대사에 반해서?"

"그런 셈이지."

"정말 감상적이다. 그런데 난 전혀 기억 안 나. 미흔이 넌?"

"수영장 장면에서 내가 기억나는 건 창녀와 쥐 이야기 하는 거야."

"쥐?"

이번엔 도영이 뜨악한 표정을 지었다.

"줄리엣 비노쉬가 이사한 아파트의 침실 옆방에서 쥐새끼들을 발견해. 밤에 쥐들이 찍찍거리지. 그 여자는 쥐소리 때문에 잠을 못 이루어. 그래서 고양이를 빌려다 집안에 넣어두고 엄마 집엘

가. 그러자 엄마가 묻는 거야. 아이와 남편은 잘 지내니? 그러니까 줄리엣 비노쉬가 그들은 다 죽어 없어졌어, 하고 대답해. 그러자 엄마가 말해. 내가 그걸 모르겠니?"

"무섭다."

"그리고 수영장에서 창녀를 만나 쥐 이야기를 해. 고양이를 집안에 넣긴 했는데 죽은 쥐를 맞닥뜨릴 상황이 두려워 집에 들어가기를 못하거든. 그러니까, 창녀가 열쇠를 달라고 해. 치워주겠다고."

"그랬구나, 난 전혀 기억이 안 나."

혜윤의 말에 도영도 고개를 끄덕였다.

"난 말이야, 그 여자가 퇴원하자마자 가방을 거꾸로 엎더니 가방에서 나온 아이의 막대사탕을 오독오독 씹어먹던 장면이 가장 선명해. 가장 슬픈 장면이었던 거 같아."

혜윤의 말에 도영과 나는 또 어리둥절해했다.

"참 이상하네, 다들 다른 영화를 본 사람 같으니. 제목이 모두 블루 맞니?"

나는 어처구니가 없어 중얼거렸다. 도영과 혜윤도 대책 없다는 듯 고개를 갸웃했다. 잠시 침묵이 흘렀다. 도영은 담배를 물었다.

"이게 사람의 한계인가."

혜윤이 중얼거렸다.

"꼭 깨진 거울 맞추는 거 같다. 그래서 함께 보는 친구가 필요한 거지 뭐."

혜윤은 뭐 어떠냐는 듯 피식 웃으며 도영에게 물었다.

"남편 친구와 정사는 한 번이 아니고 두 번 하는 거 맞니?"

"맞아. 퇴원하자마자 한 번. 마지막쯤에 한 번. 한 번은 돌연하게 모든 것을 잃어버린 상실감과 충격 때문에 너무 공허해서 하고 한 번은 자신을 확인하기 위해 진심으로 하는 거야."

"그 영화에서는 섹스도 예술이잖아. 대체 예술이 되는 섹스와 외설이 되는 섹스의 차이가 뭐라고 생각하니?"

혜윤의 말에 도영은 재빨리 대답했다.

"가슴이 빈약하고 머리가 짧고 화장도 하지 않고 단순한 속옷을 입은 여자가 하면 예술이고 가슴이 크고 머리가 길고 화장도 하고 튀는 속옷을 입은 여자가 하면 외설이야. 거의 그래."

"그럼 우리나라 아줌마들은 다 예술하게?"

혜윤이 눈을 동그랗게 뜨고 묻자 도영은 고개를 살래살래 저었다.

"그건 그냥 가사일이지."

우리는 일 초쯤 마주보고 있다가 일제히 폭소를 터뜨렸다. 도영은 웃느라 담뱃재를 떨어뜨리고 혜윤은 눈물까지 글썽이며 간신히 말했다.

"있잖아. 내 친구가 오랜만에 몸을 만지는 남편에게 그랬다잖니…… 어머머, 왜 이래요…… 한식구끼리 이러면 안 되잖아요…… 큭……"

다시 폭소가 터졌다.

"가정이란 구역질 아니면 공포라니까…… 둘 중 하나야."

도영은 웃지도 않고 차갑게 말했다.

"구역질…… 공포…… 맞는 말이야……"

혜윤은 웃음보가 터졌는지 계속 웃었다. 구역질과 공포, 그건 삶이 기획한 조건이기도 했다.

우리가 얼굴을 갖게 될 때까지

새벽에 눈을 떴을 때 몹시 낯선 공기를 느꼈다. 그것은 내 몸속의 공기였다. 그 공기는 다가올 운명에 대한 결의였던가, 아니면 운명에 대한 예감이었던가. 분명 이상한 느낌 속에서 깨어났다. 내 속에는 이미 준비가 되어 있었다. 나는 눈을 뜨고 그것을 느꼈을 뿐이었다. 우체국으로 가서 규를 만나고 무슨 말이든 하고 그만 종지부를 찍어야 했다.

나는 나프탈렌 냄새가 폴폴 나는 스웨터를 꺼내 입고 새벽 숲으로 들어갔다. 기온이 갑자기 떨어져 초겨울 같은 날씨였다. 숲에는 깊은 가을이 와 있었다. 생강나무는 노랗고 옻나무는 피가 맺힌 듯 붉고 칡넝쿨 잎은 황금빛을 내었다. 나뭇잎이 단풍 드는 것은 엽록소의 생명이 다해 푸른빛이 떠나기 때문이라고 했다. 생명의 환이 소멸된 자리가 불꽃이 튀어오르듯 아름다운 것은 또 어떤 비의인

지…… 물푸레나무, 단풍나무, 산벚나무 잎들이 모두 제각기 물들
인 잎사귀를 바람에 떨어뜨릴 때, 순순히 받아들이는 자의 결의처
럼 공중에서 잠시 멎는 것 같았다. 돌아오는 길에 화염의 편린 같
은 낙엽 몇 잎을 주웠다. 두꺼운 책에 끼워넣어 예쁘게 말린 뒤 코
팅을 해 수의 식탁 받침으로 써야겠다고 생각했다.

아침밥을 앉히는데 포클레인이 한 대 집으로 올라왔다. 전날 효
경이 부른 모양이었다. 억지로 잠에서 깬 효경은 포클레인 기사에
게 연못 팔 위치를 설명하고 크기와 모양에 대해 의논을 했다. 잔
디에 대해 내가 묻자 몸집이 작고 햇볕에 까맣게 그을은 포클레인
기사는 자신이 사다줄 수는 있지만 잔디는 잘 죽기 때문에 4월경
에 옮겨 심어야 한다고 했다.

효경은 목책과 낮은 대문과 부엌 앞에 만들 테라스에 관해서도
이야기했다. 포클레인 기사는 자신이 일 잘하는 목수를 소개해주
겠다고 말했다. 효경은 며칠 계속 몸살 기운이 있다고 투덜대며 수
를 태우고 떠나고 포클레인 기사는 일을 시작했다. 포클레인은 커
다란 바위를 이리저리 굴리더니 아주 쉽게 들어다가 얼기설기 포
개기 시작했다.

예기치 않게 포클레인 기사가 일을 하게 되어 나는 꼼짝없이, 우
체국에 갈 계획을 오후로 미루었다. 나는 몸에 힘을 죽 뺀 채로 청
소를 하고 세탁기를 돌려 빨래들을 넌 뒤에 포클레인 기사의 새참

으로 국수를 만들어주었다. 그리고 화장을 꼼꼼하게 하고 다시 기사의 점심을 만들어주고 우체국으로 전화를 걸었다.

전화가 되지 않았다. 내가 전화가 되지 않는다고 말하자 포클레인 기사는 실은 바닥을 파다가 전화선을 건드린 것이 화근인 것 같다고 미안해했다. 나는 시간보다 조금 일찍 수를 태우러 나갔다.

*

우체국에 가보니 규의 차는 없었다. 점심을 먹으러 나간 것 같았다. 학교 앞 농협 창고 곁에 차를 세우고 차 안에 앉아 있으니 규의 차가 빠르게 지나가는 것이 보였다. 나는 차를 세워둔 채 화들짝 달려나갔다. 그의 차가 출장소에 서 있는 것이 보였다. 역시 그 공무원 아가씨가 내리더니 차 안의 그를 향해 손을 짧게 흔들고 들어갔다. 규의 차가 방향을 틀더니 빙글 돌아 천천히 움직였다.

나는 길의 한가운데를 밟고 걸어갔다. 머리 위에 물그릇을 이고 걷듯이 천천히…… 텅 빈 길에 입에 재를 묻힌 듯 검은 점이 박힌 흰색 고양이 한 마리가 내 곁을 지나가고 구멍가게 노파가 평상 위에 앉아 나를 쳐다보았다.

내 앞에서 규의 차가 멈추어 섰다. 나는 차문을 열고 곁에 올라앉았다. 그리고 들고 있던 가방으로 그의 머리를 두 차례 후려쳤다. 규는 놀라지도 않고 앞머리를 쓸어올리고는 차를 길 가장자리로 세웠다.

"나쁜 인간, 비겁한 인간, 저질. 이게 당신이 게임에 이기는 방식이니?"

그는 결국은 늘상 이런 식이라는 듯 시큰둥하고 우울하고 난감한 표정을 지었다.

"난 지금 아이를 유치원에서 찾아야 해요. 이십 분 뒤에……"

나는 장소를 결정하지 못해 약간 망설였다. 그리고 근처의 가장 가까운 장소를 댔다.

"이십 분 뒤에 온천 모텔 그 삼층 방에서 봐요. 해야 할 이야기가 있어요. 꼭 봐야 해요. 올 수 있나요?"

그가 고개를 끄덕였다. 나는 차에서 내렸다. 그는 나를 다시 쳐다보지 않고 차를 몰고 떠났다. 규의 차가 길모퉁이로 사라지자 더러운 옷을 입고 함부로 바닥을 뒹군 것 같은 참담한 기분이었다.

*

대중 사우나실이 있는 온천 주차장에 차를 세우고 그늘지고 습기찬 숲길을 따라 숲 너머의 산속에 있는 호젓한 온천 모텔로 걸어갔다. 몇 마디 이야기만 하고 이내 돌아나올 것이라고 생각했기 때문에 차를 모텔까지 몰고 가 은밀한 주차장에 세워놓기가 싫었다.

두 번쯤 든 적이 있었던 온천 모텔의 삼층 방에는 규가 먼저 와 있었다. 나는 문 앞에서 숨을 가다듬었다. 새벽에 눈을 뜬 후부터 그 순간까지 끊임없이 다짐한 말이 하나 있었다. 이제 그 말을 할 차례가 된 것이었다. 어리석은 게임이었다. 단 한 번도, 나는 당신을 사랑한 적은 없었다. 모든 것은 그냥 혼란이었다. 이 지경에 와서 절대로 하지 말아야 할 말도 있었다. 이를테면, 나를 사랑했던가 하는 따위 질문. 하지만 그런 말을 하지 않고도 작별을 견딜 수가 있을까……

그러나 방안에 들어서자 모든 것은 예상과 달라져버렸다. 낭자한 꽃무늬 커튼을 친 방은 어두웠고 규가 격렬하게 끌어안았다. 나는 밀쳐내려고 그의 가슴을 밀다가 그의 등을 몇 번 쳤다. 그는 나의 행동에 상관하지 않고 나를 끌어안고 밀며 방바닥을 비척비척 걸어다녔다.

"그래서 어쩌라는 말이야? 그래서 어쩌자는 거야?"

규는 괴롭게 내뱉으며 나의 옷을 벗겨냈다.

"인생을 바꾸는 짓 따윈 평생 한 번이면 충분해. 다시 혼란을 겪고 싶지 않아."

그의 입술이 머리카락과 귀와 목께에 스쳤다.

규가 나의 목을 데이도록 뜨겁게 물었다.

"그만하자. 그래. 이제 그만 게임을 끝내자. 이렇게 빠르게 끝날 줄은 몰랐어. 하지만 난 게임 이상은 원하지 않아."

그렇게 말하면서도 그는 나의 몸속으로 손을 넣었고 나는 저지할 수 없었다. 우리는 불이 붙은 듯 흥분해 있었고 섹스는 갑작스럽게 끝났다. 우리의 두 몸 사이엔 따뜻한 물을 쏟은 듯 땀이 흥건하게 고였다. 나는 수건을 물에 적셔 다리 사이를 닦고 그의 몸을 닦아주었다. 나는 여전히 흥분이 식지 않아 간신히 견디고 있었다. 입속에 뭔가를 가득 베어물고 싶었다. 욕망 때문에 이빨로 그의 살을 찢고 싶었다. 뭔가로 내 몸을 가득 채우고 싶었다. 나는 그의 배 위에 등을 대고 천장을 향해 누우며 중얼거렸다.

"난 지금 당신 살을 먹을 수도 있을 것 같아. 인육을 먹는 종족처럼……"

그가 팔을 뻗어 나의 몸을 둘렀다. 나는 그의 손을 들어 나의 입 안에 넣었다. 목구멍이 활짝 열려 있었다. 손가락들이 혀를 지나 목구멍까지 들어왔다. 손바닥까지 들어오고 그의 팔도 넣을 수 있을 것 같았다. 나는 손바닥과 손가락과 손톱과 손톱 밑을 빨았다.

"난 당신이 아직 필요해요. 갑자기 이러지 말아요. 벼랑에서 밀려 떨어지는 것같이 무서워요. 미칠 것 같단 말이에요. 제발 아직은 나를 피하지 말아요. 아직은 다른 여자를 만나지 말아요."

"왜 내가 당신을 피하고 사람들에게 보란듯이 다른 아가씨를 태우고 다니는지, 그걸 몰라?"

규가 숨을 쉴 때마다 나의 몸이 오르락내리락했다. 평화로웠다. 이런 시간에도 바깥엔 시간이 흘러가겠지. 사람들이 이곳에서 저

곳으로 움직이고 어떤 아이는 울고 어떤 아이는 웃겠지. 숲에는 찬
란한 빛의 낙엽이 떨어지고 마른풀들이 바람에 기울어지며 스산
한 소리를 내고 철새들은 산을 넘어 날아가고 개미들은 땅속에 집
을 짓고 나비는 바다를 건너가겠지…… 한참 뒤에 규가 말했다.

"이 순간보다 더 나은 순간이 있을까…… 당신 때문에 내 인생
에 혼란이 와. 지금의 내 삶은 너무 창백하고 이기적이고 무가치하
고 열등하고 게으르고 먼지 같아. 어리석은 덫인 줄 알면서도 한
여자를 사랑하고 그 여자의 몸에서 내 아이를 낳고 날만 새면 튀어
나가 돈을 벌고 한밤에 가족이 잠든 곁으로 돌아가 웅크리고 잠드
는 이타적인 삶이 갑자기 전율이 일 지경으로 위대하게 느껴지는
거야."

"당신은 여전히 빈정대는군요."

"이젠 어쩔 도리가 없으니까, 빈정거리는 거요. 이제 와서 투항
할 순 없어. 가정이란 참 이상해. 아이는 성장하고 부모는 죽어가
고, 탄생이 있고, 장례식이 있고, 부부는 점점 육친처럼 동질화되
어가고 그러니 혼외정사와 배반의 욕망은 번성하고 아이들은 저
항하고 어른들은 통제하고 형제끼린 경쟁하고 반목하고…… 눈먼
에너지들의 맹목적인 충돌이지. 어쩌면 당연한지도 몰라. 생명이
란 원래 혼돈 속에서 태어나는 법이니까. 가정이란 아무리 인문화
되어도 결국은 연속성이라는 일종의 광기와 같은 비이성적인 번
식 욕망의 지배를 받는 카오스야. 난 이 생을 믿지 않아. 근본적으

로 생은 파괴적이야. 살아 있는 모든 것은 패배자의 운명을 타고난 거지. 난 그걸 오래전에 알아버렸어……"

"그것만이 우리에게 허용된 삶이라면, 그것밖에는 없다면요."

"그러니 차라리 비현실적인 방법을 택한 거요."

"언젠가, 기운이 빠지면 당신도 이 생을 받아들이게 될 거예요. 아니면 자살하든지…… 어쩌면 그렇게 보잘것없는 게 생이니까."

"우리는 누구나 자살하는 거요. 그런데, 당신이 나를 그렇게 잘 아나……"

그가 갑자기 나의 어깨를 물었다. 나는 비명을 지르면서도 털고 일어나지 않고 그대로 있었다. 그의 이빨이 깊숙이 더 깊숙이 내 살 속에 박히도록……

"나도 당신 살을 먹을 수 있을 거 같아."

그가 다시 나의 다리를 벌렸다.

"언제 만날까요? 약속을 해줘요."

나는 그 순간을 놓치지 않고 빠르게 물었다. 그는 나의 다리 사이에 얼굴을 묻으며 가파른 호흡으로 속삭였다.

"……모레, 그래. 모레 오후 세시 휴게소에서 봐."

*

오후 다섯시였다. 온천 모텔 앞에서 규를 보내고 나는 숲의 어

262

두운 오솔길을 따라 대중탕이 있는 온천장으로 내려갔다. 차 앞으로 다가갔을 때, 불에 달군 꼬챙이같이 내 몸을 꿰는 팽팽한 시선을 느꼈다. 나는 의식적으로 발등만 내려다보며 걷다가 천천히 고개를 들었다. 그곳에 효경이 서 있었다. 얼어붙는 것 같았다. 효경이 나에게로 다가왔다. 웃으려 해도 얼굴근육이 뜻대로 움직여주지 않았다. 흥분했을 때면 늘 그렇듯이 효경의 눈 밑이 무섭도록 붉었다.

"거기서 뭐했어?"

너무 낮아서 거의 들리지 않았다. 마치 나뭇잎을 거칠게 훑어내리는 것 같았다. 그는 화장이 함부로 지워지고 정염의 피로로 흐릿해진 나의 얼굴을 차갑게 훑어보았다. 두 눈이 공중에 멈춘 돌처럼 단단했다.

"산책."

"산책, 그냥 숲길을 걸었다고? 언제 왔어?"

"……"

효경은 나의 가방을 휙 낚아챘다.

나는 가방 끝을 쥔 채 황급히 말했다.

"……삼십 분쯤 전에."

그가 헛, 하고 웃었다.

"난 세 시간 전에 여기 왔는데…… 그때부터 네 차가 서 있는 걸 보고 있었는걸."

나는 얼굴이 달아오르고 몸이 떨리기 시작했다.

"네가 거짓말하는 수고를 덜어주는 게 더 나을 것 같아. 네가 거짓말하면 나도 민망해지거든. 나 오늘 몸이 안 좋아서 일찍 들어왔어. 들어가는 거 알리려고 전화를 했는데, 전화가 안 되더라. 들어오다가 뜨거운 사우나를 하려고 여길 들렀지. 네 차가 있더군."

그의 입술이 바르르 떨렸다.

"빨리 목욕을 하고 너를 만나 함께 집으로 들어가야겠다고 생각하며 서둘러 씻었지. 목욕하고 나오니까, 아직 네 차가 있었어. 같이 가려고 좀 기다렸지. 삼십 분이 지나도 안 나오기에 목욕탕 아주머니께 너를 좀 불러달라고 부탁했어. 목욕탕 아주머니가 조금 있다가 나오더니 일곱 살 난 남자애도 없고 젊은 여자 손님도 없다고 하더군."

그의 눈 밑이 보랏빛으로 변해갔다. 그는 가방 안을 거칠게 뒤지기 시작했다.

"그래서 집엘 가보았어. 집엔 포클레인 기사가 새참 안 주냐고 화를 내고 수는 커다란 거실에 쪼그리고 누워 잠들어 있었어. 너언제 갔느냐고 물으니까, 수를 내려놓자마자 차에서 내리지도 않고 곧바로 나가더라고 하더군. 그래서 수를 침대에 눕혀놓고 다시 와보았어. 그리고 한 시간 동안 다시 기다린 거야. 네가 어디에서 올지 오리무중이었는데…… 놀랍게도 거의 세 시간 만에 모텔로 가는 숲길에서 나오더군. 그 숲길 너머엔 모텔밖에 없다는 건 너도 알고 있겠지. 대체……"

그는 나의 목에 난 자주색의 흔적을 노려보았다. 가방의 안쪽 지퍼를 열었다.

나는 가방을 뺏으려 했다. 그가 나를 밀쳤다. 가방에서 선글라스와 립스틱, 펜과 지갑 따위가 떨어졌다. 그는 가방을 거꾸로 들고 흔들더니 안쪽의 지퍼를 열고 손을 넣었다. 그의 손에 세 통의 편지가 잡혔다. 그는 편지를 한 통 뜯었다. 나는 내 차의 문을 열고 타려고 했다. 그는 나의 목을 한 손으로 쥐고 사이좋게 읽어보자는 듯 봉투에서 꺼낸 편지를 내 눈앞에 펼쳐 보였다.

남편이 내 위로 몸을 겹칠 때 나는 뾰족한 곳에 올려진 물그릇처럼 위태로워요. 쏟아지는 물처럼 입안에서 터져버릴 것 같은 당신의 이름. 이 손길이 이 무게가 이 숨소리가 이 냄새가 당신 것이라면…… 나는 손으로 입을 가려요. 어느 순간부터인가 당신의 손인지, 남편의 손인지 혼란스러운 관능에 빠져드는 나 자신의 욕망이 두려워요. 그래요. 바로 이것이 죄이겠지요. 이제 남편과의 섹스와 당신과의 섹스 중 어느 것이 더 부정한지 분별할 수가 없어요. 당신에게 나를 절대적으로 허용하고, 당신의 절대적인 허용을 받고 싶어요. 가장 깊은 곳까지 영원히, 나 아니면 누구도 아닌, 당신 아니면 누구도 아닌 배타적인 관계로서요. 사랑해요, 사랑해요. 왜 나를 피하나요? 이것이 당신이 게임을 끝내는 방식인가요……

그는 편지들을 구겨 쥔 손으로 나의 얼굴을 후려쳤다. 그리고
자신의 차가 있는 곳까지 끌고 가 차 안에 밀어넣었다. 그의 몸이
진동기처럼 부르르르 떨리고 있었다.

세상에서 가장 슬픈 폭력

　포클레인 기사는 가고 없었다. 연못은 폭격이라도 당한 것처럼 그저 푹 파여 있을 뿐이었다. 그것은 무슨 재앙의 상징처럼 느껴졌다. 나는 아직도 나에게 일어난 일을 완전히 이해하지 못하고 있었다. 부정한 아내들이 어떻게 되는지. 그 남편들은 장차 어떻게 행동하게 되는지 그 여파는 생의 어느 선까지 미치는지. 그들의 아이의 생은 어떻게 변하는지. 때로 남편들은 부정한 정사를 한 아내를 살해하기도 한다. 혹은 그 간부를 살해하기도 한다.

　효경은 방안에서 꼼짝도 하지 않았다. 저녁을 먹고 수가 잠들지 나는 수의 곁에 웅크리고 누워 있었다. 자정이 되자 효경이 방문을 열더니 나를 끌어내 차에 태웠다.

　그는 아무 말 없이 달리기만 했다. 차는 너무나 빨리 달리는 것 같았다. 밖에는 바람이 불고 있었다. 마지막 나뭇잎을 떨어뜨리기 위해 부는 깊은 가을의 차갑고 거센 바람이었다. 그 시간에 시골길은 다가오는 차 한 대도 없이 텅 비어 있었다. 그리고 금세라도 몸을 일으켜 달려들 듯한 검은 산과 검은 숲, 길가의 집들…… 구름과 바람에 날리는 듯 빠르게 지나가는 별들. 별들이 너무 밝아 하늘은 밝은 잉크빛이었다.

나는 효경의 어깨에 손을 올리고 싶었다. 상처를 입혀서 미안하다고 말하고 싶었다. 그러나 그런 말을 할 상황이 아니었다. 그는 길 위로 날 듯이 빠르게 차를 몰았고 나는 공포에 질리고 있었다.

어촌 마을 앞 좁다란 해안길을 한참 동안 달리다가 고기잡이배를 만드는 작은 조선소를 지나 작은 방파제 앞에서 효경은 차를 세웠다. 무심코 방파제 쪽으로 눈을 돌린 나는 아, 하는 신음소리를 내었다.

거기 방파제의 어둠 속에 일고여덟 마리쯤의 검은 염소 무리들이 두 눈에 일제히 푸른빛을 담고 서거나 앉거나 옆으로 누워 있었다. 한결같이 다 자란 성숙한 염소였고 몸이 유난히 검고 커다랗고 표정이 태연한 염소들이었다. 그들은 카메라 렌즈를 응시하듯 한결같이 나를 바라보았다.

초록의 발광체들이 바람 속에서 파르르 떨렸다. 염소들의 눈은 단번에 부정을 저지른 아내인 나의 상황을 비현실적으로 만들어버렸다. 아득해졌다. 상관없다는 느낌이 들었다. 효경도 염소 때문에 당황한 것 같았다. 그는 다시 차를 뒤로 빼내 그곳을 빠져나가려 했다. 차가 곁을 지나가는 동안 염소들은 일제히 차의 헤드라이트가 비추는 방향으로 천천히 고개를 돌렸다.

"누구야?"

"……"

"어느 놈이야?"

그는 다음 마을의 방파제에 차를 세우고 물었다. 그가 거친 동작으로 나를 차에서 끌어내 방파제로 데리고 가 바닥에 앉혔다. 그때 나는 알았다. 규에 대해 절대로 말할 수 없다는 것을. 말하는 순간 내 인생 전체가 흔하고 불결하고 우스꽝스러운 추문이 되어버린다는 것을.

"너에게 최소한의 양심이나 나에 대한 눈곱만큼의 예의가 있다면 지금 당장 모든 것을 말해."

효경은 의외로 담담하게 말했다. 그의 음성은 평소보다 약간 더 울적할 뿐이었다.

"누군지 말할 수 없어. 제발 묻지 마."

"그래? 그럼 다른 것을 물을까? 얼마나 된 거야?"

"오 개월."

처음엔 마치 장난처럼 그의 손바닥이 나의 얼굴을 힘없이 한 번 두드렸다. 그리고 두번째엔 조금 더 세게 쳤다. 세번째엔 악력이 가득했다. 네번째엔, 그는 단단하게 쥔 주먹으로 권투 선수가 다른 권투 선수에게 공격하듯 나의 가슴을 올려쳤다.

나는 얼굴을 바닥에 부딪치면서 쓰러져버렸다. 얼굴 광대뼈 부분의 피부가 벗겨진 것 같았다. 그는 쓰러져 누운 내 곁에 앉았다. 그리고 침착하고 울적한 음성으로 다시 시작했다.

"어느 놈이야? 말해! 말 안 하면 죽여버릴 거야."

"이러지 마. 그냥 나를 버려."

"차라리 같이 빠져 죽자고 해라. 어느 놈인지 말해."

거의 한 시간 동안 그런 식으로 반복하고 있었다. 그는 정말로 나를 죽일 수도 있을 것 같았다. 문득 그런 생각이 스쳤다. 그가 나를 죽일 만큼 나에 대한 절대적인 어떤 의미가 남아 있었던가. 우린 서로에게 어떤 의미이기에 아직도 이토록 치명적인가? 사랑을 잃고 무표정하게 살아온 우리의 삶, 이미 서로의 순결이 훼손되어버린 뒤에도 무엇이 남아 있어서 이토록 힘이 드나? 그에게 이런 아픔을 느낄 열정이 아직도 남아 있었던가. 그가 주먹으로 치는데도 고통은 느껴지지 않았다. 고통은 가짜 같았다. 그리고 살의를 불러일으키는 그 열정의 정체도 의심스러웠다. 모든 것이 비현실적이었다. 불과 며칠 전 바닷가에서 친구들과 웃고 떠들었는데…… 그렇게 평화로웠는데.

어떤 이유로든 효경이 나를 죽이고 싶은 열정이 진심이라면 기꺼이 그의 손에 죽을 수 있었다. 그러나 모든 것이 추상적이었다. 그는 바람난 아내의 현장을 덮친 익명의 남편의 역할을 맡아 하고 있을 뿐인 것 같았다. 아무 의미도 없는 짓이었다. 그의 분노마저 신뢰할 수 없었다.

"말해, 왜 말하지 않는 거야?"

그는 나의 목을 조르기 시작했다. 잉크빛 밤하늘의 별들이 모두 내 눈 속으로 들어올 때까지…… 나는 저항하지 않았다. 나를 죽일 만큼 고통스럽다면 죽여도 좋아…… 하지만 넌 나를 죽일 만큼 고통스럽진 않아…… 그가 손을 놓자 나는 구역질을 하기 시작했다. 나의 손과 검은색 모직 원피스와 발등에 구토물이 흘렀다.

돌아오는 길에 그는 차를 세우고 나를 다시 끌어내렸다. 공교롭게도 부희의 집 앞이었다. 효경은 나를 집안으로 끌고 들어가 스커트를 걷어올렸다. 나는 있는 힘을 다해 그를 밀어냈다. 그가 주먹을 쥐고 나의 얼굴과 몸을 때렸다. 모든 것이 꿈같아서 아프지도 않았다. 우리가 왜 이렇게 되었는가. 어쩌다가 이 낯선 마을에서 이런 모습으로 뒹굴고 있는가. 왜 아직 함께 있는가.

내 육체의 아픔보다는 다치고 있을 효경의 마음이 더 가슴에 사무쳤다. 흡사 참수당한 효경의 목을 치마 속에 싸안고 뒹구는 것만 같이. 효경 역시 어느 순간부터 화를 내고 있지 않았다. 그 역시 일생에서 가장 슬픈 날처럼, 일생의 마지막날처럼 절망적으로 솜방망이 같은 주먹을 휘둘렀다.

나는 부희의 집 마루에 쓰러져 누워버렸다. 이대로 죽어버렸으면 하는 생각이 들었다. 몸이 덜덜 떨리고 정신이 빠르게 혼미해졌다. 몸에 묻은 낯선 구토물 냄새가 의식이 쥐고 있는 마지막 현실 같았다. 효경 역시 내 곁에 벌렁 드러누웠다. 그리고 울기 시작했다.

"믿을 수가 없다. 너같이 아무것도 모르는 애가…… 왜 그랬어…… 왜 그런 짓을 했어? 너에게 좋은 것들을 다 해주기 위해 내가 얼마나 노력하고 있는데…… 넌 그런 애가 아니었어. 대체, 정말 너를 모르겠다. 인간이 뭔지 모르겠어."

효경에게 미안하다는 말을 하고 싶었다. 그러나 몸은 꼼짝도 할 수 없었고 나에게 음성이 있는 것 같지도 않았다. 효경과 나는 동이 터올라 공기가 희부윰해질 때까지 마루에 누워 있었다. 몸이 얼어붙는 것 같았다.

*

방안에 내던져진 나는 다음날 하루 내내 고열에 시달리며 누워 있었다. 얼굴과 목의 피부가 벗겨져 화끈거렸다. 몸이 달구어진 쇳덩이처럼 뜨겁고 무거웠다. 효경은 서점에 나가지 않았다. 그는 수를 학교에 태워주고 돌아왔고 오후에 수를 태우러 나갔다가 돌아올 뿐 꼼짝도 하지 않았다. 학교에 갔다 온 수는 영문도 모르는 채 나의 머리맡에 앉아 엄마의 다친 얼굴과 몸을 쓰다듬으며 훌쩍거리다가 효경의 성난 음성에 불려나갔다. 집안엔 정적이 감돌았다. 효경은 한밤중에 소주병을 들고 방에 들어와 묵묵히 소주 한 병을

272

다 비운 뒤 중얼거렸다.

"언젠가, 8월 초의 일요일이었을 거야. 넌 백화점에 간다고 차를 타고 갔지. 그런데 담배를 사기 위해 휴게소에 들렀더니 차가 세워져 있었어. 이상한 일이다 싶어 휴게소 여자에게 물어보았지. 여자는 네가 아는 사람을 만나 그 사람 차를 타고 시내로 갔다고 했어. 의아하긴 했지만 애선을 만났나보다 생각했어. 누구를 만났는지 나중에 물어봐야겠다고 생각했는데 잊어버렸지. 또 한번은 내가 어쩌다 초저녁에 들어온 날이었어. 길에서 우린 마주쳤지. 나는 장난스럽게 네 차를 막아섰어. 어디 가느냐고 물으니 넌 당황한 얼굴로 카레가루를 사러 간다고 하더군. 카레가루…… 내가 집에 있다고 해도 넌 없다고 우겼어. 그래서 내 차에 옮겨 타라고 했더니 넌 꼭 네 차로 갔다 오겠다고 했지. 하는 수 없이 난 집으로 먼저 왔고 넌 갔어. 찬장 문을 열어보니 아직 뜯지도 않은 카레가루 봉지가 있었어. 넌 정확하게 사십 분 뒤에 왔어. 카레 가루 한 봉지를 달랑 들고. 난 네게 물었어. 여태 뭘 하고 오느냐고. 겨우 십칠 분 정도면 충분했을 텐데. 넌 길에서 애선을 만났다고 했던가…… 네 흰 치마에 풀잎이 묻어 있었어. 그러고 보니 그런 날은 셀 수도 없이 많았어. 일요일에 나와 수를 기어이 떼어놓고 쇼핑을 하러 가서 사온 물건이라고는 수의 바지 한 장과 두부와 만두피 한 봉지가 전부인 날도 있었지. 지금 생각하면 분명 정신 나간 여자 같았어. 그리고 한번은 퇴근해 오다가 길에서 네가 차를 세워놓고 공중전화를 거는 것을 본 적도 있었어. 내가 경적을 울리자 넌 황급히 전화를 끊었어. 어디다 걸었느냐고 물으니까 넌 한동안 대답을 못했지. 그러고는 동생에게 걸었다고 했어. 저녁 풍경이 너무 좋아서 시골길에서 전화를 하고 싶었다고…… 이상했었어. 넌 동생과 그런 식으로 친한 사이가 아니잖아. 많은 것이 계속 이상했었어…… 그런데도 이상하다고만 느꼈을 뿐, 의심을 하지는 않았어. 내 상상력의 부족인가……"

"제발, 그냥 나를 버려. 헤어져……"

나는 용기를 내어 말했다. 그러자 효경의 주먹이 나의 얼굴을 쳤다. 처음엔 장난처럼 그다음엔 조금 더 강하게 그다음엔 숨이 막히도록……

"내가 너를 놓아줄 거 같니? 어림없는 소리 마. 우리 같이 죽자. 그 수밖에는 없어."

효경은 자신에게 다짐이라도 하듯 조용히 내뱉고 나를 내려다보더니 나가버렸다. 그가 방에서 나간 후 집을 떠날 궁리를 했다. 그러나 자리에서 일어설 수 있을 것 같지가 않았다. 그가 모르게 거실을 지나 현관문을 열고 나갈 수 있을 것 같지도 않았다. 무엇보다 차소리를 내지 않고는 떠날 방법이 없었다. 잠이 들 수도 없었다. 몽롱함의 끝에서 미끄러지듯 빠르게 잠 속으로 밀려가다가도 마치 허공에 누워 있다가 뒤집혀 떨어지듯 화들짝 깨어나기를 계속해서 반복했다. 그런 때면 머릿속에 끓는 물이 괴듯 두통이 몰

려왔다. 뒷머리가 너무 아파 반듯하게 누울 수가 없었다. 엎드리고
있었는데 눈에서는 미지근한 눈물이 자꾸만 흘러나왔다. 다음날
오후 세시, 규와의 약속이 머릿속에서 떠나지 않았다.

이토록 남루하고 무상한 것을 위하여

효경이 외출하는 때는 수를 학교에 태워줄 때와 데리러 갈 때밖에 없었다. 나는 효경이 수를 데리러 나간 뒤 몸을 일으켰다. 목이 부러진 꽃줄기처럼 덜걱거렸다. 거울을 보니 얼굴이 부어오른데다 시멘트 바닥에 갈려 피부가 벗겨지고 목을 따라 띠처럼 길게 검은 손자국과 상처가 나 있었다.

약속을 취소하기 위해 우체국으로 전화를 걸자 전화가 아직 불통이었다. 포클레인 기사가 전화선을 건드린 뒤 아직 고치지 않은 모양이었다. 전화도 받지 않고 약속에도 나가지 않으면 아무것도 모르는 규는 약속 장소에서 곧장 집으로 들이닥칠지도 모르는 일이었다. 그러면 효경은 그와 대면하게 될 것이고…… 그것은 상상하기도 끔찍했다.

서둘러 옷을 갈아입었다. 옷을 갈아입으면서 보니 온몸 여기저기에 피부 이식수술이라도 한 듯 낯설게 느껴지는 커다란 피멍 자국들이 나 있었다. 발목까지 감싸는 울 코트를 입고 모자를 눌러썼다. 그리고 쏜살같이 나가 차를 타고 달렸다.

뒤따라 달리는 것이 효경에게 발견되어서도 안 되고 계곡길이 끝나는 지점에서 수를 데리고 돌아오는 효경의 차와 마주쳐서도 안 되었다. 오직 그 일념으로 차를 달리던 나는 모퉁이를 돌다가 효경의 차가 계곡길에 세워져 있는 것을 발견하고 급정거를 하고 뒷걸음질쳤다. 그리고 그제야 계곡 아래 수몰마을에서 피어오르는 연기를 보았다.

마을 하나가 불길에 다 타버린 연기였다. 집과 마을의 길들과 장롱과 농기구들과 소여물과 옹기들과 신발들과 낡은 가방들이 그대로 물에 잠기는 줄로 알았는데 알고 보니 불에 태워서 재로 만들어버린 것이었다. 불길은 이미 사위었고 바람이 불 때마다 짐승의 갈라진 뱃속 같은 붉은 속불이 드러났다가 덮였다가 했다. 마을은 이미 온데간데없었다. 나는 잿더미 속에서 규와 처음처럼 입맞춤을 했던 마을 뒤의 늙은 나무가 있던 자리를 가늠해보았다. 그러고 보니 부희의 집도 무너지고 없었다. 지붕이었던 슬레이트 소삭과 나무 기둥만 뒤집혀진 붉은 흙속에 반쯤 묻혀 있을 뿐이었다. 감나무 세 그루와 라일락만이 담장가의 그 자리에 전처럼 서 있었다.

효경의 차는 다시 움직이기 시작했다. 효경의 차가 다음 모퉁이를 돌아가기를 기다려 다시 차를 움직였다. 계곡길이 끝나는 지점과 학교까지의 거리 자체는 이 분도 되지 않았다. 그러나 운이 좋으면 수가 교실 안에서 늑장을 부리거나 놀이터에서 미끄럼을 타고 있기라도 한다면 오 분쯤은 걸릴 것이었다. 그러나 운이 나쁘면 그와 계곡의 갈랫길에서 마주치거나 최소한 차의 꽁무니가 그의 눈에 띌 수도 있었다.

계곡길의 마지막 지점에서 좌회전을 해 학교와 반대편으로 달리는 순간은 마치 해일에 휘말려 물의 힘에 나를 맡겨버린 것 같았다. 내 몸은 다른 의지에 의해 높이 들어올려졌다. 다음 순간 나는 이미 이쪽이 아닌 저쪽에 속해진 것이었다. 효경은 학교에서 수의 그네를 밀어주거나 가겟집까지 걸어가 과자를 사주거나 모래장에서 노는 수의 모습을 그저 멍하니 지켜보고 있을지도 모를 일이었다.

휴게소 문은 자물쇠가 채워져 있었다. 그사이 은연은 떠난 모양이었다.

나는 공중전화 부스로 갔다. 공중전화 부스 앞엔 한 남자가 전화를 걸고 한 남자는 기다리고 있었다. 내가 다가가서 서자 전화기에 대고 무어라고 말하고 있던 남자가 둥그런 눈을 치뜨고 나를 빤히 보았다. 그러자 기다리던 남자도 힐끗 뒤돌아보았다. 내 뒤에도 이미 한 남자가 와서 줄을 섰다. 깊은 가을의 햇빛이 살갗을 찔렀다. 상처를 드러내놓고 서 있기에는 지나치게 환하고 정적이 감도는 한낮이었다.

"……미혼이에요."

목이 부어올라선지 목젖이 아직도 눌리는 기분이었다. 말이 아
니라 불에 구운 뜨거운 모래 가루가 새어나오는 듯 목이 아팠다.

무슨 서류라도 읽고 있는지 고개를 수그리고 전화를 받는 듯한
규의 음성은 너무나 예사로웠다.

"응, 어디 있어요?"

"휴게소예요."

"……목소리가 이상하네…… 무슨, 그래요. 곧 거기로 갈게."

도로에 커다란 트레일러가 지나가고 소음 때문에 나는 한쪽 귀
를 손으로 막았다.

"아뇨…… 오지 마세요. 오지 말라고 전화하는 거예요."

나는 다급하게 저지했다. 정말이었다. 그가 오지 않아야 한다고
생각했다. 내 눈에서 눈물이 주르르 쏟아졌다. 벗겨진 살갗 때문에
얼굴에 불이 떨어진 듯 뜨거웠다.

"무슨 일이 생겼어요?"

"집에 오거나 전화해서는 안 돼요. 절대로 전화해선 안 돼요."

눈물이 스며들자 얼굴과 목의 상처가 따갑고 쓰라렸다.

"거기 있어요. 거기 가만히 있어요. 지금 바로 갈 테니, 움직이
지 말고 있어요."

"아뇨, 오면 안 돼요."

전화는 갑자기 끊어졌다. 내가 돌아서자 기다리던 남자가 상처와 눈물로 범벅된 얼굴을 쏘아보았다. 다 알겠다는 듯이. 너 같은 여자는 그렇게 얻어맞고 다녀도 마땅하다는 듯 두 눈에 경멸이 가득했다.

나는 차를 몰고 핑곗거리를 위해 약 같은 것을 하나 사서 집으로 달려가야 했다. 그를 만나고 있을 틈도 없지만 다친 얼굴을 그에게 보여주고 싶지도 않았다. 다리가 떨리면서 머리끝과 등줄기로부터 싸늘한 땀이 물처럼 흘러내리더니 재가 날리는 듯 눈앞이 어두워졌다. 집으로 가야 해, 하면서도 누렇게 말라가는 잔디밭으로 비틀비틀 걸어가 바위에 등을 기대고 앉아버렸다. 깊은 웅덩이 속에 빠진 것처럼 오한이 들고 눈앞이 캄캄했다. 그 캄캄함 속에 늦가을 장미 한 송이가 피어 있는 것이 보였다. 크레파스로 두껍게 칠한 듯 선명한 노랑색이었다.

*

규는 선글라스를 벗고 두 손을 늘어뜨린 채 내 앞에 서서 가만히 내려다보았다. 아연하고 무력한 표정이었다. 그는 그저 오래 바라보았다. 피부가 벗겨진 얼굴과 목이 졸릴 때 난 검은 손자국과 멍을 숨기고 있는, 벗어던진 빨래처럼 헐거운 나의 몸을. 그는 나를 부축해 일으키더니 자신의 차에 실었다.

"집에 가야 해요."

"빌어먹을, 당신은 지금 운전 못해."

그는 성난 얼굴로 소리를 버럭 질렀다. 14번 국도에 들어서자 그는 차의 속도를 거칠게 올렸다. 시속 백육십 킬로미터였다. 나는 가능한 한 빨리 집으로 돌아가야 한다는 것을 알고 있었다. 그러나 내 생은 이미 논리성을 상실해버린 상태였다.

"빌어먹을…… 독하게 맑은 날이군."

그랬다. 독하게 맑은 날. 날씨라도 흐리면 한결 견디기 쉬울 것이었다.

바다로 가는 길목에 있는 휴게소들은 즐겁고 번잡했던 여름과 달리 얇은 햇빛과 싸늘하고 가느다란 바람과 마른 낙엽들만 날릴 뿐 쓸쓸했다. 화장실에서 나오다가 잠시 거울 앞에 섰다. 다친 얼굴과 흐릿한 눈빛, 입가의 상처, 목가의 눌린 손자국…… 이미 궤도를 벗어난 생이었다. 틈만 노리고 있었던 듯 눈물이 마구 흘러내렸다.

눈물이 마를 때까지 거울 앞에 서 있다가 나가니 ＃는 아직 여자 화장실 앞에 서 있었다. 우리는 뜨거운 커피를 마시고 다시 출발했다. 그는 계속해서 섬이 있는 남쪽으로 달렸다. 나는 눈을 감았다.

"얼마나 알게 된 거야?"

"……전부. 끝까지…… 상대가 당신이라는 것만 제외하고……

모두 다."

"어쩌다가?"

규의 말투엔 짜증이 묻어났다.

"……당신에게 쓴 편지가 있었어요. 그걸 보았어요. 그 속엔 모든 것이 다 들어 있었죠…… 괴로운 사실들과 말로 할 수 없었던 감정들, 정사와 고백들, 침묵 속의 기나림들. 당신에게 말할 수가 없으니까, 편지들을 썼고 부치지도 못할 것을 가방에 넣고 다녔어요."

"그래서 이렇게 다쳤고?"

"……"

"나 자신이 말할 수 없이 비겁하게 느껴지는군……"

나는 고개를 천천히 저었다. 그 순간 불현듯 부희 집 앞에서 그를 처음 만났던 때가 떠올랐다. 자욱한 구름 먼지와 캐스터네츠 소리도…… 그가 괜찮아요? 라고 했던 날, 그때 난 괜찮지 않았다. 절대로……

"당신은 잘못한 거 없어요. 당신을 만나기 전부터 이미 시작된 일인걸요. 그리고…… 걱정 마세요. 난 생각보다 강해요."

"……당신은 그렇게 강하지가 않아. 강하다면, 남편 일에 그렇게까지 크게 상처를 입지 않았을 거야. 하지만 이제부턴 강해지기를 바라. 강하다는 건 이를 악물고 세상을 이긴다는 것이 아니라 세상과 상관없이, 어떤 경우에도 행복하다는 거야. 아무 곳에도 뿌리내리지 않고 진흙 한 점 묻히지 않고 피어나는 물위의 꽃처럼."

나는 고개를 끄덕였다. 나도 그런 강한 사람이 되고 싶었다.

"당신은 가짜야. 시골 우체국장이나 하면서 허전해 보이는 여자들에게 엉터리 게임이나 거는 수상한 건달."

"……나를 좀더 심하게 욕해도 돼. 바람둥이, 협잡꾼, 사기꾼. 많잖아."

"하지만, 당신은 어디까지나 당신 방식으로 진지하고 성실한 사람이에요. 절대로 진실을 대면하지 않으려 한다는 점까지 포함해서."

"어떤 사람에겐 진실이야말로 치명적인 아킬레스건이지."

"그런데 우린 어디로 가고 있는 거죠?"

"당신을 지금 보내야 한다는 거 알아."

"……"

"그래야, 적어도 벌어진 일이 더 커지진 않겠지."

"……"

"하지만, 당신 이런 모습을 본 이상, 이대로 집으로 보낼 수가 없어. 그건, 그래. 그냥 나의 기분 정도라고 해두지. 나의 기분. 이러는 거 터무니없는 짓이란 거 알면서도 내 기분에 충실하고 싶어. 그러니…… 내일은 어떻게 될지 모르지만 오늘은 이렇게 가자. 내일은 되는대로 되라지."

나는 등받이에 편안하게 기대며 다시 자리를 잡았다. 이제 와서 굳이 저지할 이유도 없었다. 변한 것도 없고 변할 것도 더 없었다. 다만 더욱 명백해진 것뿐이었다. 순간의 시차로 계곡길을 빠져나왔던 그 순간에 나는 이미 벽을 지나온 것이었다. 집으로 간다는 것은 무의미해져버렸다.

*

호텔의 특실은 넓고 가구들은 커다랗고 무거워 보였으며 카펫과 커튼은 두꺼웠고 비수기에 접어든 탓인지 칼칼한 먼지 냄새가 났다. 화장대 위에는 옅은 주홍색 글라디올러스가 세 줄기 꽂혀 있었다. 나의 상처 때문에 방안에서 저녁을 시켜 먹었다. 글라디올러스와 텔레비전에서 보내주는 클래식 연주 프로그램이 위안이 되어주었다. 하이페츠가 바흐의 바이올린협주곡을 끝내고 뒤이어 비탈리의 샤콘느를 연주했다. 세상에서 가장 슬픈 곡 같았다. 웨이터가 그릇들을 내간 뒤에 그가 잔뜩 웅크린 나의 몸을 만지며 씻겨주겠다고 했다.

그러자 첫날 '초원의 빛'이라는 모텔에서 그가 내 몸을 보여달라고 했던 날이 떠올랐다. 나는 불이 환히 켜진 방안에서 옷을 하나씩 벗었다. 무릎의 상처와 온몸의 멍자국들이 하나하나 드러났다. 마지막 옷을 벗었을 때 나는 팔을 천천히 들어올리며 말했다.

"말해보세요. 내 몸에 무슨 일이 일어났는지……"

규는 곤혹스러운 얼굴로 내 몸을 바라보더니, 눈을 꾹 감았다가 떴다. 그러고는 상처를 누르게 될까봐 염려하며 어색하게 끌어안고 등을 쓸어주었다.

"이것이 당신 몸에 기록된 나인가……"

죄책감에 가득차 있지만, 한편으로는 이 일을 어떻게 처리해야 할지 몰라 난처해하는 몸짓이었다. 그가 함부로 아픔을 함께 나누는 척하지 않았기 때문에 오히려 그가 진실하게 느껴졌다. 그는 아무 말도 하지 않고 나의 등을 반복적으로 쓸어주기만 했다. 상처는 나의 몫일 뿐이었다. 나도 그의 턱을 천천히 쓰다듬어주었다. 그는 내 몸에 이불을 감아 침대에 앉혔다.

"목욕하기엔 너무 아플 것 같다. 조금만 기다려. 약부터 구해와야겠어."

"어디 가려구요?"

"마을에 가면 작은 약국이 있을 거요."

규는 나의 얼굴을 바로 잡아 정면으로 바라본 뒤 나갔다. 몹시 허전하고 담백한 동작이었다.

나는 이불을 둘둘 감은 채 벽에 비스듬히 몸을 기내고 텔레비전을 멍하니 들여다보았다. 그리고 잠이 들어버렸다. 규가 돌아왔을 때 시계를 보니 한 시간 이상이나 지나 있었다.

"약국이 없었어. 번화한 시내의 중심가까지 가서야 겨우 찾았지."

그는 냉장고 속에 있던 물을 따라 신경안정제를 먹이고 이불을 펼쳤다. 잠시 잠든 사이에 멍과 상처 들은 한결 옅어진 것처럼 보였다. 그는 수건을 따뜻한 물에 적셔와 상처와 멍이 든 주변을 누른 뒤 조심스럽게 약을 발랐다. 약을 바르는 동안 규는 괜찮아? 괜찮아? 물으며 나의 입술과 멍과 상처 주변에 계속해서 입을 맞추었다. 약냄새와 규의 냄새가 뒤섞이고 까칠한 턱이 나의 턱과 상처와 멍에 닿고는 했다.

그를 처음 만났던 날도 그는 내 얼굴을 빤히 보며 그렇게 물었다. 괜찮아요? 무수한 발을 가진 기나긴 슬픔이 우리들의 부정한 궤적 위로 지나갔다. 이상하리만치 가볍고 나른하고 비현실적으로. 그렇게도 불행했던가, 괜찮아요라는 말 한마디가 그토록 따뜻했으니…… 어느 사이 눈물이 솟도록 익숙해진 이마와 뺨, 눈동자와 입술, 피부와 살냄새…… 나는 무슨 이유인지 갑자기 피가 끓는 듯이 마음이 뜨거워져서 그의 옷깃을 그러쥐었다.

생각해보면 세상에 넘쳐나는 흔하고 흔한 통정에 불과하지만, 그 남루하고 무상하고 일시적인 망상에 영혼을 다 던지는 그것이 우리들 존재의 유일한 진실인 것처럼 나는 그에게 파고들었다. 이 순간보다 더 나은 순간이 있을까…… 규의 중얼거림이 들린 듯했다.

그는 처음엔 나의 상처를 피하려고 조심했으나 그가 분별을 넘어서버리자 나 역시 결국은 어느 것이 통증이고 어느 것이 쾌락인지 모르게 되어버렸다. 그의 것이 자궁을 지나 목구멍까지 차오르는 것 같았다. 나는 커다랗게 비명을 질렀다. 쾌락의 끝에 보랏빛으로 회오리치는 내 죽음의 모습이 보였다. 사람은 그 자신이 빠져 드는 욕망 속에서 동시에 자신의 죽음의 모습도 선택하는 것이다.

"사람이 가진 가장 깊숙한 무의식적 욕망은 노예가 되고 싶어 하는 것이라는 글을 읽은 적이 있어. 그때는 이해할 수가 없었어, 이해할 수 없는 욕망이니까. 그런데 지금 그 말을 이해하게 된 거 같아."

규가 젖은 수건으로 얼굴과 목과 다리와 발을 닦아주며 말했다. 며칠 동안 감지 못한 머리카락이 자꾸만 얼굴에 엉겨붙었다. 참을 수 없이 무거운 느낌이 들었다. 나는 충동적으로 중얼거렸다.

"머리를 감고 싶어요."

규는 손으로 나의 머리카락을 만져보더니, 욕실로 데려갔다. 둥근 욕조의 가장자리가 넓어 바닥에 수건을 펼치고 머리를 욕조 속으로 향한 채 다리를 접고 반듯하게 누울 수 있었다. 규는 욕조 속으로 들어가 허리를 굽혔다. 샤워기의 물이 머리카락 속으로 스며들어왔다. 약간 차갑게 느껴지는 물줄기…… 그리고 커다랗고 따뜻한 열 개의 손가락…… 그는 조심스럽게 물에 젖는 머리카락을 몇 번인가 쓰다듬고 샴푸의 거품을 일으켰다. 누번째의 샴푸를 할 때 나는 눈을 감았다. 모든 것이 씻겨나가는 것 같았다. 상처와 슬픔과 불안과 몸안에 스민 부정한 섹스의 기억들까지도, 머리가 점점 가벼워졌다. 그가 손을 놓으면 깃털 씨앗처럼 날아오를 것같이…… 그가 나의 머리를 두 손으로 받쳐들고 물끄러미 내려다보왔다. 내 눈에서 눈물이 흘렀다.

"사랑해⋯⋯"

규가 말했다. 충분해, 이것으로 충분해⋯⋯ 나는 희미하게 웃었다.

*

늦은 아침을 먹고 자갈이 둥글게 닳은 해변을 걷다가 커피를 마시고 출발한 것은 정오였다. 나는 비장했고 건조했다. 옷이 스칠 때마다 상처들이 따갑고 쓰라려서 이따금 입술을 물고 얼굴을 찌푸렸다. 돌아오는 내내 규 역시 한마디 말도 없었다. 화가 나 있는 것 같기도 하고 잔뜩 긴장해 있는 것 같기도 했다. 그도 몸속에 숨은 상처라도 있는 사람처럼 이따금 입술을 물고 얼굴을 찌푸렸다.

나는 더이상 나 자신에게조차 아무것도 묻지 않기로 했다. 우리에게 일어난 일이 무엇인지 정리도 하지 않기로 했다. 규에게는 더욱이 묻지 않기로 했다. 감정이란 때로 이상한 것이다. 약속할 수도 없고 기대할 수도 없기 때문일까. 그동안 규에게 느꼈던 열정이란 그것으로 충분할 뿐 나의 생과는 아무런 상관도 없다는 것을 그날 밤을 지나고 아침이 되자 분명하게 알게 되었다. 그의 생과는 더욱이 무관해져야 한다는 것을.

그렇게 헤어지면 우리 사이에 일어난 한때의 얽힘은 이 세상 아무도 모를 것이었다. 먼 강변에 아무도 모르게 죽은 새 한 마리가 마르고 해지고 녹아 마침내 모래 속으로 스며들어버리듯이, 덧없이 영원 속으로 익사하는 것이다.

*

14번 국도였다. 휘어진 모퉁이를 돌자 내리막길이 직선으로 뻗어 있었고 차들은 한결같이 고속 질주를 하고 있었다. 그리고 이백 미터 앞 삼거리 교차로의 신호등이 녹색 신호에서 이제 막 노란 신호로 바뀌었다. 규는 노란 신호를 빠르게 통과하기로 했는지 액셀러레이터를 밟아 속력을 올렸다. 그것은 노란 신호등에 대한 규의 습관은 아니었다. 순간적으로 마음이 지그시 조였지만 나는 태연한 척했다. 앞서가는 차도 그대로 통과하려는 듯했다. 그러나 시속 백삼십 킬로미터쯤으로 달려가던 바로 앞의 흰색 승용차가 예비 신호도 없이 신호등 바로 앞에서 급브레이크를 밟으며 갑자기 멈추어 섰다. 규는 급브레이크를 밟았으나 차를 세우기가 불가능하다는 것을 느끼고 서 있는 흰색 승용차 바로 뒤에서 핸들을 섞어 이차선으로 들어갔다. 그리고 곧바로 이차선으로 달려온 트럭과의 충돌…… 피부가 터지는 듯한 끔찍한 충격 뒤에 차가 공중으로 떠오른 듯했다.

차는 핑그르르 돌며 맞은편 도로에 이제 막 선 봉고차와 택시를 덮쳤고 트럭은 이십 미터쯤 밀려나간 뒤 논바닥으로 튀어나가 뒤집어져버렸다.

나는 이상할 정도로 정신이 말짱했다. 차가 팽그르르 돌 때 규와 나는 마주보았었다. 그는 이미 핸들을 놓아버린 상태였다.

그건 비디오테이프가 천천히 감기듯 느리고 비현실적인 순간이었다. 그것을 몇 초의 순간이었다고 재는 것은 무의미한 짓이다. 시간의 바깥에서 일어난 일이었으니까. 생은 마치 영사막 위에 흘러간 빛처럼 창백하고 무가치하게 느껴졌다. 우리는 마주보았고 한순간 우리의 운명을 받아들이기로 수긍했고 서로에 대해 완벽하게 공감했고 일치했다. 충분했다. 충분하다는 생각이 들었다.

우리는 눈을 아주 천천히 깜박인 뒤 둘이 동시에 얼굴을 앞으로 돌렸다. 그리고 다시 한번 충돌…… 이것이 내 욕망이 선택한 죽음의 모습이었는가. 사랑이 그렇듯 삶도 죽음도 참을 수 없도록 남루하고 무상하기만 했다. 나는 두 눈을 커다랗게 뜬 채 보랏빛 회오리 속으로 빠져들어갔다. 마지막 순간엔 수의 웃는 얼굴이 보자기처럼 커다랗게 나를 덮었다.

구급차의 요란한 신호음에 눈을 떴을 때, 나는 다리가 끼이기는 했지만 다친 부분이 거의 없는 것을 알아챘다. 그러나 핸들에 얹힌 규의 머리는 피투성이였다. 우리는 잠시 뒤 나란히 구급차에 실려 병원으로 갔다. 규는 혼수상태인 채로 구급차 안에서 지혈 조치를 받았다.

신경안정제를 맞고 깜박 잠들었다가 눈을 떴을 때 놀랍게도 병원 응급실에는 이미 효경과 규의 가족들이 와 있었다. 효경은 내가 살아 있어서 실망스럽다는 듯한 표정으로 나가버렸다. 규의 아내와 아이들은 계속해서 내 얼굴을 노려보았다. 나는 조금 기다린 뒤에 마침 방이 빈 일 인실 입원실로 옮겨졌다.

일요일의 슬픔

 며칠이 지난 뒤에 간호사에게 물으니 규는 대학 병원으로 보내졌다고 말했다. 그는 왼쪽 다리에 골절상을 입었고 뇌 손상이 좀 우려된다고 말했다.

 그날은 일요일이었다. 나는 손등에 링거를 꽂은 채 햇빛이 드는 입원실 창가에서 바깥 풍경을 내려다보고 있었다. 도시는 직선과 직각, 부피 없는 단면과 기계화된 경사면 들의 단순한 질서와 충돌의 구조를 일말의 감상도 없이 반복하고 있었다. 나는 오래도록 그 밝은 면과 면 사이의 어둠과 반복적으로 겹쳐지는 경사면들의 퇴색한 침묵과 그것들이 가진 공허한 디테일들을 바라보았다.

 피자가게와 볼링장과 미장원과 신문과 무엇인지 알 수 없는 한 가지 광고를 계속해서 반복하는 높이 솟은 전자 광고판, 목재 더미가 쌓여 있는 황폐한 옥상 한가운데 펼쳐져 있는 살이 망가진 꽃무늬 우산 하나, 지붕 위에 검은색 그물을 덮은 옥상 위의 방 한 칸, 그 앞 빨랫줄에 널린 후줄근한 작업복들, 버림받은 베란다에 놓인 파란색 플라스틱 화분 하나, 화분 속의 붉은 베고니아 꽃, 텔레비전 안테나들, 노란색 물탱크들, 사다리들, 건물 틈으로 보이는 빨래처럼 작은 하늘들······

입원실 창문 아래 일식집은 휴점했고 행인이 뜸한 거리엔 간간이 풍선을 들거나 인형을 안은 서너 살배기 아이를 중심으로 한 일가족 단위의 나들이객들이 지나갔다. 시내버스가 느리게 지나간 뒤에 거리를 무단 횡단해 오는 나이든 여자가 보였다.

여자는 화가 많이 나 있는 것 같았고 잘게 다져져서 더이상 원래 형태를 알 수 없게 된 어떤 질료처럼 처참해 보였다. 그 여자는 엄마였다. 엄마는 한 손에 보자기로 싼 물건을 들고 있었다. 할 수만 있다면 병실을 빠져나가 도망이라도 가고 싶었다. 나는 그 대신 화들짝 일어나 링거병을 빼들고 화장실로 들어가 문을 걸어버렸다.

얼마 뒤에 엄마가 들어오는 기척이 들렸다. 엄마는 곧 화장실 문을 두드렸다. 그리고 문의 잠겨진 손잡이를 이리저리 돌리려고 했다.

"미흔아, 미흔아, 미흔아, 애야······"

엄마의 음성은 내가 어디에 끼기라도 한 듯 다급했고 울음소리까지 뒤섞였다. 나는 변기에 걸터앉은 채 혈액이 링거 선으로 퍼져나가는 것을 멍한 눈으로 보고 있었다. 길쭉하고 커다란 화장실은 바닥과 벽이 흰색의 정사각형 타일로 마감되어 있고 변기 곁 한쪽에 세면대와 샤워기가 있고 거울이 붙어 있었다.

엄마가 다시 나가는 기척이 들렸다. 잠시 뒤에 엄마는 간호사와 돌아왔다. 간호사가 화장실 문을 두드렸다. 나는 문 앞으로 다가가 대답을 했다. 간호사는 소임을 다했다는 듯 이내 떠났고 문을 사이에 두고 엄마와 나는 서 있었다.

"엄마, 다음에 봐요."

"……수는 시댁에 있니?"

"네."

"그 집에서는 이번 일을 모르니?"

"모르겠어요."

"너, 설마 다른 생각 하고 있는 건 아니지?"

"……"

"부부간에 이보다 더 큰 죄가 어디 있겠니? 김서방이 어떻게 나오든, 용서할 때까지 꼼짝 말고 집을 지키면서 견디겠다는 마음을 먹어야 한다. 밀어낼 때 떠밀려나가더라도 끝까지 죽은 척하고 버텨야 해. 이런 땐 그 방법밖에는 없어."

"……"

"왜 대답이 없니? 너 깨 쏟아버리듯 아까운 인생을 쏟아버릴 작정이냐? 대체 수는 어떻게 하려고?"

"엄마, 그만 돌아가요."

"니 언니 그렇게 되고 나, 더이상은 이런 일 겪어낼 기운 없다. 어떻게 이럴 수가 있니? 이건 더 심하다."

엄만 늘 그런 식이었다. 잘못을 나무라는 방식이 아니라 그 잘못으로 자신이 얼마나 고통스러운지를 호소하는 방식.

"엄마, 나 때문에 괴로워하지 마세요. 나 앞으로 어떻게 될지 몰라. 차라리 모르는 척하세요."

"이것아, 너도 한 아이의 어미면서 어떻게 그런 소리가 나오니? 누가 괴로워하고 싶어서 하니? 자식에게 살을 덜어준 어미란 건 그렇게 생겨먹은 것이고 그건 제아무리 독하고 못된 어미도 벗어날 수가 없어. 니가 무슨 짓을 하려고 이러는지 모르지만 자식 떼어놓고 하루라도 진짜 웃음을 웃게 되는 날이 있는 줄 아니?"

"……"

"음식을 좀 해왔다. 기운 차리게 먹어. 니 소식, 실은 닷새 전에 들었는데, 하도 미워서 자리 깔고 누웠다가 이제야 온 거다."

"……"

"그날 니 언니 제삿날, 집에 왔을 때 많이 이상했어…… 제정신이 아닌 것 같더라. 그래서 나가는 너를 붙들고 싶었는데. 내가 에미로서 자신이 있었다면 왜 못 붙들었겠니? 다음날, 신발까지 바꾸어 신고 들어온 걸 보았을 때……"

"……"

"미흔아, 니가 혹 나를 안 보고 살려고 해도 나는 안 그렇다. 나는 어떤 경우라도 너를 볼 거다. 그거 알지?"

엄마는 시종일관 낮게 울부짖는 듯했다.

"······"

나는 묵묵히 서 있기만 했다.

"모녀 사이가 이리 편치 않은 걸 보면 내가 죄가 많은 거겠지. 그래 내가 죄가 많아. 그런 이야기는 다음에 하고, 니가 나를 못 보겠다면 오늘은 그냥 가마······"

엄마가 나가는 기척이 들리더니 다시 문 앞으로 다가왔다.

"니가 나를 원망하는 거 알아. ······그땐 할머니가 미웠다. 할머닌 내가 자기의 손자를 낳을 때까지 십 년 동안 고의적으로 나를 괴롭혔어. 그 기간은 배불러 시집온 내가 너의 언니와 너를 연이어 낳고 셋째도 딸을 낳은 어려운 때였고 아버지도 없이 할머니와 너희들하고만 산 때였어. 그때 할머닌 정말 잔인했지. 언니와 너를 유독 차갑게 대했던 것도 나 자신과 할머니에 대한 원망 때문이었어. 그땐 너희들을 사랑할 수가 없었다. 내가 아들을 낳은 해에 아버지가 발령을 받아 집으로 돌아왔고 그때부터 할머니가 차차 화를 푸셨지만 이번엔 내가 할머니를 견디지 못하게 되었어. 할머니만 못 견딘 게 아니라 너희들에게도 이유 없이 복받치듯 역정과 분노가 치밀곤 했어. 내가 어리석었다. 아직 젊었던 때라 못났었고, 그리고 나로선 충격과도 같은 많은 감정들이 쌓여 있었기 때문에······ 감정의 기억이란 무서운 거다. 이겨내고 싶었지만 할머니가 살아 있는 동안은 극복하질 못했어. 나도 내가 어떻게 그랬나 싶구나. 너희들에게 쌀쌀했던 건 그렇다 치고 할머니 돌아가실 때까지 눈 한번 마주치지 않았으니⋯⋯"

엄마가 코를 푸는 소리가 들렸다. 나는 힘이 들어 변기 위에 걸터앉아버렸다. 잠시 후 문 열리고 닫히는 소리가 들렸다. 엘리베이터가 신호음을 울리며 서는 소리, 엄마가 엘리베이터에 들어서는 기척, 일층에 내려선 엄마가 회전식 병원 유리문으로 나가는 소리, 다시 거리에 우두커니 서 있다가 갑자기 무단 횡단을 하는 소리, 버스정류장에 서 있는 소리, 버스를 타고 떠나는 소리⋯⋯ 그런 소리들이 어깨 위에 바늘이 떨어지는 것처럼 다 들렸다.

내가 열두 살 때 엄마 나이 서른세 살이었다는 생각이 문득 들었다. 지금의 내 나이였다. 엄마 말대로 너무 젊은 나이였다. 엄마의 운명은 시작부터 잘못되었다. 사제지간이었던 관계는 접고라도 아버지와 열 살도 넘게 나이 차이가 난데다 뱃속에 아이부터 가진 행실 나쁜 처녀의 결혼이었으니⋯⋯ 하지만 아무리 좋은 결혼도 어쩔 수 없는 혼란과 모순과 야만의 부분을 갖는 것이 결혼 아닐까. 어떤 결혼도 그 자체 속에 피할 수 없는 함정을 지니는 것이 아닐까. 그리고 그런 결혼 속에서 모든 아이들은 숙명적으로 울면서 자라나는 것이 아닐까⋯⋯

간호사가 다시 노크를 했다. 주사 맞을 시간이었다. 간호사가 다녀가자 보잘것없는 식사가 들어왔다. 네온사인이 켜지기 시작하는 창밖을 내다보았다. 어디에도 엄마는 없었다. 엄마가 싸온 보자기를 풀었다. 자개가 박힌 붉은 칠기 찬합이 나왔다. 구절판 이었다. 표고버섯, 석이버섯, 소고기, 미나리, 당근, 호박, 계란 흰 자⋯⋯ 곱게 채썬데다 색색의 빛깔이 맑고 밝았으며 밀전병도 얇 팍하게 부쳐졌다. 내가 가장 먹기 좋아하고 또 만들기 좋아하는 음 식이었다. 니는 엄마가 했을 날렵한 칼질의 횟수를 하나하나 세어 보다가 얼른 찬합 뚜껑을 닫아버렸다.

이제 수에게 한동안 이런 음식을 해줄 수 없을 것이었다. 수가 가장 좋아하는 카스텔라와 피자도 구워줄 수 없을 것이다. 옥수 수 샐러드도, 참치 동그랑땡도, 버터와 치즈를 잔뜩 넣은 그라탱 도⋯⋯ 수는 한동안 할머니가 해주는 좀 따분한 옛날 음식을 먹고 자라겠지. 나물류와 찜이나 탕 종류와 생선구이 같은 것. 그리고 그런 음식들을 먹고 자라는 동안 차차 젊은 엄마의 얼굴을 잊어가 겠지⋯⋯ 나는 병실이 캄캄해지도록 그대로 앉아 있었다. 수를 나 에게 데리고 올 방법들을 미친듯이 궁리하면서.

허공에서 부리를 물고

병원에서 돌아와 일주일쯤이 지난 어느 날 차를 가지러 택시를 타고 휴게소로 갔다.

아주 맑은 날이었다. 초겨울의 휴게소는 유난히 고적했다. 안으로 들어가니 캐시밀론 외투를 입은 할아버지 한 사람만 있을 뿐이었다.

나는 커피를 뽑아들고 바깥에 놓인 플라스틱 의자에 멍하니 앉아 있었다. 바람 한 점 없는 따뜻한 겨울 한낮이었다. 주스 병을 산처럼 높이 쌓아올려 실은 팔 톤 트럭이 고갯마루 국도를 위태롭게 지나간 뒤 휴게소 집에서 할아버지가 나와 바깥 수돗가에서 물을 받고, 커피 자동판매기를 활짝 열어 커피와 물과 종이잔을 보충했다. 전에 없었던 검은 개 두 마리가 잔디 위를 어슬렁거렸다. 그리고 한 여자가 왔다.

여자는 흰색 소형차를 타고 왔는데 속엔 짧은 스커트를 입은 검은 코트 차림이었다. 여자는 차를 휴게소 집 벽의 그늘에 붙여 세우고 잠시 그대로 앉아 있더니 갑자기 차에서 내려 종이 커피를 한 잔 뽑았다. 종이 커피를 기다리는 동안 여자는 하늘색 격자 창문으로 이루어진 공중전화 부스를 둘러보았다.

그 눈은 교묘하고 무표정했으며 무언가 비밀스러운 일에 몰두한 사람이 그렇듯이, 의연했다. 너희 같은 부류가 가본 적 없는 세계를 나는 안다는, 금지를 넘어선 사람들이 얻게 되는 설명할 수 없는 비밀스러운 긍지와 쾌락을 품은 표정. 나는 그 얼굴을 너무나 잘 알고 있었다. 그 시절 그런 표정들을 나의 거울 속에서 얼마나 자주 보았던가. 그 여자는 바로 나였고 규가 만났던 여자였고 아직도 게임을 하는 여자였다.

나는 어리둥절한 심정으로 닳은 백동전같이 희미한 겨울 태양을 쏘아보았다. 오래 보고 있으니 흡사 일식이 일어나는 것같이 꼭 그만한 크기의 검고 동그란 그늘이 태양을 덮었다. 어둡고 아픈 눈 속으로 여름의 풍경들이 지나갔다. 휴게소 울타리에 심어진 꽃 핀 무궁화나무들과 백일홍나무들, 등나무의 깊은 그늘…… 그리고 숲 그늘에서 가끔 흔들리는 금빛 나리꽃들과 봉숭아꽃을 뭉텅뭉텅 모아놓은 것 같은 협죽도꽃, 커다란 장딴지를 가진 가난한 여자 은연, 붉은 뺨과 땀이 솟던 콧등과 단단한 어깨……

휴게소 입구로 검은색 승용차가 들어왔다. 차가 나타나자 여자는 재빨리 백미러를 당겨 거울 속의 얼굴을 짧게 살핀 다음 옆자리에 놓인 가방을 채듯이 쥐고 차에서 나왔다. 여자는 길을 건너 승용차가 미처 서기도 전에 운전석 옆문을 열고 차에 올랐다. 남자와 여자가 짧은 순간 마주보았다. 그 순간 나의 숨이 멎는 것만 같았다.

그 마주봄에는 흡사 허공에서 만난 새가 서로의 부리를 베어무는 듯한 피비린내가 느껴졌다. 그들의 차는 우회전 신호를 보내며 잠시 서 있다가 이내 국도로 들어갔다. 차체가 가볍게 흔들렸다. 차 속의 흥분이 나에게 전해왔다. 서로의 체취를 뒤섞는 숨소리, 격렬하게 마주 쥐는 손가락들, 손바닥에 솟는 땀, 굳은 얼굴의 어느 틈에서 거품처럼 빠져나오는 미소, 기대로 입술이 떨리는 옆얼굴…… 그 순간에 둘 중 누군가가 말할 것이었다.

—보고 싶었어요. 시시각각이 괴로울 정도로. 당신은 내가 보고 싶지 않았나요?

나는 두 손으로 얼굴을 가리고 무릎을 꽉 모은 채 울기 시작했다.

—괜찮아요?

—괜찮아요?

우는 동안 하나의 문장이 내 뇸속에서 울렸다. 그것은 그기 내 가슴에 심은 첫 문장이었다.

—괜찮아요?

새로운 추문

어디선가 짐승의 기괴한 비명소리가 들려왔다. 산에 표범이 산다고도 하고 가끔 멧돼지를 잡는 마을 사람도 있었고 노루가 커다란 바위틈에 목이 끼여 밤새 비명을 내지른 적도 있었지만 한낮에 그토록 소름끼치는 비명소리를 듣기는 처음이었다. 비명소리가 점점 커지며 산을 뒤흔드는데도 나는 거실 바닥에 등을 대고 가만히 누워 있었다.

생각해보면 아무런 희망 없이도 나의 몸속에 피가 순환하고 있었던 건 수의 존재 때문이었다. 말랑말랑하고 따뜻한 몸, 손가락과 발가락의 촉감…… 맑고 연약한 표정, 활짝 벌리고 끌어안던 작은 두 팔, 조잘조잘거린 이야기들의 기억이 불어서 날린 비눗방울들처럼 거실 안을 둥둥 떠다니다가 꺼지고 다시 화르르 날려왔다가 사라져갔다.

"엄마, 아랫집 형님들이 자꾸만 내가 가진 장난감을 달라고 해. 총 안 주면 너하고 안 논다. 레고 안 주면 너하고 안 논다. 후레시맨 안 주면 너하고 안 논다. 비디오테이프 안 주면 너하고 안 논다. 엄마, 그럴 땐 어떻게 해야 되는 거야?"

"글쎄…… 수는 형님들과 놀고 싶지?"

"응, 그런데 장난감 안 주면 안 놀아준다고 해. 장난감 주면 내 마음이 아프고."

"마음이 아파?"

"응, 내 걸 형들에게 주려고 하면 마음이 아파."

"그렇지만 형님들하고 놀지 못하면, 여긴 다른 친구가 하나도 없으니 장난감만 가지고 수 혼자 놀아야 하잖아. 그거 좋아?"

"싫어. 그러니까 엄마가 도와줄 수 없어?"

"엄마가 도와줄 수 없는 문젠걸. 마음이 아프더라도 장난감을 형님들 주고 함께 놀아야겠다. 줄 때마다 마음이 아프더라도 아픈 마음을 이기고 주면 나중엔 마음이 안 아플 거야."

고독한 눈으로 기운 없이 고개를 끄덕이던 수…… 혈액형을 처음 알았을 때 갑자기 눈을 동그랗게 뜨고 활짝 웃었었다.

"엄마도 AB형, 나도 AB형. 엄마하고 똑같은 게 있어서 너무 좋아. 엄마는 여자 나는 남자, 엄마는 이씨 나는 김씨, 엄마는 어른 나는 아이, 같은 게 아무것도 없어서 속상했거든."

키우던 어린 고양이가 책상 서랍 속에 잘못 들어가 굶어 죽어버렸을 때 수는 죽는다는 것을 처음 경험했었다. 수는 몇 개월 동안 잠이 들 때마다 눈에 눈물이 고였었다. 고양이 때문이 아니라, 죽음 자체에 대한 충격 때문이었다. 아빠도 죽고 엄마도 죽고 자신도 죽어야 한다는 사실. 수는 태어나서 세상을 알아채자마자 삶이라는 메커니즘이 영구적이지 않고 그렇게 짧다는 것 때문에 어리둥절했고 못마땅해했다. 한동안 개는 얼마 동안 살 수 있느냐, 새는 얼마 동안 살 수 있느냐, 코끼리는 얼마 동안 살 수 있느냐, 고래는, 악어는 얼마 동안 살 수 있느냐고 물었었다. 그리고 어느 날 눈물이 가득 고이는 불안과 원망에 찬 눈으로 엄마는? 이라고 물었었다. 네가 자라서 어른이 될 것이고 그땐 엄마가 죽어도 괜찮은 때가 온다고 아무리 위로해도 소용이 없었다. 죽음만이 자신과 엄마가 헤어질 유일한 이유라고 알고 있었던 아이…… 숨이 끊어질 것처럼 수가 그리웠다.

산속의 짐승이 거의 세 시간 동안이나 계속해서 울부짖는데도 나는 수가 그린 엄마의 얼굴 그림과 얼마 전에 문방구에서 샀던 악기 세트를 안고 죽은듯이 바닥에 누워 있었다. 수가 트라이앵글을 천천히 두드리던 모습이 천장을 가득 채우도록 부풀어올랐다. 눈물이 넘쳐 귀 속으로 목으로 어깨로 흘러내렸다.

해질녘에 누군가 현관문을 탕탕 두드렸다. 허리가 꺾어진 듯이 굽은 인실댁 할머니였다. 인실댁 할머니는 나를 노려보며 낮에 염소 울음소리를 못 들었느냐고 물었다. 마당에는 애선과 마을 남자 몇이 서 있었다. 내가 아무 말도 하지 않자 인실댁 할머니는 신을 신고 따라나오라고 명령했다.

털실 목도리로 귀를 싸맨 인실댁 할머니와 애선과 마을 남자들을 따라가니 규의 집과 우리집 사이에 검은 물체 두 개가 쓰러져 있는 것이 보였다. 염소였다. 가까이 가보니 두 마리 염소들은 자신을 묶은 밧줄로 서로의 다리와 배와 목과 주둥이를 친친 묶고는 거품을 물고 네 개의 눈을 하얗게 뒤집은 채 빳빳하게 죽어 있었다.

길 이편 숲과 저편 숲에 따로 묶어둔 염소였는데 줄이 조금 길었는지 그만 서로 감기 시작한 것 같았다. 그들은 벗어나려고 빙빙 돌다가 더욱더 친친 묶었을 것이다. 마치 누군가 염소 죽이기 사주라도 받고 교활하게 빈틈없이 얽어맨 듯 보이는 완벽하고 철저한 죽음.

주둥이에 밧줄을 자갈처럼 물고 목에는 겹겹이 밧줄을 감아 눈을 허옇게 뒤집으며, 입에서 비누 같은 거품을 토하며 사력을 다해 한없이 오래오래 당긴 것 같았다. 서로 완전히 숨이 끊어질 때까지…… 그러느라 산이 울리도록 나무뿌리가 흔들리도록 기괴하고 소름끼치는 비명소리를 내질렀던 것이다.

"흉측해라. 이렇게 죽을 지경이었으면 울음소리가 차마 듣고 있을 수 없을 지경이었을 텐데……"

마을에서 올라온 여자들이 중얼거렸다. 애선은 외출을 나갔다가 지금 막 들어온 모양이었다. 애선 역시 마을 사람처럼 심문이라도 하는 눈으로 나를 힐끔힐끔 쳐다보았다. 규와 교통사고가 난 날 이후로 마을은 또 한차례 부정한 소문에 휩싸여 있는 것 같았다. 애선은 사고가 난 날 후로 처음 마주쳤는데 입을 비죽거리며 노골적으로 심술궂게 굴었다. 나와 규에 대한 소문을 가장 열렬하게 떠들고 다닐 사람도 실은 애선이었다.

"아니 그래, 정말 무슨 소리를 못 들었소?"

허리가 접은 듯 꺾어진 인실댁 할머니가 마치 내가 염소들을 목 졸라 죽이기라도 한 것처럼 눈을 부라리며 윽박질렀다. 마을 사람들이 일제히 부정한 소문의 주인공인 나를 노려보았다. 내 눈에 갑자기 눈물이 어렸다. 그리고 처음 마을에 왔던 날 염소를 끌고 언덕을 내려가던 노파와 마주쳤던 기억이 어제 일인 양 한달음에 다가와 휘장처럼 눈앞을 막아섰다. 이상한 예감이 너울처럼 펄럭이며 눈앞을 지나갔었지. 가위로 싹뚝 잘려버리듯 세월이 한꺼번에 흘러가 효경과 내가 순식간에 늙어버리고 말 것 같았던 불길한 느낌. 서럽고 무섭고 기이한 동화와도 같이……

침묵 끝에 나는 대답했다.

"들었어요."

"그런데?"

"하지만 나와보지는 않았어요."

"모질기도 하지."

"정말 소문대로 독한 여자네……"

마을 여자가 중얼거리자 마을 남자 하나가 모두 들으라는 듯 커다랗게 소리쳤다. 나는 태연하게 몸을 돌렸다.

"우체국장 남자는 절름발이가 됐다며?"

"아니, 바보가 됐다던데."

"아니야. 멀쩡하게 퇴원해서 집에서 쉬고 있다던데."

마을 사람들은 한 오 년 동안 이 이야기를 하며 살 것이다. 콩밭을 매거나 논에서 풀을 뽑아내면서 그 이야기를 하고, 버섯을 따거나 산에 염소를 묶으러 갈 때나 밭에서 풋고추를 된장에 찍어 점심밥을 먹으면서도 그 이야기를 할 것이고 장날 버스정류장에서도 그 이야기를 할 것이다. 예식장에 가서도 그 이야기를 하고 화원이니 목재소에서 일을 마치고 돌아올 때도, 포도밭에 약을 칠 때도, 면사무소에서 서류를 뗄 때도 그 이야기를 할 것이다. 옻이 벌겋게 올라 보건소에서 주사를 맞을 때도 그 이야기를 할 것이고 농협에 돈을 빌리러 가서도, 파출소에서도, 학교의 어머니 회의에서도, 버스를 놓쳐 계곡길을 걸어들어올 때도, 낯선 사람에게 길을 가르쳐 줄 때도, 언덕 위에 저 집 말이에요? 몇 년 전에 윗집 남자와 아랫집 여자가 통정을 하여 두 가정이 다 끝장을 봤지…… 하며 또 그 이야기를 할 것이다.

마을 사람들의 시선에 등을 떠밀리듯 언덕을 내려오는데 내 몸 속에서 규가 혼자 불렀던 쓸쓸하고 고통스러운 노랫소리가 들렸다.

……그대 떠나버린 빈집에 혼자 갔네
아픈 마음으로 다리를 끌며 갔네
그대는 없고
그대 손을 탄 고양이 한 마리 굶주려 맴도네
우리 처음 만난 날은 나뭇잎 푸르던 여름
지금은 바람 불어도 흔들릴 것 없는 겨울
지나가지 않을 겨울
그대는 영영 소식 없고
그대 가슴에 못박힌 말들 때문에 내가 병드네
약속도 맺지 못하고 헤어져 이렇게 그리는 것은
아, 그대의 죄인가 나의 죄인가.

효경은 여전히 집에 들어오지 않았다. 그는 서점 문을 닫고 난 뒤에 차디차고 캄캄한 밤바다에서 낚시를 하고 새벽에 서점으로 돌아가 아무 구석에서나 잠을 자는 것 같았다.

그날 밤, 해변의 방파제에서 본 푸른 눈의 염소들과 줄에 친친 감겨 눈을 허옇게 뒤집고 죽어버린 염소들과 효경과 수의 모습이 뒤섞인 복잡한 꿈을 꾸었다. 잠에서 깨어난 새벽에 라면을 하나 끓여 뜨거운 국물을 마셨다.

그리고 주섬주섬 가방을 꾸렸다. 우리는 이미 너무 많이 감아버렸다. 노력하면 할수록 서로의 목을 더욱 조르게 될 것이었다.

*

그날은 집 앞 테라스에 앉아 부동산 업자와 집을 사려는 남자를 기다리고 있었다. 효경이 집을 내놓은 모양이었다. 그들은 며칠 전부터 계속 전화를 걸어왔다. 효경과 연락이 닿지 않는다는 것이었다. 그는 서점에도 나오지 않는다고 했다. 그들은 우선 안주인하고라도 계약을 해두기를 원했다. 흰색 승용차가 한 대 올라오기에 그들인가 했는데 뜻밖에도 공기총을 든 남자 셋이 집 앞에서 내리더니 까치들을 쏘아댔다. 무거운 과일이 떨어지듯 묵정밭 여기저기에 까치들이 떨어졌다. 처음엔 무슨 소동인지 모른 채 보고만 있던 나는 메모지와 펜을 챙겨들고 대문 밖으로 쫓아나갔다. 그리고 남자들을 향해 맹렬하게 욕을 해대며 고발하겠다고 차량 번호를 적었다. 머리카락은 헝클어지고 두꺼운 옷을 아무렇게나 둘둘 말아 입은 여자가 소리를 질러대자 남자들은 떨어진 새들을 미처 다 줍지도 못하고 우루루 차를 타고 언덕을 굴러내려갔다.

새들이 여기저기 죽어 있었다. 죽은 새들은 야생 고양이들의 이빨에 뜯어지고 천천히 분해될 것이다. 개미의 먹이가 되고, 벌레들의 먹이가 되고 비와 바람과 흙에 의해 녹는다. 그리고 바람이 부는 계절이 되면 얼마 동안 검은 깃털만 공중에 날아오르는 것이다.

공기총을 가진 남자들이 떠난 뒤에 곧 부동산 업자와 집을 사려는 남자가 왔다. 남자는 내가 모르는 사이에 집을 본 적이 있는 것 같았다. 효경은 집을 너무 싼값에 내놓은 것 같았다. 그들이 하자는 대로 계약서를 쓰고 도장을 찍었다. 의외로 계약금이 컸다.

남자들이 가버린 후 나는 세수를 하고 옷을 갈아입고 가방을 들고 나갔다. 차는 흙바람 때문에 건조한 먼지를 두껍게 뒤집어쓴데다 비까지 맞아 앞이 안 보일 정도였다. 와이퍼를 작동시켜 운전석만 대강 닦아내고 출발을 했다. 차가 크악 하며 펄쩍 튀어올랐다가 언덕을 굴러내려가기 시작했다.

네겐 돌아갈 집이 없어

집을 떠난 후 효경이 나를 찾아온 적이 있었다. 사 개월쯤 지나 자리를 잡고 주소를 옮긴 직후였다. 그는 나를 찾아 헤맸던 것인지 주소를 정리하자마자 곧장 들이닥쳤다.

그때는 서점에서 일하고 있었다. 백화점 세일 코너에서 아르바이트를 오 주 동안 하고 카페의 웨이트리스 일을 한 달 동안 한 뒤 세번째로 얻은 일자리였다. 밤 열시에 일을 마치면 발에서부터 허벅지끼기 부어오르고 엉덩이까지 뻣뻣해지는 느낌이었다. 나는 늘 다리를 끌며 버스를 타고 돌아왔고 열한 평 원룸 바로 아래 분식집에서 김밥을 사고 그 곁 비디오가게에서 테이프를 빌렸다. 낮 동안 밀폐되어 있었던 방안에선 늘 분식집에서 올라온 훈훈하고 들쩍지근한 음식 냄새가 났다. 나는 창문을 활짝 열고 샤워를 한 뒤 침대에 뻗은 채 김밥을 먹으며 영화를 보았다. 영화를 다 보고

도 잠이 오지 않으면 약사가 권한 양보다 두 배의 수면제를 삼켜버리고 이불을 뒤집어썼다.

생각을 하면 피가 흐를 것만 같은 삶. 나는 하루 일해 하루 먹는 날품팔이 노동자답게 김밥이나 닭튀김 같은 값싼 음식을 먹었고 다리에 감각이 없어지도록 일했고 방전된 시계처럼 의식을 정지시켜버렸다. 숨을 틀어막아 지혈하듯 내가 나를 피해다닌 삶. 그런데도 꿈을 피할 수는 없었다. 비슷한 꿈들이 연속적으로 꾸어졌다. 수가 매운 것이 묻은 두 손으로 두 눈을 마구 비비며 우는 꿈을 가장 자주 꾸었다. 꿈속에서 나는 그 작은 손을 붙들 수도 손을 씻어줄 수도 눈물을 닦아줄 수도 다가갈 수도 없었다. 나는 아주 먼 곳에서 영상을 보듯 존재할 뿐이었다. 그런 꿈속에서 나는 늘 오열을 터뜨렸다.

눈물은 꼭 다른 눈물을 불렀다. 꿈에서 깬 새벽이면 온몸에 슬픔이 얼음처럼 박혀 울음도 터지지 않는 눈물이 흐르곤 했다. 피가 거꾸로 서는 듯이 고통스러워 차라리 울고 싶어도 몸속에서 녹슨 빗장이 흔들리는 듯 끽, 끼긱 끽 하는 소리만 났다. 낮 동안은 그토록 주의깊게 피해 다녔건만 꿈속에선 늘 지뢰를 밟는 것이었다.

하늘에 고래처럼 커다란 구름이 지나가던 그 여름의 한낮과 한밤…… 낮에는 규를 받아들이고 밤에는 효경을 받아들였던 스스로도 이해할 수 없는 파괴의 궤적…… 살 속에서 불꽃이 튀어오르던 관능과 격정과 회한의 편린들이 한차례 몸을 훑고 지나간 뒤에 나는 중얼거렸다. '그건 내 나이 서른세 살 여름의 일이었어. 그때 난 서른세 살이었지…… 그때도 지금처럼 가난했어. 그때도 난 혼자였고……'

밤 한시였고 한여름처럼 굵은 빗줄기가 내리고 있었다. 영화 속에서 바의 형편없는 여가수 마약중독자 새디가 노래하고 있었다. 제니퍼 제이슨 리의 황폐한 연기. 노래가 아니라 밤의 해안에 밀려올라온 주둥이 깨어진 푸른 유리병에서 새어나오는 듯한 소리. 늦가을 비가 내리는 새벽 숲의 차가운 습기 같은 소리. 누군가 공터에서 잃어버린 녹슨 목걸이처럼 끊어지고 이어지고 또 끊어지는 소리. 울기에 지친 두 개의 눈동자나 들판 저수지 가에 버려진 조그만 장화 한 짝, 낮은음 건반들이 숭숭 빠져나가버린 어두운 창고 속의 피아노, 혹은 한밤중 전화기를 통해 들려오는 억눌린 울음소리 같은 것을 연상하게 하는……

우린 너무 지쳐버렸네
여기 이 소년이 당신일지도 몰라, 아마도
당신이 눈으로 했던
그 약속을 그도 맹세하네
당신의 눈은 슬픔으로
충혈되고

올 모스트 블루

허무한 시간 속에 물들어가며
아련한 기억 속에 나는
바보가 되어가네
올 모스트 블루
모든 것이 애매하기만 하네

그건 바로 나였어, 언제나
언제나
당신이 눈으로 했던
약속을 그도 맹세하네
당신의 눈은 슬픔으로 충혈되고
아마도 당신, 아마도 나……

올 모스트 블루

늘 그랬듯이 밤 한시가 되자 밤이 되면 술을 파는 아래층 분식
집에서 싸우는 소리가 들렸다. 다른 테이블에 앉은 손님들이 서로
시비를 걸거나 한 패거리끼리 싸우거나 손님과 주인이 싸우거나

심지어는 주인 부부끼리 대판 싸우기도 했다. 싸움 소리가 한참 고조되는데 현관 벨소리가 울렸다. 옆방에 사는 카페 마담일 것이라고 생각하며 문을 열었다.

나이가 비슷해 쉽게 알고 지내게 된 그녀는 이따금 퇴근길에 맥주를 사들고 내 방에 들러 사내들의 욕을 늘어놓았다. 그녀에 따르면 어찌해도, 분명히 그녀가 버렸다 해도, 헤어지고 보면 계산적으로 여자가 버림받은 셈이었다. 그녀는 나의 이야기를 대략 듣고는 가출했구나 했었다. 가족의 동의 없이 집을 나온 건 가출이라고.

문을 열자 효경이 서 있었다. 너무 야위어서 가위로 오려서 세워놓은 듯 헐거워 보였다. 차를 몰고 몇 날 며칠 내처 달려온 모양이었다. 지쳐 보였고 적개심에 가득찬 듯 보였고 옷에는 여기저기 비 얼룩이 져 축축하게 젖어 있었다. 그는 나를 밀고 방안으로 들어섰다. 그에게서 언뜻 부랑자의 냄새가 났다.

그는 방 한구석 싱크대에 놓인 두어 개의 냄비와 새 팬과 선반 위의 접시들과 밥공기, 벽에 걸린 가위와 국자 따위를 재빠르게 훑어보았다. 그리고 침대와 텔레비전과 비디오, 작은 테이블과 나무 의자와 화분 두 개를 차례로 노려보았다. 그리고 베란다에 널린 팬티스타킹과 브래지어에 눈길이 머물렀다. 밤 세수를 한 뒤 씻어서 넌 스타킹과 브래지어에서 아직도 물방울이 뚝뚝 떨어지고 있었다. 그것은 이상할 정도로 평화롭고 태연해 보였다.

그는 그 평화와 태연함을 응징이라도 하듯 화분 두 개를 양손으로 들어올려 맞은편 벽을 향해 내던졌다. 화분이 깨어져 방바닥에 흩어지고 젖은 흙이 방바닥과 이불 위에 쏟아졌다. 하나의 화분 속에 그렇게도 많은 흙이 담겨 있었을까…… 방은 이내 발 디딜 틈이 없어졌다. 그는 조용한 동작으로 비디오와 텔레비전의 전원을 끄고 나의 팔을 잡아끌었다.

니는 팔을 휘저어 걸리는 대로 몸을 가릴 니트 카디건을 하나 들고 테이블 위에 놓인 열쇠를 챙겼다.

*

비는 밤새도록 계속 내려 해 뜨기 직전에야 그쳤다. 효경은 쉬지 않고 운전을 해 이른 아침에 설악산을 넘었다. 고개 중턱에서 이동하는 군부대와 마주쳤다. 군인들은 얼굴을 검게 칠하고 등에는 총까지 멘 완전무장한 모습이었다. 그들은 긴긴 외줄로 서서 느린 걸음으로 행군하여왔다. 나는 밤새운 눈으로 군인들의 얼굴을 하나하나 뚫어지게 보았다. 군인들이 너무 어렸다. 나는 나의 얼굴을 만져보았다. 물렁하고 얇은 피부가 만져졌다. 너무 많은 시간들이 흘러가버렸는데 까마득히 모르고 산 느낌이었다.

숲은 온통 초록 물감을 뭉개놓은 듯 푸르렀다. 온천 마을을 지나 민박집과 가든과 농원이 어쩌다가 띄엄띄엄 있을 뿐인 호젓한 포장길이 이어졌다. 길가 하천에는 한약같이 쓰디쓰게 보이는 검은 물이 가파르게 흘렀고 수증기가 피어오르는 숲의 아침공기는 흐릿한 푸른빛이었다.

아침햇빛이 비치자 산등성이들은 긴 털을 가진 초록의 양떼가 달려오르는 듯 부숭부숭한 생동감에 넘쳤다. 산을 벗어나 얼마간을 더 달려가다가 효경은 급브레이크를 밟았다. 나는 감고 있던 눈을 떴다. 효경은 후진을 하더니 마을로 들어가는 길로 진입했다. 여기저기 감나무가 서 있고 집들 사이로 좁다란 비포장길들이 나 있는 평범한 시골 마을이 눈에 들어왔다. 마을 한가운데로 들어가니 탱자나무 울타리가 둘러쳐진 깨밭에서 깻잎을 따는 노파가 있었다. 잎사귀를 짓찧은 듯 짙은 깻잎 냄새가 났다.

"할머니, 마을 앞에 있는 표지판을 보고 들어왔는데요. 고인돌은 어느 쪽으로 가야 합니까?"

효경이 메마른 목소리로 묻자 노파는 관광객에게 이력이 났다는 듯 손가락을 들어올려 집들 사이로 난 좁다란 길을 가리켰다. 마을을 지나자 숲길로 들어섰다. 그리고 곧 좁다랗고 군데군데 깊이 파인 축축한 흙길이 나타났다. 효경은 한쪽으로 차를 세우고 내려서 산길을 걸어갔다.

나는 슬리퍼를 끌고 주춤주춤 그 뒤를 따랐다. 이 길이 맞을까 하는 의아심이 들 쯤이면 어김없이 고인돌이라는 표지판이 나타났다. 나는 옷차림이 신경쓰여 카디건을 여몄다. 맨발에 슬리퍼를 끌고 카디건 속에는 잠잘 때나 입는 속이 비치는 낡은 원피스를 입은 허술한 차림이었다. 바로 앞에서 산비둘기가 청승스럽게 울었다.

숲을 벗어나자 갑자기 길이 끊기고 강처럼 넓은 하천이 나왔다. 물위에 햇빛이 부딪쳐 은색의 금속물이 흘러가는 듯 눈부시었다. 효경은 망설임 없이 하천으로 내려섰다. 물이 얕았다. 우리는 물에 잠긴 자갈돌을 밟으며 걸었다. 몸이 종잇장처럼 얇아지는 것 같았다. 하천을 건너자 다시 논이 나타났고 고인돌 표지판이 또 세워져 있었다.

논길로 접어들자 이제 막 모심기를 끝낸 농부들이 논에서 나와 경운기를 타고 떠나려 하고 있었다. 효경과 나는 길 가장자리 낮은 언덕 쪽으로 바싹 붙어섰다. 언덕에는 키 작은 아카시아나무들과 해당화꽃 무덤이 여기저기 있었다. 나는 경운기를 지나가게 하느라 몸을 피하다 해당화 가시에 다리를 찔렸다. 다리를 찔린 채 가만히 있으려니 해당화꽃 속에서 몹시 낯익은 냄새가 났다. 따뜻하고 달고 싱그럽고 풋풋한 냄새였다. 가슴이 단단하게 뭉치면서 목구멍이 조이는 듯 아파왔다. 수의 머리에서 나던 냄새였다. 수의 배에서 나던 냄새, 수의 살냄새, 수의 입냄새였다. 두 눈에서 눈물이 왈칵 쏟아졌다.

논둑길을 지나니 다시 산길이었다. 산길을 올라서니 바로 고인돌 무덤이 나왔다. 철제 울타리가 쳐져 있고 낮게 돌이 괴여 있을 뿐 몹시 허술했다. 주위엔 누가 내던진 듯 바위들이 많이 뒹굴고 있었다. 어쩌면 허물어졌을 뿐 그 뒹구는 돌들도 모두 고인돌 무덤

인지도 모를 일이었다.

효경은 고인돌 무덤 앞에 뻣뻣하게 서서 골똘하게 쳐다보고 있었다. 그가 시선을 둔 곳은 고인돌 아래, 사람 하나쯤 누울 만한 빈 공간이었다. 문득 무서운 생각이 들었다. 그가 왜 이곳까지 왔는지 알 것 같았다. 고인돌 무덤 맞은편은 계단식 논이었는데 위에서 아래 끝까지 사람 그림자 하나 보이지 않았다. 사람을 돌로 쳐 죽여도 쥐도 새도 모를 적막한 곳이었다.

나는 긴장을 견디지 못하고 그만 땅바닥에 가만히 앉아버렸다. 효경이 돌로 내려치면 난 비명도 지르지 않고 죽을 생각이었다. 효경은 부시럭거리더니 담배를 뽑아 물었다. 그리고 한참 뒤에야 불을 붙였다.

*

바다가 내려다보이는 홍련암의 좁은 마당은 온통 연등으로 하늘을 가리고 있었다. 우리는 머리를 숙이고 연등 아래로 들어갔다. 바람이 거세어 연등들이 넘실넘실 물결쳤다. 나이든 보살늘이 좁고 간소한 테이블에 앉아 연등 접수를 받고 있었다. 그날은 마침 부처님오신날이었다. 사람들은 연신 연등을 신청하고 머리 위 천장엔 빈자리가 없이 채워졌다. 등에 달린 꼬리표엔 전국 각지의 사람들 이름과 생년월일과 주소가 또박또박 적혀 있었다.

홍련암에는 마루 밑으로 바다를 보려는 사람들로 비좁아 나와 효경은 난간을 잡고 바다를 향해 서 있기만 했다. 고등어의 등살처럼 푸른 바다가 공활했다. 남쪽 바다와 달리 보고 있으니 오싹한 무섬증이 느껴졌다. 뼈도 살도 다 잃어버리고 죽음 속으로 빨려들어가버릴 것만 같은 느낌. 금방이라도 존재를 흡수하는 비밀 통로가 활짝 열려버릴 듯했다. 일단 본 이상 절대로 피할 수 없는 그 통로…… 나는 몸을 돌렸다. 효경은 뚫어지게 바다만 보고 서 있었다.

절의 모든 길을 따라 어깨 높이 정도로 낮은 연등 행렬이 붉고 푸르고 노랗게 색색으로 이어져 햇살에 빛났다. 밤에 불을 붙이면 부처님이 계신 곳답게 열반의 꽃들이 피어나듯 황홀할 것이었다.

"젊은 사람들, 그러지 말고 연등일랑 붙이시오."

언제 왔는지 늙은 보살이 다가와 서 있었다. 연꽃같이 깨끗한 두 눈엔 안쓰러운 빛이 가득했다. 말도 없이 서로 다른 곳을 향해 오래 서 있는 젊은 부부를 유심히 본 것 같았다. 재색의 보살옷을 입은 어깨와 등의 자태가 다소곳하고 고왔다. 부처님 앞에 절을 많이 한 사람이라는 것을 알 수 있었다. 효경이 뒤돌아보았다.

"마음을 짓누르는 번뇌를 부처님께 보이시구려. 홍련암 부처님은 용해서 우리의 번뇌를 깨달음으로 인도해주신다오."

나는 연등을 달고 싶었다. 효경의 이름과 나의 이름을 쓰고 수의 이름과 태어난 날과 지금 가 있는 곳을 써서 부처님께 평화를 빌고 싶었다. 나는 보살에게로 다가섰다.

"젊은이 함께 가시구랴."

보살은 효경에게 말했다. 효경은 마지못한 듯하면서도 뒤따라왔다. 돈을 주고 접수를 하자 곧 우리의 연등이 바다가 내려다보이는 절 마당에 달렸다.

"공양은 하셨소? 안 했으면 하고 가시오."

아까의 보살이 우리의 등을 떠밀었다. 오후 세시였다. 우리는 그날 전혀 먹은 것이 없었다. 보살이 떠미는 대로 순순히 뒤꼍을 돌아갔다. 점심시간이 지나 설거지를 거의 끝내고 있는 중이었다. 우리는 계단을 올라가 장독간 같은 곳에 안내되었다. 평상에 신발을 벗고 올라앉았는데 곁엔 커다란 광주리들마다 비빔밥을 담는 오래된 양은그릇이 가득히 포개져 있고 솥과 냄비 들과 온갖 양념들이 널려 있었다.

비빔밥은 서늘하게 식어 있었지만 효경과 나는 급하게 먹었다. 깨끗하고 달고 산향 냄새가 났다. 밥을 다 먹을 쯤 목이 막히면서 매운 수증기 같은 슬픔이 이마에서부터 내려와 얼굴이 온통 뻐근해졌다.

그 남은 하루를 어떻게 보냈던가. 우리는 아무 말도 없이 해수관음 입상 앞에서 나란히 절을 하고 그 곁에서 차를 마시며 아름다운 해수관음 입상을 꿈속인 양 오래 바라보았다. 해안의 벼랑 끝

에서는 생사를 오늘밤 안에 결정해야 하는 사람들처럼 초조하게
서 있었고 해변의 모래 위를 희망 하나 없이 고개를 떨구고 걸었으
며, 요란한 음악이 터져나오는 유원지의 놀이장에서 아무것도 하
지 않고 굳은 얼굴로 벤치에 앉아 있었다. 한참 후에 나는 숨이 막
힐 것 같아 벌떡 일어나서 아이들이 타는 자동차 놀이장으로 들어
갔다.

나는 동전이 다 없어질 때까지 고개를 하늘로 높이 들고 조그만
자동차를 탔다. 나는 점점 작아져서 어린 계집아이가 되는 기분이
었다. 그는 여전히 꼼짝 않고 그런 나를 노려보기만 했다. 동작과
동작 사이 침묵이 흔들릴 때마다 금세 나의 목을 조를 것 같은 살
의와 격정과 절망의 힘이 그의 몸안에 일렁거렸다.

나도 효경도 버틸 때까지 버티다가 밤이 깊어서야 바닷가에 있
는 '해변 모텔'에 들었다. 그는 방에 불을 켜지 않고 텔레비전을 켰
다. 그리고 베란다의 문을 활짝 열고 밖에서 사온 소주를 마시기
시작했다. 나는 세수도 하지 않고 침대에 누워 이불을 코밑까지 끌
어올렸다. 볼륨이 완전히 낮춰진 텔레비전에서도 바다가 보였다.
원양어선이 고기를 잡아올리는 모습이었다.

파도 소리가 천둥소리처럼 크게 들렸다. 불안한데도 너무 지쳐
서인지 잠이 몰려왔다. 나는 잠에 빠져들면서 문득문득 누가 머리
카락을 당기는 듯 놀라 눈을 떴는데 그때마다 새까만 그림자처럼
바다를 향해 앉아 있는 효경의 뒷머리가 보였다.

얼마나 잤을까…… 몸이 비에 젖는 듯한 느낌에 잠이 깼다. 가만히 눈을 뜨니 효경이 침대에 올라앉아 나의 다리를 끌어안고 무릎 사이에 얼굴을 파묻은 채 꼼짝 않고 있었다. 다시 눈을 감자 나의 장딴지에 체온처럼 미지근한 물줄기가 흐르는 것이 느껴졌다. 물줄기는 다리를 타고 길게 흘렀다. 효경이 거의 숨도 쉬지 않고 울고 있었다. 방안엔 부드럽고 폭이 넓은 바람이 돌아다니고 해당화 향기가 가득했다. 그 향기 속에 효경의 냄새도 희미하게 섞여 있었다.

나는 몸을 일으키고 앉아 효경의 머리를 들어올려 안았다. 효경은 힘없이 뿌리쳤다.

"집에 갔더니 네가 사라지고 없었어. 내가 바랐던 대로. 분명히 바랐던 대로 된 일이었는데, 비어 있었던 먼지 앉은 빈집에 들어서니까 몹시 당혹스러웠어. 당혹스러워서, 이번엔 너를 찾아 나섰어. 어쩌겠다는 생각도 없이. 날짜가 흘러갈수록 이 모든 것이 기정사실로 굳어질 테니까 다급했어. 원래대로 해놓고 싶었어. 이상했어. 집안에 물건들은 그대로 있는데도 네가 없으니까…… 칼로 목을 베는 듯이 섬뜩했어. 네가 나가버린 것이 아니라 내 인생이 나가버린 것처럼…… 논리도 서지 않고 판단도 서지 않았어. 그래서 무턱대고 너를 쫓았어. 용서할 수 없는데 왜 너를 쫓았는지…… 너를 찾아다니는 동안 어느 날은 내 손으로 죽이고 싶기도 했지만 어느 날은 아무 일도 없었던 것처럼, 정말 아무 일도 일어나지 않았던 것처럼 살 수도 있을 것 같았어. 다시 음식 냄새와 수의 목소리와 동동거리는 발소리와 너의 냄새들로 집을 채울 수만 있다면⋯⋯"

효경은 침대에서 다리를 내리고 일어섰다.

"하지만 오늘 알았어. 너를 데리고 갈 곳이 없다는 것을. 우리에겐 이제 집이 없어. 우린 집을 가질 수가 없이. 우리가 날려버린 거야. 아주 값싸게⋯⋯ 하필이면, 내가 너를 위해 안간힘을 다하던 때에, 너와 수를 위해서 모든 좋은 것을 다 해주고 싶었던 때에. 가족을 위해 내 전체를 희생할 만한 가치가 있는 거라고 믿기 시작했을 그때에⋯⋯"

내 눈에서 눈물이 흘렀다. 눈물이 아니라 뇌수가 앞으로 쏟아지는 것처럼, 머리가 깨어지는 듯 아파왔다. 효경은 다시 창가로 가 바다를 향해 뒷모습으로 앉았다. 나는 효경 앞으로 가 무릎을 꿇고 싶었다.

해변엔 감시등이 켜져 바다를 환하게 비추었다. 불빛에 드러난 바다는 거대한 공장이 돌아가는 듯 커다란 아우성을 치고 모텔 앞의 송림은 우듬지만 보일 듯 말 듯 고요하게 밤바람에 흔들렸다. 해당화의 짙은 향기와 습기가 방안의 공기를 누르는 듯했다. 나는 눈물을 흘리다가 깜박 잠이 들었다.

꿈속에서 내가 입은 원피스가 파란 물위로 떠내려가고 있었다. 원피스 속의 붉은 꽃무늬들도 산산이 흩어져 떠내려가고 있었다.

나는 원피스를 건지기 위해 물 가장자리 초록 수초들이 자라는 진흙 속에 발이 빠지면서 물결을 따라 걸었다. 푸른 어스름이 지는 강가를 발이 하얗게 부풀어오르도록 오랫동안 나는 걷는다. 원피스는 점점 더 물 한가운데로 떠내려가고 원피스 속에서 빠져나온 꽃들이 물 가장자리로 떠내려와 수초들 사이사이에 끼었다. 누군가가 그 꽃들을 건져내고 있었다. 처음엔 규의 모습이었다. 그러나 가까이 가보니 효경이었다. 효경은 두 손을 들어올려 물에서 건진 꽃들을 내게 주며 환하게 미소지었다.

눈을 떴을 때 효경은 없었다. 화장대 위에 지폐가 몇 장 놓여 있을 뿐이었다. 베란다 문은 바다와 방풍림을 향해 활짝 열려 있고 커튼이 바람에 날리고 있었다.

황급히 모텔 현관 밖으로 나갔지만 그의 흔적은 없었다. 모텔 마당의 빨랫줄과 낮은 담 위엔 스무 채나 될 것 같은 새하얀 이불들이 햇볕에 마르고 있었다.

그날 오전에 해수욕장의 해변에서 떠나지 못하고 오래도록 햇빛을 받고 앉아 있었다. 새하얀 햇빛 속에서 말을 탄 남자가 해변의 끝에서 나타나 해변 끝까지 지나갔다. 마치 노출이 너무 심한 사진처럼 새하얀 해변에 말의 발자국이 커다랗고 깊이 패었다. 구덩이처럼 커다랗게…… 새하얀 햇빛과 비현실적인 파란 바다, 송림에서 날려오던 해당화 향기, 아무도 지나가지 않는 텅 빈 해변…… 숲에는 해당화 꽃잎이 지고 있었다. 그리고 모래시계처럼 천천히 말의 발자국이 메워졌다. 나는 꼼짝도 하지 않고 상처 같은 구덩이가 메워지는 것을 지켜보고 있었다. 어스름이 내리는가 했더니 갑자기 캄캄해졌다. 밤늦게 '해변 모텔'로 돌아갔다.

*

효경은 어떻게 지낼까…… 가끔 걱정이 되었다. 그는 나에게 다녀간 뒤 다시 오 개월쯤 지난 후에 전화를 했다. 담담한 음성이었다. 서점을 정리했고 내 몫의 돈을 보내주겠다고 아파트를 얻으라고 했다. 그리고 수는 당분간 할아버지 댁에서 지낼 것이고 내가 원한다면 방학 때나 주말에 수를 만날 수 있다고 말했다.

"이제 어떻게 살 거야?"

내가 묻자 효경은 픽 웃었다.

"지금 나 걱정해주는 거냐? 사우디의 어느 왕족과 계약해서 한 십오 년쯤 석유나 파러 갈까 해. 한 삼십 년 파도 좋고. 내 인생도 이젠 거의 다 지나가버린 거 같아. 계란 한 판이 서른 개, 계란 두 판만 벽에다 내던지면 인생 끝나는 거 아냐?"

냉소적이고 건들거리면서도 우수에 찬 말투였다. 그도 세상을 가두기 위해 자기 둘레에 울타리를 쳐버린 것 같았다.

"그러지 말고 잘 지내."

"난 잘 지내. 내가 선택한 건 아니지만 뜻밖에도 아주 홀가분하군. 가벼운 생이야. 너나 잘 지내. 보기에 좋게. 장 봐서 음식도 해먹고 새옷도 사 입고 머리도 자르고, 머리카락이 제멋대로 길었더군."

가슴이 뭉클하도록 사려 깊게 느껴지는 말이었다.

"수는?"

"걱정 마, 수에 관한 한 너보다는 내가 더 생각이 많은 놈이니까."

그의 음성이 갑자기 노여움을 띠었다. 나는 입을 다물었다. 얼마간 침묵이 흘렀다.

"우리에게 인연이 남아 있으면 또 만나겠지. 아니면 이렇게 끝이 날 것이고…… 너무 심란해하지 말고, 어쨌든 잘살아. 혹 우리, 다시 연애가 되면 그때 새로 살림 차리자……"

효경이 농담처럼 말했다. 나는 그가 참 독해졌다는 생각이 들었다. 그리고 그런 그가 낯설었다. 그는 또 어떻게 변해갈지……

인생의 끝까지 아무 일도 일어나지 않고 하나의 꿈속에서 살 수 있었더라면 좋았을 것이다. 그러나 한번 일어난 일은 쉽게 복구되지 않는다. 상처들은 그와 나를 한동안 더 떠돌게 할 것이다. 그러나 나는 알고 있다. 한밤중 젖은 속눈썹 속에 떠오를 나의 꿈을. 그리고 그의 꿈…… 마지막까지 단념하지 못할 하나의 냄새를…… 우리들 생애의 마지막 그리움을.

에필로그

나는 낯선 거리를 혼자 걷고 낯선 식당에서 혼자 밥을 먹고 낯선 상점에서 신문과 과일과 맥주와 시계에 넣을 건전지 따위를 산다. 그리고 이 낯모르는 도시에서 공교롭게도 사설 우체국의 여직원이 되었다. 지금은 퇴근을 해 광장 가장자리에 놓인 벤치에 앉아 커피를 마시는 중이다. 저녁은 마치 커튼을 친 커다란 실내같이 나를 감쌌다. 곧 군데군데 구멍난 낡은 벨벳 천 같은 밤이 오겠지.

내 곁에는 이제 막 까닥까닥 걷기 시작한 아기를 데리고 나온 여자가 가장의 퇴근을 기다리고 있고 롤러 보드를 타던 소년들이 자전거들이 세워져 있는 구석에 둘러서서 조용히 담배를 피운다. 지하 전철역에서 쏟아져나온 사람들이 자석에 이끌리는 나사못들처럼 일제히 아파트 단지 쪽으로 몰려가는 시간…… 혼자 사는 가난한 사람들은 저녁거리로 트럭 가게에서 파는 핫도그나 중국 호떡을 사든다. 누구도 누구를 향해 소리지르지 않는다. 달리는 자동차들의 소음만 들리는 조용한 광장이다.

이 낯선 도시에서 일 년이 넘도록 누구도 깊이 사귀지 않고 살아왔다. 일 년 동안 누구도 받아들이지 않는 건 거울이라고는 전혀 없는 벽의 세상에서 사는 것과 비슷하다. 자신의 존재에 대한 반향이 없는 삶. 안개가 아직 쓰레기 더미와 뒤엉켜 잠들어 있는 박명의 시간에 대도시의 좁고 가파르고 싸늘한 빌딩 숲길을 하염없이 걸어나가고 있는 기분이다. 안개와 모래가 뒤섞인 바람이 뭉클뭉클 부는 회색 사막을 걷는 듯 두 눈을 가느다랗게 뜨고, 아무도 마주치지 않고. 아무것도 그리워하지 않고……

언젠가 문 없는 벽을 지나온 것 같다. 그후론 나를 괴롭힐 것이 남아 있지 않다. 아무 일도 일어나지 않는 지루한 평화. 가난과 고독, 불쑥불쑥 치솟는 화염같이 살갗을 데우는 기억들…… 나는 모든 것을 있는 그대로 받아들인다. 그런데도 생에 대한 나의 의욕은 불가사의하다. 다른 어느 때보다 더 살아 있다는 것을 느끼며 세상을 향해 인사한다.

'안녕하세요. 미혼이에요. 나에게 무슨 일이 있었느냐+요? 글쎄요. 어쩌면 그건 아주 평범한 일이죠. 문제는 그것이 장롱 속에 잠들어 있던 나를 깨웠다는 것이에요. 내가 나를 화약처럼 불붙여 상상력의 끝까지 달려갔다는 것이겠지요……'

광장에 저녁바람이 불어온다. 얇은 여름 원피스가 바람에 활짝 펼쳐진다. 내 생은 살이 망가진 우산을 펴고 보이지 않는 먼 공중으로 아득히 날려가고 있는 것만 같다. 삶도 둥글었으면 좋겠다. 그래서 이 바다를 건너 언젠가는 그 처음으로 가닿고 싶다. 훼손되지 않은 내 꿈의 맨 처음으로……

『내 생에 꼭 하루뿐일 특별한 날』에 새겨진 지문指紋들을 찾아서

황예인(문학평론가)

그다지 특별하지 않은 사랑 이야기

생에 단 한 번의 절대적인 사랑을 꿈꾸었던 여자가 있다. 평화로운 크리스마스 오후, 불길한 기운을 품은 여자가 그녀의 집으로 찾아오고 곧 낯선 여자는 남편의 애인이었음이 드러난다. 그 충격으로 여자는 두통과 불면증에 시달리게 되고 남편은 여자를 위해 도시에서의 생활을 청산하고 시골 마을로 내려간다. 그러나 그들의 관계에 생긴 미세한 잔금들은 좀처럼 회복될 가능성을 보이지 않고 점점 깊어져갈 뿐이다. 어느 날 여자는 자신에게 수상한 게임을 제안하는 남자를 만나게 되고 그 게임에 뛰어든다. 서로에게 육체를 허용하되 사랑에 빠지면 끝나는 게임. 여자는 남자와 아슬아슬한 관계를 이어가고, 마침내 예정된 수순처럼 그와 사랑에 빠지고 만다. 이것이야말로 생에 단 한 번뿐인 절대적인 사랑임을 깨달은 여자는 이 관계를 멈출 수가 없다. 이 사실을 알게 된 남편은 깊게 절망하고 여자는 남편의 곁을 떠난다. 게임으로 시작된 여자와 남자의 사랑은 하나의 추문으로 남아 시골 마을을 떠돌고, 이 모든 사연은 여자의 목소리를 통해 우리에게 전달된다.

이것이 지금 막 우리가 읽기를 마친 『내 생에 꼭 하루뿐일 특별한 날』(이하 『특별한 날』)의 줄거리이다. 그런데 이 소설을 읽는 내내 우리에게 꼭 달라붙어 떨어지지 않는 하나의 의문이 있다. 그것은 일인칭 화자의 목소리를 듣는 우리의 귀를 소설의 바깥쪽으로 끊임없이 잡아당기면서 미세한 떨림이나 작은 숨소리에 집중하는 일을 집요하게 방해한다. 그 질문은 어쩌면 의심에 가깝겠다. "이것이 정말 특별한 사랑 이야기란 말인가?" 이는 소설이 발표된 1999년과 지금 여기 2013년 사이에 존재하는 결코 작지 않은 시차 때문일 것이다. 그러니까 남편의 외도로 인한 여자의 충격이 좀 유난스럽게 보이고, 이 때문에 촉발된 낯선 남자와의 격정적인 사랑이 어떤 면에서는 싱겁게 느껴지기도 한다. 내적 설득력이 부족하다는 의미가 아니라 소설 외부에서 개입하는 힘들이 더 세다는 뜻이다.

아무래도 십사 년 동안 우리는 "불륜"으로 지칭되는 너무도 많은 이야기들을 접해온 것 같다. 그러는 동안 사람으로서 지켜야 할 도리에서 벗어난 데가 있다는 사전적 의미는 아주 옅어지고 이제

334

이 단어는 결혼 제도 밖의 사랑을 이르기 위해 다소 관습적으로 사용되고 있을 따름이다. 게다가 후기를 통해 작가는 "삶을 무너뜨리고 얼굴을 다치며 내쫓기는 비합리적인 사랑에 매혹"되었다고 밝히고 있지만 지금 우리가 이러한 사랑을 바라보며 느끼는 감정 상태는 두려움이 아니라 귀찮음에 더 가까운 것이 아닐까? 제도 안의 관계가 갑갑함보다는 안온함으로 다가오는 것이 우리의 현실인 것 같다. 그러므로 지금 다시 『특별한 날』을 읽을 때 우리의 마음에 진실로 특별하게 다가오는 것들은 그러한 이야기의 결을 고스란히 따르는 것처럼 보이지 않는 몇 개의 지문指紋들이다.

구름 모자 벗기 게임

이제 막 알게 된 여자에게 남자가 하나의 게임을 제안한다. 게임의 이름은 "구름 모자 벗기 게임", 룰은 다음과 같다. "게임의 유효기간은 사 개월이에요. 그동안 서로를 허용하죠." "둘 중 누군가가 상대방에게 사랑한다고 말하면 게임은 끝납니다." "이 게임에서는 아무도 이기지 않아요. 지는 사람이 있을 뿐이지." 그러니까 정해진 기간 동안 서로에게 육체를 허용할 것, 단 사랑하게 되는 순간 이 게임은 종료된다.

간단한 룰이지만 이 게임이 품고 있는 의미는 생각보다 명확하게 들어오지 않는다. 이 게임이 낯설게 느껴지는 까닭은 아마도

"구름 모자 벗기"라는, 평평한 텍스트 위로 도드라져 올라오는 게임의 명칭 때문인 것 같다. 소설 속에서 이 이름의 특이함을 설명해줄 근거를 찾기란 어렵지만 1998년 동아일보에 연재[1]될 당시의 제목이 "구름 모자 벗기 게임"이었다는 점을 떠올려본다면, 이 도드라짐은 어느 정도 누그러진다. 연재본의 흔적, 곧 대폭적인 수정 과정을 통해 『특별한 날』은 『구름 모자 벗기 게임』과는 전혀 다른 소설로 변하게 되는데, 제목과 본문을 깎아내고 덜어낼 때 살아남은 것이 바로 이 "구름 모자 벗기 게임"이다.

"구름 모자, 그것은 나에겐 관념의 현실이라는 의미로 이해되었다. (……) 만약 내가 게임을 시작한다면 그와는 달리, 지기 위해서일 것이었다. 내가 게임에 질 수만 있다면, 만약 나의 생에서 누군가를 사랑하여 눈앞이 캄캄해지는 그런 일이 일어난다면, 그래서 내가 사랑의 광기에 휩싸여 머리 위에 씌워진 관념의 현실인 그 구름 모자를 벗어던질 수 있다면……"(『구름 모자 벗기 게임』, 동아일보, 1998. 8. 31.)

---

1) 연재본은 남편 효경(연재 당시 이름은 호경)의 시점에서 서술되는 "나에게도 아내가 있었다"(1~24회)와 아내인 미흔의 시점에서 서술되는 "달의 잠행"(25~57회), "나에게 생긴 일"(58~78회) 총 세 개의 장으로 구성되어 있다. 수정을 통해 소설은 미흔의 시점에서 시종 서술되는 지금의 이야기로 탈바꿈하는데 이를 통해 소설의 핵심은 절대적인 사랑을 꿈꾸던 미흔이 세계와 맞닿으면서 생기는 감각과 혼돈으로 이동한다.

"대체 어떤 여자들이 그런 게임을 할 거라고 생각해요? 권태로운 여자들? 사치스러운 여자들? 아니면 타락한 여자들?"

그는 고개를 저었다. 그리고 간략하게 말했다.

"나빠지고 싶어하는 여자들."

머리를 한 대 맞은 것 같았다. 그는 제대로 본 셈이었다. 제도의 온실 속에서 복무하기보다는 차라리 남몰래 나빠지고 싶어하는 일련의 여자들이 있는 게 사실이라면, 나도 틀림없이 그 부류니까.(102쪽)

『구름 모자 벗기 게임』에 따르면 남자는 지지 않기 위해 게임을 제안하지만 여자는 바로 지기 위해 게임에 뛰어들기로 결심한다. 곧 남자가 사랑에 빠지지 않는 삶을 끊임없이 연장하기 위해[2] 게임을 제안하고 있다면 여자는 바로 또다시 그 단 하나뿐인 사랑에 빠지기 위해 게임을 수락하는 것이다. 하지만 『특별한 날』에 따르면 여자는 사랑이 아니라 단지 "나빠지고 싶어" 이 게임을 수락한다. 직접적으로 서술된 문장의 도움을 받으면 이는 제도 안에 안전

2) 남자는 게임을 통해서 사랑에 브레이크를 건다. 그는 사랑에 빠질 것이 틀림없는 여자들에게 이 게임을 제안하고 사랑에 빠지면 종료되는 이 게임에 참여함으로써 그 사랑의 시작을 막는다. 이미 여자의 내상을 알아봄으로써 사랑의 시작을 예감한 그는 그녀에게 게임을 제안하고 일시적으로 사랑의 시작을 지연하는 데 성공한다. 그러니까 이런 식이다. "사랑의 예감-게임의 시작-사랑의 지연"의 반복.

하게 머무르기를 멈추고 위험하게 그 밖을 탐하고 넘어서고자 하는 것을 의미한다. 각기 다른 이유들은 여자들을 어떤 결말로 이끄는가?

지금 나는 한 남자를 기다립니다. 그는 내가 다니는 사설 우체국 근처에 있는 중학교의 수학 교사랍니다. (……) 아무 일도 생기지 않을 수도 있겠지요. 그래도 좋아요. 칠십 년이 지난 뒤에야 그가 지금 내가 느끼는 이 사랑을 깨닫는다 해도.(『구름 모자 벗기 게임』, 동아일보, 1998.10.20.)

낯모르는 도시에서 공교롭게도 사설 우체국의 여직원이 되었다. (……) 아무 일도 일어나지 않는 지루한 평화, 가난과 고독, 불쑥불쑥 치솟는 화염같이 살갗을 데우는 기억들…… 나는 모든 것을 있는 그대로 받아들인다. 그런데도 생에 대한 나의 의욕은 불가사의하다. 다른 어느 때보다 더 살아 있다는 것을 느끼며 세상을 향해 인사한다.(328~329쪽)

사랑에 빠지기 위해 게임을 수락한 여자는 이제 또다른 남자를 기다리며 사랑을 예감하고 또 준비한다. 이러한 결말은 게임을 수락한 이유와 아주 자연스럽게 연결된다.『구름 모자 벗기 게임』의 여자는 게임의 목표를 달성하는 데에 성공한 것이다. 그런데 나빠

338

지기 위해 게임을 수락한 여자는 한 남자를 사랑하는 일을 마지막
으로 철저히 혼자가 된다. 이제 여자의 남은 생은 그 사랑을 기억
함에 수반되는 모든 고통과 사랑이 부재하는 현재의 지루한 평온
을 그대로 받아들이는 순간들로 채워질 것이다. 그저 고독한 자기
로 남는 것. 이것은 나빠지는 것과는 무관하다. 게임의 목표를 달
성하는 데에는 실패한 것이다. 그 대신 『특별한 날』의 여자는 전혀
다른 것을 얻는다.

여자가 얻게 되는 어떤 것을 알아내기 위해 우리는 연재본과는
완전히 달라진 제목의 의미를 이해하는 과정을 거쳐야 한다. 그날
이 가리키고 있는 것을 찾아냄으로써 우리는 여자가 진정으로 얻
은 것, 그것의 비밀에 접근할 수 있다. 그러니까 대체 "내 생에 꼭
하루뿐일 특별한 날"은 언제란 말인가?

그것은 우리의 뻔한 이해를 배반한다. 불현듯 시작되는 사랑과
도저히 속도를 조절할 수 없는 진행, 그리고 추문으로 향하는 그
애틋한 스러짐에 초점을 맞추고 있는 것처럼 보이는 많은 장들에
도 불구하고 그날은 결코 사랑의 나날들 속에 있지 않다. 여러 차
례에 걸쳐 다양하게 등장하는 황홀하고도 관능적인 섹스 장면들,
육체적 관계를 그토록 솔직하게 묘사해냄으로써 성취하는 쾌감에
도 불구하고 "특별한 날"은 전혀 다른 시간에 놓여 있다. 분명히
말하자면 그것은 사랑의 시간과는 무관하다. 그날은 여자를 통해
"친정에 와서 밀회 장소로 가고 있는 부정한 여자. 내 일생에서 어

쩌면 꼭 하루뿐일 특별한 날일 것"이라고 서술됨으로써 사랑의 나
날들과 저 자신을 분리시킨다.

다시 찾은 냄새들

여자는 어떻게 해서 단 하나의 사랑을 꿈꾸게 되었는가? 그것은
사고로 여자보다 먼저 세상을 떠난 언니의 제사를 지내기 위해 친
정에 간 날 우리에게 그 기원을 드러낸다. "소녀 시절의 우울"이
라는 제목을 단 장을 통해 여자는 사랑에 대한 자신의 결벽증이 어
떻게 시작되었는지 밝히고 있다.

어릴 적 할머니의 손에 길러진 그녀는 할머니의 집에 세들어 살
던 노총각 의사와 크리스마스를 보내기 위해 외출을 준비한다. 언
니와 동생을 데리고 떠난 어머니가 그녀에게 선물로 보내준 겨울
코트를 차려입은 날이었다. 그 코트는 가슴 부분에 다트가 강하게
잡혀 있어서 아직은 밋밋한 소녀의 가슴을 봉긋하게 보이도록 만들
었는데 여자는 빈 가슴을 위장하는 듯한 불편함과 수치스러움[3]에
자꾸 코트를 잡아당겼다고 회상한다. 옷차림을 의식하며 의사와 함

---

3) 여성으로서 자신의 육체가 가진 아름다움, 그 부푼 곡선을 향한 부정적인 감
   정은 고등학생일 때 교사였던 아버지와 육체적 관계를 맺고 일찍 결혼을 할 수밖
   에 없었던 어머니를 바라보며 생긴 것일까? 이 때문에 그녀의 집안에는 천진한
   소녀 시절의 자아가 눈감을 수 없었던 억압적이고 금욕적인 분위기가 흐르고 있
   었던 것일까?

께 계단을 내려오던 중, 그녀는 그만 발을 헛디디게 되고 이로 인해 그의 품에 안기게 되는데 마침 크리스마스를 맞이하여 딸아이를 데리러 온 아버지가 이 장면을 목격한다. 이 일로 의사는 집을 옮기고 여자의 결벽증은 시작된다.

열세 살 때의 일이었다. 세상에 대한 미미한 구토증과 수치심과 의심을 느낄 무렵이었다. 그때부터 아무도 눈치채지 못할 만큼이었지만 나로서는 꽤 심각한 결벽증을 앓았다. (……) 남학생을 사귀는 일 같은 건 상상도 하지 못했다.(213쪽)

그런데 이 결벽증은 특이하게도 스스로 후각을 마비시키는 것으로 나타난다.

나는 열세 살 이후로 어떤 냄새를 향해서도 후각을 열지 않았기 때문이었다. 세상에 안심할 만한 냄새는 단 한 가지도 없었던 시절이 계속되었고 불쾌한 냄새에 지칠 대로 지친 나는 코를 막지 않고도 뇌에 주의를 주어 냄새에 대해 무감각해지는 방법을 터득한 차였다.(214쪽)

그렇다면 저러한 변화는 그저 여름날 시골 마을의 싱그러움과 평화로움을 묘사한 것에 불과하다고 가볍게 지나쳐버리기엔 너무도 의미심장한 것이 아닌가. 마을을 뜨겁게 달군 추문의 주인공 부희의 집, 그곳이 누구의 집인 줄도 모른 채 들어가서 거의 탐색하듯 스러진 풍경을 살피고 나온 여자가 우연히 남자를 마주친 이후에 벌어진 변화 말이다. 비록 무심한 어조로 묘사되고 있기는 하지만, 우리는 이제까지 소설을 짓누르고 있던 무거운 분위기가 부드럽게 풀리고 한결 가벼워지던 순간을 생생히 기억한다. 그것은 명백히 후각의 열림이라 할 수 있다.

시골길의 보리 익은 냄새와 야생화 향기가 뒤섞인 따끈하게 데워진 공기 속을 아주 천천히 달리는 것은 기분좋은 일이었다.(57쪽)

만일 어떤 조향사가 사랑의 시작, 그리고 이를 통한 한 존재의 깨어남을 향들의 배합을 통해 만들어내야 한다면 이 장면은 그 무엇보다 유용한 참고가 될 것임에 틀림없다. 여자는 초여름의 미풍 속에서 이제 막 익어가기 시작하는 보리 냄새와 아직 그 이름을 알지 못하는 야생화의 향기를 구별해낸다. 그것들은 따뜻한 공기 속에 함께 섞여 있었지만 후각을 되찾기 시작한 여자에 의해 각각의 존재를 풍부하게 드러낸다. 노래가 지워진 테이프처럼 고요하기만 하던 여자의 삶은 이제 냄새들로 소란해진다. 심지어 여자가 자신의 감정을 자각하는 순간마저도 냄새 속에 들어앉아 있다. "슬플 때조차 내가 숨쉬는 공기 속엔 함량 초과의 달콤한 아카시아향기가 가득했다"고 "마당에 내려앉아 있던 까치들이 겨드랑이를 차며 푸드덕 날아오르자 조용히 고여 있던 아카시아향이 뭉클 피어올랐다"고 여자는 그 예민해진 후각을 아무렇지 않게 뽐내고 있지 않은가.

서로가 가진 "내상"과 "가난"을 알아본 여자와 남자가 구름 모자 게임이라는 그 어리석은 장난을 시작하려던 순간 여자가 맡은 냄새는 이런 것이었다.

숲은 빈약했고 어린 잡목들로 얽혀 있었고 송진 냄새와 나뭇잎 마르는 냄새와 젖은 흙냄새와 푸른 잎사귀 냄새와 그 모든 더위에 지친 습기로 어지러웠다.(93쪽)

육체가 얽히기 직전의 떨림과 흥분, 피부의 잔털이 닿자마자 서로를 향해 뻗고 스며들어갈 에너지를 표현해내야 한다면 조향사는 마땅히 이 장면으로 건너와야만 할 것이다. 연하디연한 잎사귀와 가지 들을 뻗기 시작한 어린 나무들, 또 얽힘으로써 되레 끈끈하게 자신이 살아 있음을 뽐내는 젊은 나무들, 그리고 죽어가는 것과 죽은 것 들을 그대로 품은 채 익어가는 대지. 이렇듯 온갖 것들의 냄새가 서로 섞여 피어오르는, 생명의 모든 전개과정이 뒤섞여 도저히 외면할 수 없는 관능의 냄새가 바로 이 한 장면 속에 농축되어 있으니 말이다.

그러니까 이렇게 말할 수 있지 않을까? "내 생에 꼭 하루뿐일 특별한 날"은 여자가 후각을 잃어버리게 된 그 기원을 마주한 바로 그날이라고. 그리고 "구름 모자 벗기 게임"은 영원히 후각을 잃어버리기로 작정하고 살아온 여자에게 세상의 수많은 냄새들을 되찾아주었다고. 단 하나의 냄새에만 자신의 후각을 열어놓은 채 스스로를 길들여 집짐승처럼 살아온 여자는 우연히 시작된 게임을 통해 야생화되고 들짐승으로 변화해간다. 집짐승이 들짐승이 될 때 가장 먼저 예민해지는 것은 후각이라고, 비로소 그 다양한 냄새들을 통해 자신의 진정한 거처를 찾아 헤매게 되는 것이라고 이 소설은 말하고 있지 않나.

단 하나의 구체적인 이름, 홍련암

『특별한 날』의 가장 독특한 지문은 소설의 마지막에 가서야 제 모습을 드러낸다. 남자의 완전한 사라짐. 교통사고 이후 규는 이 소설의 무대에서 완벽하게 자취를 감춘다. 불구가 되었는지 아니면 회복되어 아무 일도 없었던 것처럼 살아가는지 우리는 그 끝을 제대로 알지 못한 채 마을 사람들의 입을 통해서나 불분명한 그 뒷모습을 바라볼 수 있을 뿐이다. 그러나 여자는 그렇게 퇴장한 그를 그리워하거나 궁금해하지 않는다. 그들의 사랑은 새로운 추문이 되어 부희의 이야기를 대체하고 마을을 떠돈다. 그들은 그런 식으로 굳게 그 시간의 문을 닫아버린다. 대신 소설의 남은 시간은 그들만의 집짓기에 실패한 후 각자 떠돌던 효경과 미흔의 재회에 할애된다. 재회의 유별난 선명함이 이 소설의 마지막 지문이다.

효경은 쉬지 않고 운전을 해 이른 아침에 설악산을 넘었다. (……) 바다가 내려다보이는 홍련암의 좁은 마당은 온통 연등으로 하늘을 가리고 있었다.(316~319쪽)

미흔을 찾아온 효경은 그녀를 차에 태우고 어디론가 향한다. 그들은 "설악산"을 넘어 "고인돌"을 지나 "홍련암"에 도착한다. 그런데 설악산이라니? 홍련암이라니? 이 새삼스럽게 구체적인 이름들 앞에서 우리는 잠시 아연해진다. 앞서 시골 마을은 곧 수몰될 나비 마을 정도로 어렴풋하게만 설명되었다. 우리는 각자의 머릿속에서 그 지역의 모습을 상상할 수는 있었지만 실재하는 지역인지 단언할 수는 없었다. 다만 현실의 어느 지역을 모델로 하고 있는 것은 아닌지 막연하게 짐작할 수 있을 뿐이었다. 그런데 소설의 문이 닫히려는 순간 처음으로 현실에 실재하는 지명이 등장하기 시작한다. 이 선연한 구체성 때문에 시골 마을에서의 시간은 마치 꿈속에서 일어난 일들처럼 제 무게를 잃고 휘발되어버린다.

꿈에서 깨어나 현실로 돌아온 그들에게 어떤 시간이 펼쳐지는가. 마침 그날은 부처님오신날이었기에 공중에는 연등들이 바람에 물결치고 있었다. 그들은 늙은 보살의 안내에 따라 연등을 매달기로 한다. 효경과 미흔, 그들의 어린 아들 수의 이름과 생년월일이 꼬리표에 적힌다. 그리고 지금 수가 가 있는 곳, 이제 그들이 더 이상 함께 살지 않음을 너무도 분명하게 지시하는 낯선 주소가 함께 적힌다. 이 가족의 꼬리표를 매단 연등은 어쩐지 붉은빛이 아니라 흰빛을 띠고 있었을 깃 같다. 극락왕생, 망자의 명복을 기원하는 흰색 말이다. 부처님오신날을 맞이한 절 내의 흥성스러움과 거리를 둔 채로, 경건함과 숙연함이 그들의 주변을 감싸고 있다. 작가는 집짓기에 실패한 그들의 마지막을 분명하게 하지만 애틋한 마음으로 정리한다.

가족과의 이별 의식을 치러낸 후에야 비로소 사랑에 대해서도 말할 수 있다는 것일까. 이제 홍련암을 내려와 모텔에 든 미흔은 이상한 꿈을 꾸게 된다.

꿈속에서 내가 입은 원피스가 파란 물위로 떠내려가고 있었다. 원피스 속의 붉은 꽃무늬들도 산산이 흩어져 떠내려가고 있었다. (……) 원피스는 점점 더 물 한가운데로 떠내려가고 원피스 속에서 빠져나온 꽃들이 물 가장자리로 떠내려와 수초들 사이사이에 끼었다. 누군가가 그 꽃들을 건져내고 있었다. 처음엔 규의 모습이었다. 그러나 가까이 가보니 효경이었다. 효경은 두 손을 들어올려 물에서 건진 꽃들을 내게 주며 환하게 미소지었다.(324~325쪽)

물위로 떠내려가는 붉은 꽃들이 등장하는 이 기묘한 꿈은 어쩔수 없이 우리에게 홍련암에 얽힌 이야기를 떠올리게 만든다. 672년 승려 의상義湘은 이곳을 지나는 도중에 파랑새 한 마리를 본다. 파랑새는 잠깐 사이 그 모습을 비췄을 뿐 금세 석굴 안으로 들어가버린다. 이것을 기이하게 여긴 의상이 석굴 앞에서 칠 일 동안 기도를 하니 바다 위에 붉은 홍련이 솟아난다. 이윽고 그 붉은 꽃들 사이로 관음보살이 현신現身하여 의상은 그를 볼 수 있었다.

　이러한 옛날이야기에 힘입어 우리가 알게 되는 것은 이 소설의 진정한 남자 주인공은 규가 아니라 효경이라는 사실이다. 붉은 꽃들 위로 솟아오르는 것, 여자에게 꽃을 건네주는 것, 그리하여 관음보살의 자리에 오는 것. 꿈에 따르자면 그것은 규가 아니라 효경이 아닌가.

　미흔의 꿈을 통해 작가는 자신의 손에서 끝까지 놓지 못하는 인물이 바로 효경임을 드러낸다. 이 소설을 집짐승의 들짐승 되기로 읽을 때 가장 결정적인 변화를 겪는 인물은 바로 효경이다. 그는 가장 열렬히 그리고 성실히 집짓기를 완수하려는 자였다. 방심한 마음과 사업의 실패로 미처 완성하지 못한 집을 떠나 시골 마을로 이사를 오면서 그는 연못을 파고 잔디를 심어 또다시 한 채의 이상적인 집을 짓고자 했다. 그런데 결국 이 집짓기는 그 방심의 도미노를 타고 실패하고 만다. 어쩌면 효경은 이제 규가 되어갈 것이다. 이미 그것을 미흔은 예감한다.

"내 인생도 이젠 거의 다 지나가버린 거 같아. 계란 한 판이 서른 개, 계란 두 판만 벽에다 내던지면 인생 끝나는 거 아냐?"

냉소적이고 건들거리면서도 우수에 찬 말투였다. 그도 세상을 가두기 위해 자기 둘레에 울타리를 쳐버린 것 같았다.(326쪽)

미흔은 분명 "그도"라고 말하고 있다. 재회 후 홍련암에서 이별의 절차를 밟고 이제 정말 헤어지려는 순간, 미흔은 효경으로부터 처음 규를 만났을 때의 모습을 발견한다. 그러니까 영우가 미흔을 낳고, 규가 효경을 낳았다고 말할 수 있는 것일까? 집 없이 떠돌던 위험한 들짐승들이 단 하나의 아늑한 집을 마련하고자 했던 집짐승들의 집을 부수고 결국 그들을 야생화시켰노라고 말할 수 있는 것일까?

확실한 것은, "홍련암"이라는 실재하는 장소와 "부처님오신날"이라는 분명한 시간에 대한 알림 덕분에 "네겐 돌아갈 집이 없어" 장은 이제까지 달려온 시간의 빛을 바래게 만들고 마치 꿈처럼 희미하게 느껴지도록 만든다는 사실이다. 막 꿈에서 깨어났을 때 꿈속의 선명한 느낌들은 시침의 일보 전진에 금세 저 먼 뒤로 성큼 물러나고 의식 속에서 사라져간다. 하지만 밤의 꿈이 낮의 우리를 변화시키는 것처럼 희미해져버린 꿈이라 할지라도 결국 그 꿈이 이들을 떠도는 들짐승으로 만들었다는 사실을 우리는 안다. 아직 집의 온기를 잊지 못하는, 그러나 이제 막 다채로운 냄새들에 후각

348

을 열어젖히고 헤매는 가련한 존재로.

하나의 얼굴을 한 여자들

이미 영화화되었으나(변영주, 〈밀애〉, 2002) 우리는 이와 전혀 다른 영화를 한 편 상상해볼 수 있을 것이다. 효경의 애인이었던 영우로부터 독부로 불리는 부희, 염소를 모는 노파 인실댁, 그리고 주인공 미혼까지 이 모든 배역을 단 한 명의 여배우가 소화해내는 영화를 말이다.

"훼손"이라는 단 하나의 장에 등장하고 있을 뿐이지만 영우의 강렬함은 좀처럼 사라지지 않는다. 마치 미혼에게 들러붙은 혼령이라도 되는 것처럼 미혼이 규와의 섹스에 탐닉할 때 우리는 어쩔 수 없이 도발적이고 관능적인 영우의 얼굴을 떠올리게 된다. 크리스마스 저녁의 평화로움을 일순간에 날려버리던 그 웃음소리, 그리고 불안과 공포로 응축된 검은 눈동자를 말이다. 연재본에서 효경이 영우를 묘사하던 "작은 이빨 달린 물고기"라는 표현은 『특별한 날』에서 미혼에게로 옮겨가 있다. 삭가는 효경이 영우와의 육체적 관계로부터 느낀 혼란과 흥분을 설명하며 내뱉은 이 말을 규를 통해 미혼에게 되돌려주고 있다. 바로 그런 식으로 영우와 미혼은 하나의 얼굴을 공유한다.

시골 마을에 집을 계약하러 간 날 미혼이 만난 염소를 모는 노파를 떠올려보자. "저녁빛에 무슨 색깔인지 알 수 없는 낡고 두터운 스웨터와 몸뻬 위에 짙은 색의 몽당치마를 입고 버선과 털신을 신은" 노파의 모습은 몽골의 유목민처럼 떠돎에 적합한 차림을 하고 있다. 또한 계절에 어울리지 않는 차림새, 역광으로 인해 색채를 잃어버린 노파의 모습은 그녀가 시간의 질서를 초월하여 존재함을 지시하는 것처럼 보인다. 이 노파로부터 미혼은 피할 수 없는 어떤 운명을 예감하는데, 노파와 마주치는 순간 "노파의 흐릿하게 뭉개진 얼굴과 나의 얼굴이 겹쳐지는 한순간 노파의 얼굴에 실린 부적이 스르르 풀려 나에게로 씌워지는 느낌"을 받는다. 노파로부터 미래의 자신의 얼굴을 본 것일까? 그들이 서로를 바라보며 스쳐갈 때 공존할 수 없는 전혀 다른 시간이, 현재와 미래의 얼굴이 한공간 속으로 들어온다.

그러니까 영화는 이런 장면들을 가지고 있지 않겠나. 어느 저녁 남편의 정부가 집으로 찾아오고 미혼은 테이블을 사이에 둔 채 자신과 똑같이 생긴 얼굴을 마주한다. 망가지고 부서진 흔적들로 채워진 독부의 빈집, 미혼은 낡은 액자 속에서 자신의 얼굴을 발견한다. 새집을 계약하고 돌아가던 차 안에서 미혼은 염소를 몰고 가는 노파와 마주친다. 그 노파는 늙은 미혼의 얼굴을 하고 있다……『특별한 날』에서 우리는 하나의 얼굴을 한 여자들이 반딧불이처럼 떠도는 모습을 본다. 그들은 집을 잃고 나와 어쩔 수 없이 누군가의 집을 파괴하며 우리의 주변을 맴돌고 있는 것이다.

"60년생이에요." 미흔에게 그렇게 제 나이를 고백하던 규는 그때 1999년 여름, 서른아홉이었다. 그로부터 십사 년이 흐른 지금 그는 쉰이 넘어 있겠다. 그러나 세월의 흐름 속에서도 전혀 닳지 않고 이토록 선명하게 남아 있는 지문들 덕분에 이 소설은 한 시절을 풍미했던 담론들의 틈을 빠져나와 2013년 이 순간까지 살아 숨 쉬고 있다. 우리에게 꺼지지 않고 연약하게나마 살아남은 불씨가 있다면 『특별한 날』이 불러일으키는 것은 위태롭고 격정적인 사랑이 아니라 고독한 들짐승 되기에 있는지도 모른다. 시간 속에서 더욱 도드라져 올라오는 소용돌이무늬를 가만히 문질러보면서 우리는 이 오래된 사랑 이야기를 언제고 다시 읽게 될 것이다.

한국문학의 '새로운 20년'을 향하여

    문학동네가 창립 20주년을 맞아 '문학동네 한국문학전집'을 발간한다. 1993년 12월 출판사 간판을 내건 문학동네는 이듬해 창간한 계간 『문학동네』와 함께 지난 20년간 한국문학의 또다른 플랫폼이고자 했다. 특정 이념이나 편협한 논리를 넘어 다양한 문학적 입장들이 서로 소통하는 열린 공간이고자 했다. 특히 세기말 세기초에 출현하는 젊은 문학의 도전과 열정을 폭넓게 수용해 한국문학의 활력을 높이는 데 이바지하고자 했다.

    돌아보면 세기말은 안팎으로 대전환기였다. 탈이념화를 중심으로 디지털 기반 정보화와 신자유주의 세계화가 서로 뒤엉켰다. 포스트 시대의 복잡성은 광범위하고 급격했다. 오래된 편견과 억압이 무너지는가 싶더니 도처에 새로운 차이와 경계가 생겨났다. 개인과 사회를 하나의 개념으로 묶어내기 힘든 형국이었다. 많은 시대가 겹쳐 있었고, 많은 사회가 명멸했다. 과잉과 결핍이 롤러코스터를 타고 전 지구적 일극 체제를 강화했다.

지난 20년간 문학을 둘러싼 환경은 호의적이지 않았다. 새삼스럽지만, 문학의 위기, 문학의 죽음은 언제나 현재진행형이다. 그래서 문학의 황금기는 언제나 과거에 존재한다. 시간의 주름을 펼치고 그 속에서 불멸의 성좌를 찾아내야 한다. 과거를 지금-여기로 호출하지 않고서는 현재에 대한 의미부여, 미래에 대한 상상은 불가능하다. 한 선각이 말했듯이, 미래 전망은 기억을 예언으로 승화하는 일이다. 과거를 재발견, 재정의하지 않고서는 더 나은 세상을 꿈꿀 수 없다. 문학동네가 한국문학전집을 새로 엮어내는 이유가 여기에 있다.

이번 전집은 몇 가지 특징을 갖는다. 먼저, 한글세대가 펴내는 한국문학전집이라는 것이다. 문학동네는 전후 한글세대를 중심으로 1990년대 이후 한국문학의 주요 생태계를 형성해왔다. 이번 전집은 지난 20년간 문학동네를 통해 독자와 만나온 한국문학의 빛나는 성취를 우선적으로 선정했다. 하지만 앞으로 세대와 장르 등 범위를 확대하면서 21세기 한국문학의 정전을 완성해나가고자 한다.

문학동네 한국문학전집의 두번째 특징은 이번 문학전집이 1990년대 이후 크게 달라진 문학 환경에 적극 대응해온 결과물이라는 것이다. 문학동네는 계간 『문학동네』의 풍성한 지면과 작가상, 소설상, 신인상, 대학소설상, 청소년문학상, 어린이문학상 등 다양한 발굴 채널을 통해 새로운 문학적 징후와 가능성을 실시간대로 포착하면서 문학의 영토를 확장하는 데 기여해왔다. 그래서 이번 전집을 21세기 한국문학의 집대성을 위한 의미 있는 출발이라고 해도 좋을 것이다.

셋째, 이번 전집에는 듬직한 동반자가 있다는 것이다. 김승옥, 박완서, 최인호, 김소진 등 작가별 문학전(선)집과 세계문학전집, 그리고 한국고전문학전집이 그것이다. 문학동네는 창립 초기부터 한국문학의 해외 진출을 위해 지속적인 노력을 기울여왔다. 문학동네 한국문학전집은 통상적으로 펴내는 작품집과 작가별 전(선)집과 함께 한국문학의 특수성을 세계문학의 보편성과 접목시키는 매개 역할을 수행해나갈 것이다.

새로운 한국문학전집을 펴내면서 '문학동네 20년'이 문학동네 자신의 역량만으로 이루어졌다고 자부하려는 것은 아니다. 문인, 문단, 출판계, 독서계의 성원과 격려가 없었다면 문학동네의 오늘은 불가능했을 것이다. 그러므로 오늘, 문학동네 성년식의 진정한 주인공은 문학인과 독자 여러분이어야 한다. 이 자리를 빌려 거듭 감사드린다. 창립 20주년을 맞아, 문학동네는 한국문학의 더 나은 미래를 위해 한국문학전집 1차분 20권을 선보인다. 문학동네는 해를 거듭할수록 그 가치를 더해갈 한국문학전집과 함께, 그리고 문학인과 독자 여러분과 함께 '새로운 20년'을 향해 한 걸음 한 걸음 나아가고자 한다. 많은 관심과 성원을 부탁드린다.

문학동네 한국문학전집 편집위원
권희철 김홍중 남진우 류보선 서영채 신수정 신형철 이문재 차미령 황종연

전경린

1995년 동아일보 신춘문예에 중편소설 「사막의 달」이 당선되어 작품활동을 시작했다. 소설집 『염소를 모는 여자』 『바닷가 마지막 집』 『물의 정거장』, 장편소설 『아무 곳에도 없는 남자』 『내 생에 꼭 하루뿐일 특별한 날』 『유리로 만든 배』 『열정의 습관』 『검은 설탕이 녹는 동안』 『황진이』 『엄마의 집』 『풀밭 위의 식사』 『최소한의 사랑』 『해변빌라』 『이마를 비추는, 발목을 물들이는』 『이중 연인』, 어른을 위한 동화 『여자는 어디에서 오는가』, 산문집 『붉은 리본』 『나비』 『사교성 없는 소립자들』 등이 있다. 한국일보문학상 문학동네소설상 21세기문학상 대한민국소설문학상 이상문학상 현대문학상 현진건문학상을 수상했다.

문학동네 한국문학전집 016
내 생에 꼭 하루뿐일 특별한 날
ⓒ 전경린 2014

1판 1쇄 2014년 1월 15일
1판 6쇄 2021년 11월 1일

지은이 전경린

펴낸곳 (주)문학동네 | 펴낸이 염현숙
출판등록 1993년 10월 22일 제406-2003-000045호
주소 10881 경기도 파주시 회동길 210
전자우편 editor@munhak.com | 대표전화 031) 955-8888 | 팩스 031) 955-8855
문의전화 031) 955-3578(마케팅) 031) 955-8864(편집)
문학동네카페 http://cafe.naver.com/mhdn | 트위터 @munhakdongne

ISBN 978-89-546-2338-4 04810
        978-89-546-2322-3 (세트)

www.munhak.com